Chères lectrices,

Il y a une dizaine d'années, Harlequin réunit un petit groupe d'auteurs pour leur proposer une idée aussi passionnante qu'amusante. Il s'agissait de créer une ville imaginaire, Crystal Creek, située en plein milieu du Texas, et de la peupler d'une foule de personnages que l'on verrait évoluer de livre en livre. Ce qui fut fait.

En tant qu'auteur, j'ai pris beaucoup de plaisir à participer à ce projet. Aussi, imaginez mon excitation quand mon éditeur m'a proposé d'écrire pour Amours d'Aujourd'hui trois nouveaux romans qui se passeraient à Crystal Creek, me permettant de renouer avec certains de mes anciens personnages. Si vous avez lu certains de ces livres, sans doute apprécierez-vous, comme moi, de savoir ce que Mary, Nora, Howard et les autres sont finalement devenus. Mais, à l'inverse, je puis vous assurer que le fait de ne pas les connaître ne gâchera en rien votre lecture. Après tout, les premières rencontres ont aussi leur charme et vous aurez le plaisir de la découverte. Ces personnages sont en effet extrêmement sympathiques, sans parler des nouveaux venus dont je vous invite sans plus tarder à faire la connaissance dans ce roman et dans les deux suivants...

Avec mes pensées les plus chaleureuses.

Margot Dalton

L'espoir menacé

MARGOT DALTON

L'espoir menacé

AMOURS D'AUJOURD'HUI

*Cet ouvrage a été publié en langue anglaise
sous le titre :*
IN PLAIN SIGHT

Traduction française de
LIONEL EVRARD

HARLEQUIN®

est une marque déposée du Groupe Harlequin
et Amours d'Aujourd'hui®
est une marque déposée d'Harlequin S.A.

Illustration de couverture
Famille : © THE STOCK MARKET / DAVID STOECKLEIN

*Toute représentation ou reproduction, par quelque procédé que ce soit, constitue-
rait une contrefaçon sanctionnée par les articles 425 et suivants du Code pénal.*
© 2000, Margot Dalton. © 2001, Traduction française : Harlequin S.A.
83-85, boulevard Vincent-Auriol, 75013 Paris — Tél. : 01 42 16 63 63
Service Lectrices — Tél : 01 45 82 47 47
ISBN 2-280-07733-7 — ISSN 1264-0409

1.

La petite Mercedes bleue décapotable au toit baissé attendait Isabel près du portail monumental du manoir. Vivement, celle-ci se glissa sur le siège de cuir aux courbes confortables, et introduisit dans l'autoradio une cassette pour se donner du courage. Après avoir mis le contact, elle ne put cependant s'empêcher de jeter dans le rétroviseur un dernier coup d'œil.

La silhouette massive et tellement familière de la grande demeure de pierre taillée, entourée d'un parc de plusieurs hectares, lui arracha un soupir. Cela n'avait certes rien d'un foyer accueillant, mais c'était celui qu'elle avait toujours connu... Même si les souvenirs qui s'y rattachaient n'étaient ni très heureux ni très gais, ils étaient les siens et rien — pas même une disparition programmée — ne pourrait les lui ôter...

Pour la première fois depuis qu'elle avait commencé à échafauder minutieusement son plan, Isabel sentit le doute se faire jour en elle. Le pari sur l'avenir qu'elle s'apprêtait à faire était pour le moins risqué. Rien n'indiquait, en effet, que la vie qui l'attendait serait meilleure que celle à laquelle elle avait décidé de renoncer.

Mais aussitôt, les souvenirs les plus cuisants de la lente escalade vers l'horreur dans laquelle son ex-mari la faisait vivre depuis des semaines lui revinrent à la mémoire. Les lèvres serrées, les doigts crispés sur le volant, elle relâcha la pédale d'embrayage. Comme s'il piaffait d'impatience, le petit bolide s'engagea dans un crissement de pneus sur l'asphalte rouge de l'avenue résidentielle.

S'efforçant de ne penser à rien, Isabel lança le véhicule à vive allure sur l'autoroute qui permettait de sortir de San Antonio. Puis, aux premiers panneaux indiquant la direction de Fredericksburg, elle emprunta une bretelle de sortie pour s'enfoncer en plein cœur de la riante contrée couverte de collines qui s'étend à l'est d'Austin.

Déjà loin du stress de la grande ville, environnée d'un superbe paysage enluminé par les premiers feux du couchant, Isabel sentit toute tension la quitter. En dépit du beau temps, la brise du soir était fraîche, et elle dut lutter contre l'envie de remettre en place la capote de la Mercedes. Dans le cadre de son plan, il était important qu'un éventuel témoin pût certifier l'avoir vue rouler, ce soir-là, avec le toit ouvert. Saisie d'un petit frisson, elle resserra le col de son vêtement autour de son cou.

Pesant sur l'horizon sombre et bosselé de collines, le ciel lumineux formait avec la terre obscure un contraste saisissant. Le temps était parfaitement dégagé, mais de sombres nuages commençaient à s'amonceler derrière elle, vers le sud. Jetant un coup d'œil amusé au rétroviseur, Isabel songea que, lorsque la pluie commencerait à tomber, elle aurait sans doute déjà embarqué dans le bus pour Abilene, en direction d'une vie nouvelle...

Un petit sourire au coin des lèvres, elle laissa ses doigts pianoter sur le volant pour accompagner la musique country que déversaient dans l'habitacle les puissants haut-parleurs. Ne prêtant qu'une attention distraite à la conduite, elle ne se lassait pas de la beauté du paysage crépusculaire qui défilait autour d'elle.

Isabel avait toujours aimé ce petit coin rural du centre du Texas. Sa mère — la seconde épouse de Pierce Delgado — avait conservé après son mariage d'excellents amis dans ce pays, non loin de la petite ville de Crystal Creek. J.-T. McKinney et sa famille, dont le ranch constituait l'un des fleurons de l'élevage local, avaient accueilli Isabel à de nombreuses reprises lorsqu'elle était enfant, pour des vacances estivales qui demeuraient pour elle inoubliables.

Bien plus que les charmes de la vie à la campagne, elle avait pu toucher du doigt, au ranch Double C, ce que peut être une vie de famille vivante et harmonieuse, joyeuse et pleine de chaleur. Le contraste avec l'ambiance qui prévalait chez les Delgado était tel qu'elle en était presque arrivée à vivre chaque séjour chez les McKinney comme une oasis de fraîcheur et de liberté, après des mois de désert affectif dans sa propre famille. Avec un père sans cesse absent, une mère trop fragile et alcoolique, un demi-frère et une demi-sœur plus âgés d'une décennie et déjà presque entrés dans la vie adulte, comment aurait-il pu en être autrement ?

Essuyant d'un revers de main rageur la grosse larme qui dévalait le long de sa joue gauche, Isabel se cala plus confortablement dans son siège et enfonça la pédale d'accélérateur. Le moment était plutôt mal choisi pour se laisser aller à la mélancolie... Si elle voulait que son plan réussisse, il lui fallait garder ses sens en alerte et demeurer à tout instant maîtresse de ses émotions.

Au nord de Fredericksburg, elle quitta la voie express pour remonter une petite route en lacet qui menait à un promontoire rocheux surplombant la Claro River. L'endroit, aux confins du Rimrock Park, servait de point de vue, et l'on y avait aménagé un petit parking agrémenté de quelques bancs.

A cette époque de l'année, la rivière n'était qu'un cours d'eau indolent, dont la surface étincelante reflétait les couleurs vives du couchant. Mais au printemps, ses eaux tourbillonnantes pouvaient envahir les berges et dévaler comme un torrent la vallée étroite, emportant tout sur leur passage.

Plusieurs éléments avaient poussé Isabel à choisir cet endroit. D'abord, la vallée y formait une sorte de goulot d'étranglement. La profondeur de l'eau devait y être suffisante pour recouvrir une voiture, et le courant assez fort pour entraîner un corps jusqu'au Colorado, voire jusqu'au lac Travis. Ensuite, il y avait sur l'autre berge, un peu en amont, une aire de pique-nique très fréquentée, de laquelle il était possible de distinguer le point de vue de Rimrock Park.

Prudemment, Isabel fit avancer son véhicule aussi près du précipice qu'elle le put, serra le frein à main, fit taire l'autoradio et coupa le moteur. Même à cette distance, il lui était possible d'observer, de l'autre côté de la vallée, quelques familles installées autour de tables de bois. Pendant que les adultes discutaient entre eux, chiens et enfants gambadaient gaiement, dans un concert de cris, de rires et d'aboiements.

La mâchoire serrée, Isabel se défit de son serre-tête d'un geste résolu, pour coiffer une casquette de base-ball posée sur le siège passager. Elle l'avait choisie quelques jours auparavant dans un magasin de sport, pour sa visière démesurée qui obscurcissait la presque totalité de son visage bien plus que pour sa couleur kaki, qui ne lui plaisait guère.

Puis elle ramassa le petit sac d'épaule de cuir et le glissa vivement sous le siège. A l'intérieur, les policiers découvriraient — si son plan réussissait — les preuves de l'identité dont elle s'apprêtait à se défaire... Tout d'abord, elle avait hésité à y glisser son passeport, dont elle avait eu tant de mal à obtenir un duplicata. Mais il lui fallait absolument faire croire qu'elle s'apprêtait à quitter le pays, et que son véhicule était tombé accidentellement du haut de la falaise, alors qu'elle jetait un dernier coup d'œil nostalgique au pays qui l'avait vue naître et grandir. Sans doute en faisait-elle un peu trop, mais sa disparition devait paraître crédible pour n'éveiller aucun soupçon.

Nerveusement, Isabel jeta un coup d'œil à sa montre. Le temps filait vite... Sous peine de perdre le petit public qui, sans le savoir, allait assister au plongeon du coupé Mercedes, il lui fallait se résoudre à agir sans tarder. Comme un soldat vérifiant une dernière fois son paquetage avant de partir en mission, elle palpa sa poche de poitrine munie d'une fermeture Eclair. Sous ses doigts, le contact du porte-monnaie renfermant une petite somme d'argent et le ticket de bus qu'elle avait acheté à San Antonio la rassura. Quant à la clé plate de la consigne d'Abilene, elle formait dans sa chaussure, sous son talon, un petit renflement qu'il lui était impossible d'ignorer.

Il n'y avait plus à hésiter... Résolument, Isabel sortit du véhicule. Puis, une main posée sur l'encadrement de la portière qu'elle maintenait ouverte du genou, elle se pencha pour débloquer le frein à main et mettre le levier de vitesse au point mort. Enfin, le cœur battant et le souffle un peu court, elle poussa de toutes ses forces pour faire basculer la voiture dans le vide.

Aussitôt que ce serait chose faite, elle s'élancerait sur la route en lacet, dans la direction opposée de celle qu'elle avait empruntée, tel un jogger achevant tranquillement sa balade dans la fraîcheur du soir. Son intention était de parcourir au pas de course les cinq ou six kilomètres qui la séparaient du dépôt de bus de Crystal Creek — un jeu d'enfant pour elle — et d'y embarquer pour Abilene, ville distante d'un peu plus de cent soixante kilomètres.

Ensuite, il lui faudrait rester cachée quelques jours, le temps pour Eric de boucler l'enquête qu'il ne manquerait pas de lancer à l'annonce de sa disparition. Alors seulement, lorsqu'elle aurait la certitude que son ex-mari la tenait pour morte, elle pourrait songer à un moyen de quitter discrètement le pays. Pour le Mexique, peut-être, voire pour le Canada... Elle n'avait pas encore bien arrêté le lieu de son exil.

Les roues avant avaient déjà basculé dans le vide. Relâchant son effort, Isabel s'apprêtait à s'éloigner lorsqu'elle se rendit compte que le véhicule, sans doute bloqué à l'arrière par quelque pierre, demeurait coincé au bord de l'abîme. Comble de malchance, le bruit caractéristique d'une voiture gravissant péniblement la route escarpée commença à se faire entendre au bas de la côte.

Paniquée, Isabel se mordit la lèvre inférieure jusqu'au sang, jetant autour d'elle un regard affolé, sans parvenir à découvrir la moindre cachette parmi la broussaille parsemée de cactus. Que quelqu'un la surprenne en train de pousser sa propre voiture dans le vide, et tout son plan serait fichu... Pire encore, Eric ne manquerait pas d'en déduire quelles avaient été ses intentions, et de resserrer la surveillance impitoyable qu'il lui infligeait.

L'homme lui avait suffisamment prouvé que son seul but était dorénavant de la récupérer pour ne plus la lâcher. S'il la sentait sur le point de lui échapper, elle avait tout à craindre du délire obsessionnel qui le poussait à la persécuter... Avec un petit cri de rage et de désespoir, Isabel poussa de toutes ses forces, jusqu'à ce que le coupé Mercedes basculât d'un coup dans le vide.

Surprise en plein effort, elle se sentit perdre l'équilibre et plonger à la suite du véhicule, sans pouvoir rien faire pour se retenir. La suite ne fut qu'une longue et vertigineuse chute, émaillée de craquements sinistres et d'explosions de souffrance. Les yeux obstinément fermés, le cœur au bord des lèvres, elle s'étonna fugitivement de n'être pas encore morte. Puis ce fut l'impact, brutal et définitif. Pantelante de douleur, c'est presque avec reconnaissance qu'Isabel glissa dans l'inconscience.

Lorsqu'elle revint à elle, il lui sembla que son évanouissement durait depuis des heures. Pourtant, les voix affolées qui s'interpellaient non loin d'elle sur sa droite, à travers l'épais rideau de broussailles, lui prouvèrent que quelques secondes, quelques minutes tout au plus, s'étaient écoulées depuis l'accident.

— C'était une voiture! criait une voix d'homme jeune. Une petite décapotable bleue. J'ai eu le temps de la voir avant qu'elle ne s'enfonce dans l'eau.

— Il y avait quelqu'un à l'intérieur? s'enquit une voix de femme.

— Ça, je ne sais pas..., répondit le jeune homme sur un ton dubitatif.

— Jimmy! intervint une voix d'homme plus âgé. Prends la voiture et dépêche-toi d'aller sur la rive pour voir s'il y a quelqu'un dans l'eau. Pendant ce temps, j'appelle les pompiers et je te rejoins.

— Oui p'pa!

Malgré l'engourdissement qui avait gagné tout son corps et l'épais brouillard dans lequel baignait son esprit, Isabel se sentit infiniment soulagée par ces mots. Apparemment, les témoins de l'accident ne l'avaient pas vue tomber dans le vide à la suite de sa voiture. Quant aux passagers du véhicule qui gravissait la côte, ils n'avaient pas eu le temps d'arriver au sommet pour la surprendre.

Ainsi donc, songea-t-elle dans une demi-inconscience, tout n'était pas perdu. D'une certaine manière, son plan avait échoué. Mais par la grâce d'un caprice inattendu du destin, elle parvenait cependant au résultat escompté : aux yeux du monde, Isabel Delgado venait de trouver la mort dans un accident de voiture... Restait à présent à déterminer dans quelle mesure il lui serait possible de surmonter cette mésaventure pour disparaître tout à fait.

Graduellement, les sensations commencèrent à renaître dans tout son corps. Avec soulagement, elle prit conscience que, même si de multiples douleurs la tourmentaient, elle paraissait n'avoir que peu souffert de sa chute. Alors que la Mercedes effectuait un vol plané vers la Claro River, sans doute était-elle pour sa part tombée plus à pic, le long de la falaise. Les arbustes et broussailles qui y prospéraient, en la dissimulant aux yeux des témoins de la scène, avaient également ralenti sa chute et amorti le choc.

Se redressant précautionneusement sur un coude, Isabel entreprit d'effectuer un check-up complet. Elle était couverte de poussière, et ses vêtements de sport, déchirés en de multiples endroits, laissaient voir de vilaines éraflures. Mais le plus inquiétant était cette blessure ouverte, au bras droit, qui saignait abondamment parmi des lambeaux de manche déchiquetés. Et lorsque d'un revers de main elle s'essuya le front, elle la ramena poissée d'un sang rouge et épais.

Dans cet état pitoyable, il lui serait bien difficile de prendre le bus sans se faire remarquer... Pour ce qui était de nettoyer ses plaies et son visage, elle pouvait compter sur la rivière toute proche. Mais où diable trouverait-elle de nouveaux vêtements ? Peut-être, à la nuit tombée, pourrait-elle dérober quelques effets sur la corde à linge d'une ferme, comme on le voyait faire dans certains films ? Mais même à la campagne, y avait-il encore des ménagères pour utiliser une corde à linge ? Pour n'avoir jamais eu à faire la lessive de toute sa vie, Isabel n'en avait pas la moindre idée...

Pendant qu'elle réfléchissait à un moyen de se sortir de ce mauvais pas, la confusion ne cessait de croître sur l'autre berge, où de nombreux badauds s'étaient attroupés. Répondant à l'approche de quelques sirènes hurlantes, plusieurs chiens se mirent à aboyer frénétiquement. Isabel comprit qu'il valait mieux pour elle ne pas trop s'attarder sur le lieu de l'accident. Même si personne ne l'avait vue tomber, des fouilles seraient inévitablement entreprises sur chacune des berges, pour rechercher le conducteur du véhicule accidenté.

Frissonnant dans la fraîcheur du soir tombant, elle remonta sans grand effet le col de son vêtement autour de son cou. Puis, avisant un lambeau de tissu sur sa manche, elle l'arracha d'un geste sec et coinça l'une des extrémités entre ses dents, pour le nouer tant bien que mal au-dessus de la blessure qui entaillait son bras. A l'aide d'une branchette ramassée sur le sol et glissée dans le nœud, elle resserra ce garrot improvisé jusqu'à faire cesser le saignement de la plaie. Le temps d'une prière pour que la blessure ne nécessitât pas de points de suture, elle maintint la pression. Fort heureusement, lorsqu'elle la relâcha, il ne s'écoulait plus qu'un mince filet de sang.

Il faisait presque nuit à présent, bien que le soleil ne fût pas encore totalement couché. Isabel, levant les yeux, comprit que les nuages bas et menaçants qu'elle avait aperçus en arrivant avaient fini par la rattraper. Par inter-mittence, de longs éclairs zébraient le ciel. Le gronde-ment sourd du tonnerre commençait à courir au-dessus des collines. Bientôt, une grosse goutte de pluie, suivie de quelques autres, vint percuter son visage et le tapis de feuilles mortes sur lequel elle demeurait allongée.

Les yeux fermés, Isabel songea que la chance était avec elle, et offrit son visage à la pluie avec reconnais-sance. Une bonne averse aurait tôt fait d'effacer, autour du lieu de l'accident, toute trace de son passage. Pourtant, dès que l'ondée l'aurait rafraîchie, il lui faudrait se mettre en quête d'un abri. Peut-être pourrait-elle, moyennant finance, demander à quelqu'un de...

Se redressant brusquement, les yeux agrandis par une peur panique, Isabel porta la main à sa poche de poitrine. A l'endroit où elle avait rangé son porte-monnaie ne se trouvait plus qu'une large déchirure. Dans sa chute, ce n'était pas sa manche seule qui avait été emportée, mais une bonne partie du côté droit de son blouson, poche et porte-monnaie compris.

Avec un gémissement de désespoir, elle se laissa retomber sur le sol et tenta péniblement d'analyser la situation. Pour être arraché de la sorte, peut-être le pan de

15

son blouson s'était-il trouvé coincé lors de la chute par un élément de la voiture — le rétroviseur, peut-être. Si tel était le cas, il reposait à présent au fond de la rivière, et avec lui tous ses espoirs de pouvoir gagner Abilene pour y récupérer son bien...

En proie à la plus profonde détresse, Isabel enfouit son visage dans ses mains et tenta de recouvrer son calme. Paniquer ne servirait qu'à amoindrir encore ses chances de s'en sortir. Il lui fallait à tout prix réfléchir calmement et trouver une solution pour échapper au piège dans lequel elle venait de se jeter. De l'autre côté de la rivière, le bruit des sirènes et les cris des sauveteurs, bien qu'assourdis par le vacarme de l'averse, prouvaient que le temps lui était compté.

Désormais, il était hors de question de fouiller les broussailles environnantes dans l'espoir d'y retrouver la partie manquante de son blouson. Même si par miracle le porte-monnaie ne gisait pas au fond de l'eau, partir à sa recherche dans cette obscurité et par ce temps reviendrait à chercher une aiguille dans une meule de foin. Sans parler du risque d'être découverte par les pompiers, qui ne tarderaient plus à traverser la rivière pour poursuivre leurs investigations.

Il tombait des cordes à présent. Malgré le froid et l'humidité qui commençaient à engourdir son corps, Isabel y trouvait presque une source de réconfort. L'épais rideau de pluie avait sur ses douleurs diffuses un effet apaisant. De plus, tandis qu'elle se redressait pour s'éloigner du lieu de l'accident, elle était à peu près sûre que ce déluge l'empêcherait d'être aperçue de l'autre rive.

Tant bien que mal, elle avait parcouru une centaine de mètres vers l'aval lorsque l'énormité de son infortune la terrassa de nouveau. Elle était seule, en pleine nature, sans argent, sans papiers, blessée et les vêtements en lambeaux, privée de la possibilité de demander de l'aide à qui que ce fût... Même pour une femme aussi forte et résolue qu'elle l'était, il était difficile de ne pas se laisser aller au découragement.

Les jambes coupées, Isabel se laissa choir à genoux sur le sol tapissé de feuilles, et enserra de ses bras son corps frissonnant. Ses cheveux étaient trempés et collaient désagréablement sur sa nuque et son front. En amont de la rivière, des cris venus du point de vue attirèrent son attention. Levant la tête, elle distingua confusément, à travers le rideau de pluie, une équipe de sauveteurs qui lançait une corde dans le vide, avant que l'un d'eux ne se mît à descendre en rappel le long de la paroi rocheuse.

Elle se leva alors précipitamment et s'engagea dans un étroit sentier creusé dans les ronces par le passage d'animaux sauvages. Il pleuvait toujours à verse. La nuit était à présent définitivement tombée. Isabel distinguait à peine le chemin sur lequel elle se hâtait. De temps à autre, une branche traîtresse s'accrochait à elle, infligeant à son pantalon et à ses jambes déjà bien malmenés de nouveaux dégâts. Trébuchant sur les pierres qui semblaient conspirer pour la faire tomber, elle s'efforçait de garder le cap et de ne pas ralentir l'allure.

Enfin, après ce qui lui sembla avoir duré des heures, Isabel s'autorisa à faire une halte pour reprendre son souffle. La pluie avait presque cessé et l'on n'entendait plus, dans le parfait silence nocturne, que le murmure des peupliers à moitié dénudés et le cri d'un hibou. Profitant d'une trouée dans le plafond nuageux, la lune fit une brève apparition avant d'être de nouveau masquée. Le souffle court et les jambes en coton, Isabel dut s'adosser aux branches basses d'un grand cèdre. Elle se sentait frigorifiée, vidée de toute énergie. Une douleur sourde commençait à irradier de la blessure de son bras droit, sans doute infectée.

Mais pire encore que la fatigue ou les blessures était le sentiment de n'avoir plus le moindre plan à suivre... Son seul but, sa seule perspective était de mettre entre elle et

17

le lieu de l'accident le plus de distance possible. A part cela, elle n'avait pas la plus petite idée de la façon dont elle allait s'y prendre pour s'en sortir. En désordre, diverses hypothèses, toutes plus irréalistes les unes que les autres, affluèrent sous son crâne.

Elle pourrait par exemple frapper à la porte de la première ferme venue, dire qu'elle avait eu un accident et demander à se servir du téléphone pour réclamer de l'aide. Mais à qui s'adresser ? Certainement pas à son père ni à son demi-frère ! De toute façon, avant même de la laisser accéder au téléphone, on la prierait de décliner son identité. Or, Isabel Delgado était à présent tenue pour morte... Bien sûr, elle pourrait s'inventer une nouvelle personnalité, ou prétendre que son accident l'avait rendue amnésique. Mais il était à craindre qu'Eric, sur qui l'on pouvait compter pour faire son enquête dans le voisinage, ne fît très vite le rapprochement.

Découragée, Isabel se laissa glisser contre le tronc de l'arbre géant. A l'abri de son feuillage imperméable, le sol était sec et tapissé d'aiguilles odoriférantes. Avec un soupir, elle se roula en chien de fusil. Confusément, elle se dit qu'après quelques minutes de repos elle se sentirait bien mieux pour décider de la conduite à tenir. Ce fut son dernier éclair de conscience, avant de sombrer dans un sommeil sans rêves.

2.

Dan Gibson poussa un soupir d'exaspération et de découragement. Une fois de plus, le moteur du vieux dispositif d'irrigation était en panne... Accroupi près de l'engin, il en souleva le capot avec appréhension pour y introduire une main aux doigts déjà recouverts de cambouis. De quoi s'agissait-il, cette fois ? Du remplacement d'un simple gicleur à quelques dollars, ou de la défaillance d'une pièce aussi essentielle que ruineuse ?

Vu le temps qu'il passait à réparer cette satanée machine, songea-t-il amèrement, il eût été plus profitable d'en acheter une neuve... Il ne pourrait, hélas ! y parvenir qu'en contractant un nouvel emprunt, ce que même un homme aussi compréhensif que Cody Hendricks, le banquier de Crystal Creek, ne saurait consentir à un client aussi endetté que lui.

Découragé, Dan s'assit sur ses talons et cligna des yeux pour observer dans le soleil couchant ses enfants occupés à jouer près de la rivière. Ellie, l'aînée, âgée de douze ans, était dans l'eau jusqu'aux genoux, pliée en deux pour découvrir parmi les galets les pointes de flèches en silex que l'on pouvait parfois y trouver. De quatre années plus jeune que sa sœur, Chris n'avait pas le droit de s'aventurer dans l'eau lorsque son père n'était pas là pour la surveiller. Traînant derrière elle la petite carriole rouge qu'il leur avait bricolée, elle semblait fort occupée à ramasser avec Josh, le cadet, des montagnes de cailloux colorés.

Du haut de ses deux ans, Josh n'était pas le moins entreprenant ni le moins turbulent des trois... Habillé d'une barboteuse en jean, les pieds bottés pour les protéger des cailloux, il ne cessait d'aller et venir avec affairement, effectuant dix pas là où sa sœur n'en faisait guère que deux. C'était un régal de voir ses longues boucles blondes briller au soleil, et d'entendre son gai babil porté par le vent.

Le cœur débordant de tendresse, Dan sourit et repoussa d'un geste machinal sa casquette en arrière. Puis son regard revint au champ de maïs tardif et aux lances d'arrosage désespérément sèches, et son sourire se figea sur ses lèvres. Heureusement, il était tombé, la nuit précédente, une forte pluie qui lui donnerait quelques jours de répit pour réparer le moteur. Mais s'il n'y parvenait pas, la récolte serait compromise, ce qui réduirait de manière dramatique ses ressources financières pour l'année à venir...

— Ellie ! s'écria-t-il en direction de la grève. Il est largement temps d'aller vous coucher, maintenant !

Ses deux filles se récrièrent aussitôt, réclamant quelques minutes supplémentaires, du fait que le lendemain — un dimanche — n'était pas un jour d'école. Dans son sabir inimitable, Josh se joignit à ses sœurs, ce qui arracha à Dan un nouveau sourire. Il soupçonnait son fils de se joindre au chœur des lamentations par simple solidarité fraternelle. Depuis qu'il était bébé, il adorait le rituel du coucher, avec son cortège de bain moussant, de chatouilles, de bisous et d'histoires chuchotées au creux de l'oreille dans le noir.

— D'accord..., consentit Dan, jetant à sa montre un regard inquiet. Un quart d'heure, pas plus. Je vous signale que vous avez déjà dépassé d'une heure l'horaire habituel !

Satisfaits, les trois gamins retournèrent à leurs jeux, et leur père, pour quelques minutes encore, put se pencher sur le cas apparemment désespéré de la pompe d'irrigation.

Légèrement plus grand que la moyenne, Dan était un homme bien bâti, dont le corps avait acquis depuis l'enfance, grâce aux travaux des champs, une force et une résistance à toute épreuve. Depuis longtemps, il avait renoncé à discipliner son épaisse chevelure châtain clair, dont les mèches rebelles, comme celles de son fils, avaient tendance à boucler lorsqu'elles devenaient trop longues. Ses yeux d'un vert sombre, un peu sévères, pouvaient impressionner ceux qui ne connaissaient pas sa proverbiale réputation de placidité et de gentillesse.

Alors qu'il se penchait sur sa caisse à outils pour y prendre un tournevis, une tache de couleur mouvante à la périphérie de son champ de vision attira son attention. Relevant vivement la tête, Dan scruta l'épais fouillis de broussailles qui prospéraient le long de la rive, non loin de l'endroit où jouaient ses enfants. Quoi que cela pût être, la chose avait disparu, à présent.

Soucieux, il se demanda si l'un des étalons de J.-T. McKinney ne s'était pas une fois encore offert une permission, avant d'écarter cette idée. Cal McKinney avait récemment renforcé toutes les clôtures du ranch Double C. Plus probablement s'agissait-il d'un cerf, voire même d'un sac en plastique pris au piège de quelque branche.

La découverte inopinée du mécanisme défectueux dans le moteur l'empêcha d'y penser plus avant. Un simple gicleur à changer... Une visite à la coopérative et quelques billets verts suffiraient à régler le problème. Une fois encore, songea-t-il avec soulagement, le désastre était évité. Mais pour combien de temps ?

Refusant de se laisser aller au défaitisme, Dan se redressa et plaça ses mains en porte-voix.

— Allons-y, les gosses ! s'écria-t-il joyeusement. C'est l'heure...

Pour la forme, les deux filles tentèrent bien de protester, mais ce fut cette fois sans trop de conviction. Connaissant leur père, elles savaient qu'il n'était pas du genre à se laisser fléchir, une fois sa décision prise. Sans les attendre, il se dirigea vers la maison à grandes enjambées. Chris fut la première à le rejoindre, saisissant fermement sa main droite et traînant de l'autre la petite carriole à présent lourdement chargée. Dan baissa les yeux sur son petit visage sérieux constellé de taches de rousseur.

— Que comptes-tu faire de tous ces cailloux ?

— Josh et moi, on va construire le château de la Belle au bois dormant, répondit-elle. Ce sera magnifique, papa, tu verras !

— 'Gnifique ! répéta Josh avec gourmandise.

D'autorité, il avait glissé sa petite menotte dans la main gauche de son père et trottinait à côté de lui.

— Le château de la Belle au bois dormant ! railla Ellie dans leur dos. Vous ne seriez même pas capables de construire la maison des sept nains, bande de bébés...

Sous l'affront, les joues de Chris s'empourprèrent instantanément. En un geste qui lui était coutumier, Dan lui ébouriffa affectueusement les cheveux.

— Si j'ai un peu de temps demain, dit-il, je vous aiderai peut-être dans la construction de votre château.

Oubliant tout grief contre sa sœur, Chris leva vers lui un regard de pure vénération.

— Sérieux ? demanda-t-elle.

— J'ai dit peut-être...

Chris se retourna vers Ellie et lui tira la langue.

— Papa va nous aider, moi et Josh, à construire notre château ! triompha-t-elle. Et ça sera le plus beau château qu'on ait jamais vu, sombre idiote !

— Sombre idiote toi-même ! rétorqua l'aînée sans conviction.

Puis, après un silence méditatif, elle ajouta :

— J'aimerais tant que Gypsie soit là... Ça fait mal de se faire stériliser, p'pa?

— Ne t'en fais pas pour elle..., la rassura Dan. Je suis sûr que Gypsie s'amuse beaucoup à la clinique, avec tous les autres chiens. De toute façon, elle sera de retour dès demain.

Après avoir buté du pied contre une touffe d'herbe, Josh s'étala de tout son long. Avec une intensité inversement proportionnelle à sa taille, il se mit à hurler jusqu'à ce que son père l'eût pris dans ses bras. Tout en marchant, Dan ne cessait de retourner sous son crâne son emploi du temps surchargé du lendemain. Le premier élan passé, il ne voyait pas comment il pourrait consacrer une demi-heure à aider Chris dans la construction de son château, et en venait presque à regretter sa promesse.

La plupart du temps, il travaillait de l'aube au crépuscule, souvent plus de seize heures d'affilée si l'on prenait en compte les tâches domestiques. En plus de ses propres cultures, il cultivait quelques arpents de vigne pour le compte du vignoble McKinney, s'occupait de ruches assez productives et d'un bon rapport, en bordure de forêt, sans compter l'élevage de quelques têtes de bétail, de quelques cochons et de quelques chèvres.

En fait, tout ce qui pouvait l'aider à payer ses traites et à maintenir la tête hors de l'eau était bon à prendre. Avec, qui plus est, trois jeunes enfants à élever seul, on ne pouvait pas dire que sa vie ressemblait à un Eden bucolique... Pour être tout à fait honnête, il devait bien reconnaître qu'il lui semblait revivre, jour après jour, le même cauchemar éveillé.

Les bras toujours encombrés de leur précieux fardeau, Dan suivit ses deux filles dans la maison, prenant garde de ne pas trébucher sur les marches du porche. Josh suçait rêveusement son pouce et avait posé la tête contre sa poitrine, manifestement à deux doigts de s'endormir.

En découvrant le spectacle qui l'attendait dans la cuisine, Dan ne put retenir un soupir consterné. D'un bout à l'autre, la pièce semblait avoir été traversée par un cyclone...

Contrairement à l'agriculture, où l'on pouvait voir germer le lendemain ce que l'on avait semé la veille, les tâches ménagères lui semblaient un perpétuel et stérile recommencement. Il avait beau faire, aucun de ses efforts pour maintenir un semblant d'ordre dans cette maison n'aboutissait jamais. Jouets, vêtements, livres, cahiers et crayons gisaient partout sur le sol et la table de cuisine. Dans l'évier s'amoncelait en piles précaires la vaisselle de leur repas du soir. Avant de sortir s'amuser, les deux sœurs s'étaient âprement disputées à propos d'histoires compliquées de tours de vaisselle, dans lesquelles Dan s'était bien gardé d'intervenir.

Il y avait des soirs, comme celui-ci, où il se prenait à rêver de bonheurs simples mais inaccessibles. Comme celui, par exemple, de pouvoir rentrer dans une maison propre et rangée, après une dure journée de labeur, sans avoir à subir les assauts de trois enfants déchaînés...

Choisissant de prendre le taureau par les cornes plutôt que de se lamenter, Dan expédia Chris dans la salle de bains, avec pour mission de faire couler un bain pour elle et son frère. Puis il entreprit de ramasser l'un après l'autre les reliefs des activités du jour, remarquant avec surprise qu'Ellie se dirigeait de sa propre initiative vers l'évier. Tandis qu'elle relevait ses manches et faisait cascader le robinet dans un des bacs, il fut frappé par une certaine rigidité dans son attitude. Abandonnant sa tâche, il s'assit contre la table de bois clair carrelée de blanc et la contempla pensivement.

Prénommée Danielle pour l'état civil, sa fille avait décidé toute petite de se faire appeler Ellie, parce qu'elle détestait le prénom que ses parents lui avaient choisi. De ses trois enfants, elle était celle qui ressemblait le plus à sa mère. A la voir aujourd'hui, pas tout à fait adulte mais plus tout à fait enfant, il était clair qu'Ellie promettait de devenir une fort belle femme. Ses cheveux couleur d'ébène aux reflets soyeux étaient coupés court autour de son visage ovale, où deux grands yeux noisette pouvaient, selon l'humeur, paraître éteints ou extrêmement vivants. Si les yeux étaient les fenêtres de l'âme, songea Dan, alors ceux de sa fille étaient particulièrement transparents...

En juin, un mois à peine après son douzième anniversaire, Ellie avait été surprise par l'arrivée de ses premières règles. Peu préparée à y faire face, elle avait vécu cet événement comme une trahison de son propre corps, et en avait conçu un dégoût qui l'avait plongée pendant des jours dans l'abattement. En père attentionné, Dan avait fait de son mieux pour la rassurer. Ensemble, ils avaient consulté des livres, pour qu'elle n'ignore plus rien des mystères de l'anatomie des deux sexes. Patiemment, il l'avait consolée, essayant de la convaincre que ce qu'elle vivait comme un drame était en fait une bénédiction. Peu à peu, ses angoisses semblaient s'être calmées. Dan restait pourtant convaincu qu'une mère eût été plus appropriée et plus convaincante dans ce rôle.

— Ellie ? demanda-t-il sans préambule. Si tu me disais ce qui ne va pas...

Sans paraître le moins du monde surprise par la question, Ellie poursuivit sa tâche avec application, rinçant soigneusement les assiettes avant de les poser dans l'égouttoir.

— Je ne vois pas pourquoi nous n'avons pas de lave-vaisselle..., bougonna-t-elle. Tante Marie, elle, en a deux ! Le mois dernier, oncle Bubba lui en a acheté un autre, rien que pour les poêles et les casseroles...

— Tant mieux pour elle, répondit Dan sans s'énerver. Marie a suffisamment travaillé tout au long de sa vie pour mériter un peu de confort, à présent que leur élevage d'autruches leur permet de vivre largement. Mais ce n'est pas notre cas, Ellie. Nous ne pouvons nous offrir ce luxe, et tu le sais.

— Nous ne pouvons jamais rien nous offrir ! protesta-t-elle amèrement. Pourquoi faut-il que nous soyons si pauvres ?

Quoique blessé par la remarque, Dan s'abstint de répondre. Malgré la maturité précoce dont elle faisait preuve, il ne devait pas oublier que sa fille n'était encore qu'une enfant, incapable d'appréhender les difficultés de leur situation financière.

— Là n'est pas le problème, reprit-il au bout d'un moment. Tu n'as rien d'autre à me dire ?

— Bien sûr que non ! répondit-elle, récurant le dos d'une casserole avec une énergie superflue. Sinon qu'une fois de plus, je dois faire le travail de cette paresseuse de Chris...

Toujours appuyé contre la table, les bras croisés, Dan attendit que sa fille se décide à parler. Il la connaissait suffisamment pour savoir qu'elle détestait être bousculée. Enfin, lorsqu'elle abandonna sa vaisselle pour se tourner vers lui, il fut frappé par le trouble qui se lisait sur son visage.

— Papa..., commença-t-elle sur un ton hésitant. Si par hasard je trouvais quelque chose qui n'appartient à personne, est-ce que cette chose pourrait être à moi ?

— Je ne sais pas, répondit Dan prudemment. Je suppose que cela dépendrait de la chose en question, et de l'endroit où tu l'aurais trouvée.

— Imaginons que je trouve, ici, sur notre ferme, quelque chose qui n'appartient ni à toi, ni à Chris, ni à Josh... Imaginons que le vent ait amené cette chose jusqu'ici, et qu'il ne soit pas possible de retrouver son propriétaire. Est-ce que je pourrais la garder ?

De plus en plus intrigué, Dan scruta le visage de sa fille avec curiosité. Mal à l'aise, celle-ci détourna le regard vers la fenêtre, où l'on ne distinguait plus que le noir de la nuit.

— Je suppose que oui..., répondit-il après quelques instants de réflexion. Si le vent amène chez nous quelque chose dont on ne peut retrouver le propriétaire légitime, je pense que tu peux être autorisée à conserver ta trouvaille.

Visiblement soulagée, Ellie se retourna vers lui. Un grand sourire illuminait son visage. Tandis qu'elle s'approchait timidement de la table, elle plongea la main dans la poche de son short. D'un geste résolu, elle posa sur le plateau carrelé un petit rectangle de papier vert. Reconnaissant un billet de cinquante dollars détrempé et froissé, Dan considéra sa fille avec stupéfaction.

— Où as-tu trouvé ça?

— Dans la rivière, répondit-elle. Il flottait à la surface de l'eau.

— Pas possible! s'exclama Dan, saisissant le billet pour l'observer sous toutes les coutures. Allons-y tout de suite avec une lampe torche, pour voir s'il n'y en a pas d'autres...

Tous deux éclatèrent de rire, puis Ellie tendit le billet à son père.

— Tu pourrais déposer cette somme sur mon livret, quand tu iras en ville?

— Sans problème, répondit Dan en grimaçant. Avec cinquante dollars en banque, tu seras la personne la plus riche de la famille...

Après avoir accueilli d'un pâle sourire cette pauvre plaisanterie, Ellie retourna à l'évier pour y terminer la vaisselle.

— Nous n'avons pas encore eu le temps de parler de Mme Graham, reprit-il en s'attelant au ramassage qu'il avait interrompu. Que s'est-il passé avec elle?

Penchée sur l'évier, Ellie haussa les épaules.

— C'était une mégère prétentieuse..., bougonna-t-elle. En plus, elle était méchante et criait sans arrêt contre Josh.

Dan soupira.

— Tu ne leur laisses jamais une chance, protesta-t-il. Mme Graham était notre quatrième gouvernante en moins de trois mois, et elle n'est pas restée plus de trois jours. Record battu !

— De toute façon, dit Ellie d'une voix sèche, nous n'avons pas besoin de gouvernante. Chris et moi pouvons très bien nous occuper de cette maison.

Dan balaya d'un œil dubitatif le désordre qui régnait dans la cuisine.

— Elle m'a dit que vous étiez des effrontées qui n'en faisaient qu'à leur tête. Qu'as-tu à répondre à cela ?

Ellie se retourna, les yeux étincelants de colère, et s'adossa à l'évier.

— J'ai à répondre qu'elle veut tout commander, et qu'elle ne connaît pas son travail. Nous n'avons pas besoin d'elle ici, ni de personne, d'ailleurs ! Je déteste avoir des étrangers dans ma maison.

— Elle m'avait pourtant été chaudement recommandée par ses anciens employeurs, reprit Dan sans se laisser décourager. A raison de quelques heures par jour, elle était prête à faire le ménage, à s'occuper de vous après l'école, et à préparer un repas chaud chaque soir. En ce qui me concerne, cela me convenait parfaitement...

— Cela devait coûter une fortune..., s'obstina Ellie, la mine boudeuse et les bras croisés. Si nous ne pouvons nous offrir un lave-vaisselle, je vois mal comment nous pourrions payer une gouvernante !

Cette fois-ci, elle dépassait les bornes. Dan décida de laisser libre cours à son irritation.

— Cela suffit, Ellie ! Jusqu'à preuve du contraire, c'est encore à moi de décider ce qui est nécessaire ou non dans cette maison. Notre situation financière a beau être délicate, certaines dépenses sont indispensables. Je m'inquiète pour Chris et Josh. Ils ont besoin de plus de soins et d'attention que je ne peux leur en offrir.

— Je peux très bien m'occuper d'eux, décréta Ellie d'un air buté. Chris et moi pouvons travailler encore plus fort pour maintenir la maison en état. Quant à la cuisine, j'en fais mon affaire !

— Des pâtes au fromage tous les soirs, ce n'est pas un régime idéal pour des enfants en pleine croissance...

— Tante Marie peut m'apprendre à cuisiner d'autres plats. Elle me l'a d'ailleurs proposé.

Découragé, Dan contempla sa fille en silence, à court d'arguments. Insister ne servirait qu'à la braquer un peu plus. Il n'avait pas d'autre choix que d'essayer de trouver la perle rare qui saurait se faire accepter par cette enfant difficile qu'était sa fille. Il l'aimait profondément et s'inquiétait parfois de la découvrir si inflexible, et par certains côtés si dure, envers elle-même autant qu'envers les autres. Il le savait, la vie n'était pas toujours tendre avec ceux qui ne montrent pas suffisamment de souplesse dans l'adversité.

— Je vais aider Chris à mettre Josh au lit, décida Ellie en se dirigeant vers la salle de bains.

Fourbu, Dan alla s'asseoir dans un des fauteuils du salon et ouvrit le journal du jour, qu'il avait abandonné là, faute de temps pour le lire.

— Merci ! s'écria-t-il, de manière à se faire entendre de son aînée. Appelle-moi quand ce sera fait, je viendrai leur raconter leur histoire.

Il avait à peine eu le temps de parcourir les gros titres qu'un concert de voix impatientes l'interpella depuis la chambre des enfants. Lorsqu'il y parvint, les deux plus jeunes étaient déjà confortablement nichés dans leurs lits superposés, tandis que l'aînée, à en juger d'après les bruits qui parvenaient de la salle de bains, était partie à son tour faire sa toilette.

Dan se pencha sur la couchette supérieure et remit tendrement en place quelques mèches blondes sur le front de Chris, avant de déposer un gros baiser sur la joue qu'elle lui tendait en souriant. Puis il s'accroupit auprès du lit de son fils. La tête dans l'oreiller, le pouce dans la bouche et le bras replié sur un nounours hors d'âge, Josh était déjà à moitié endormi. Remontant la couverture sur son cou, Dan lui caressa quelques instants la joue et l'embrassa sur le front. Avec un petit soupir de bien-être, Josh se retourna vers le mur tandis que son père saisissait sur la table de nuit une vieille version illustrée de *Peter Pan*, qu'il leur racontait par épisodes depuis quelques jours.

Josh ne comprenait pas grand-chose à l'histoire, mais il était de toute façon trop fatigué pour y prêter attention. Seule comptait pour lui la présence de son père à son côté, tandis qu'il se laissait glisser dans un sommeil de plomb. Chris, quant à elle, était passionnée par les aventures de l'enfant qui ne voulait pas grandir et de la fée Clochette. Pas plus tard que la veille, Dan l'avait surprise juchée sur son tracteur, les bras tendus, s'apprêtant à prendre son envol, à l'image de son héros...

Dix minutes plus tard, Dan frappait à la porte de la véranda. Faute de place, il y avait aménagé pour Ellie un coin à elle où dormir, sauf lors des plus froides nuits d'hiver où elle trouvait refuge sur le divan du salon. Sans attendre de réponse, il poussa la porte et trouva sa fille déjà couchée, plongée dans la lecture du premier tome de *Mon amie Flicka*, emprunté à la bibliothèque.

— Quand j'étais gamin, dit-il en venant s'asseoir auprès d'elle, j'adorais ce livre, moi aussi. Sais-tu que c'est une trilogie ?

Reposant le livre sur ses genoux, Ellie hocha la tête.

— Je les ai déjà réservés auprès de la bibliothécaire... Je peux te dire quelque chose, papa ?

— Bien sûr, mon cœur... De quoi s'agit-il ?

Le visage grave, Ellie prit une profonde inspiration avant de se lancer.

— Je suis sûre que Mme Graham n'était pas la bonne personne pour nous, dit-elle d'un ton solennel. Mais si tu

30

trouves une nouvelle gouvernante, je te jure de faire des efforts. En attendant, tu peux compter sur Chris et moi pour travailler deux fois plus fort. Je t'assure que nous ferons tout notre possible pour te faciliter la tâche...

La gorge serrée, Dan se pencha vers elle et lui prit le visage entre les mains pour l'embrasser sur les deux joues.

— Merci, ma grande..., murmura-t-il, avant de se lever pour se diriger vers la porte, sur le seuil de laquelle il se retourna.

— Ne lis pas trop longtemps, promis ?

— Promis. Bonne nuit, papa.

— Bonne nuit, Ellie.

Le pas traînant, Dan revint dans le salon, trop fatigué pour songer à lire un livre ou regarder la télévision. Tout ce qu'il désirait, à présent qu'il avait fait face à ses obligations du jour, c'était une bonne douche, avant de plonger au fond de son lit. Mais auparavant, il souhaitait achever la lecture d'un article qui avait attiré son attention lorsqu'il avait parcouru les gros titres.

Feuilletant rapidement les pages du journal, il eut tôt fait de retrouver ce qu'il cherchait. Accompagné d'une photo et d'un titre accrocheur, l'article relatait sur deux colonnes la mort d'une jeune femme de vingt-sept ans, nommée Isabel Delgado, dont la voiture avait plongé dans la Claro River, du haut du point de vue de Rimrock Park.

« A l'heure où nous imprimons, précisait l'article, *il est toujours impossible de déterminer les causes réelles de l'accident. La victime, fille du célèbre industriel texan Pierce Delgado, avait divorcé voici deux ans d'Eric Matthias, lieutenant de police à Austin. Très affecté par cette disparition, celui-ci nous a confié que le comportement de son ex-épouse s'était révélé pour le moins instable ces derniers mois. »*

Le journaliste poursuivait en décrivant les recherches

entreprises sans succès le long des berges pour trouver trace de la jeune femme. Bien que sa voiture — une Mercedes décapotable dernier modèle — eût été repêchée, on n'y avait retrouvé que ses papiers d'identité.

Cela, songea Dan avec amusement, il n'y avait guère qu'un journaliste pour s'en étonner... Depuis trente-cinq ans qu'il vivait au bord de la Claro River, il avait appris à s'en méfier autant qu'à l'aimer. A Rimrock Park, l'étroitesse de la vallée transformait la rivière en véritable piège. Très calme en surface, le cours d'eau était parcouru dans ses profondeurs par de puissants courants, qui avaient causé la mort de nombreux nageurs imprudents ces dernières années.

Sa lecture achevée, Dan rapprocha le journal de ses yeux pour étudier la photographie. Il y avait dans ce visage un mélange étrange de mélancolie feutrée et de joie de vivre qui le rendait particulièrement attrayant. Soudain, il comprit que le portrait de cette « riche héritière » dont parlait l'article avait fait bien plus pour capter son regard que le titre racoleur.

Son visage ovale et un peu lunaire était encadré de cheveux qui devaient être blonds, encore que le cliché grossièrement reproduit en noir et blanc ne permît pas de le déterminer tout à fait. Ses yeux fixaient l'objectif du photographe avec un air à la fois réservé et provocant. Quant au sourire qui retroussait le coin de ses lèvres fines, il eût été difficile de dire s'il témoignait de sa timidité ou de son amusement.

L'ensemble, songea Dan en reposant le journal sur ses genoux, composait une physionomie des plus intéressantes. Isabel Delgado — riche héritière ou pas — semblait avoir été une femme dotée d'humour, d'intelligence et de sensibilité. Hélas! elle ne sourirait ni ne parlerait plus à aucun homme, désormais. Dans quelques jours, on découvrirait son corps, sur les berges du Colorado ou du lac Travis, et l'on ne pourrait plus que prier pour le repos de son âme...

Soudain très fatigué, Dan replia le journal et le jeta d'un geste las sur la table basse du salon. Surpris par l'inexplicable sentiment de perte et de gâchis qu'il ressentait, il se leva, éteignit la pièce, et gagna la salle de bains d'un pas traînant.

3.

Tapie dans les buissons près de la rivière, Isabel guettait depuis des heures la petite maison dont les lumières s'éteignaient l'une après l'autre, bien trop lentement à son gré. Cela faisait maintenant vingt-quatre heures qu'elle avait plongé dans le vide. Son bras droit, enflé et brûlant, la faisait souffrir terriblement. Les nombreuses écorchures et les bleus qui parsemaient le reste de son corps ne se laissaient pas oublier non plus. Pour couronner le tout, elle était crottée de la tête aux pieds, transie de froid, assoiffée et quasiment morte de faim.

Toute la journée, elle avait cheminé le long de la rivière, luttant contre les ronces et se frayant tant bien que mal un chemin dans les fourrés. La peur au ventre, constamment aux aguets, elle se terrait où elle pouvait dès qu'elle courait le risque — réel ou supposé — d'être aperçue. A présent, elle se sentait étrangement légère, la tête et le ventre vides, sujette à des vertiges qui l'obligeaient régulièrement à s'asseoir sur le sol pour reprendre ses esprits. La seule perspective d'avoir à passer une autre nuit dehors suffisait à la plonger dans un désespoir sans fond.

Avec des prudences de Sioux, Isabel avait observé les allées et venues des trois enfants qui jouaient sur la berge et de l'homme à la carrure impressionnante qui semblait être leur père. La ferme qu'ils occupaient, à plusieurs kilomètres de toute autre habitation, était particulièrement isolée. Restait à espérer que le fermier, comme c'était souvent le cas dans cette contrée rurale, ne fermerait pas sa porte à clé la nuit venue. Dans le cas contraire, le plan risqué qu'elle avait échafaudé serait réduit à néant avant même de pouvoir être exécuté...

Dès que toutes les lumières seraient éteintes et qu'assez de temps se serait écoulé pour que tous fussent endormis, elle avait l'intention de s'introduire dans la maison pour y dérober de la nourriture, et si possible quelques vêtements. Avec un peu de chance, elle parviendrait peut-être à mettre la main sur des médicaments pour soulager son bras. Si l'occasion lui en était fournie, elle était même prête à faire main basse sur de l'argent... Ce larcin-là lui répugnait plus que tous les autres, mais sa situation était suffisamment désespérée pour faire taire tous ses scrupules.

Lors de brefs moments de lucidité, la folie de ce projet lui apparaissait clairement, et elle était prête à y renoncer. Mais bien vite, rattrapée par la faim, la peur, la douleur et le froid, elle glissait de nouveau dans un état proche de l'hébétude qui lui interdisait toute pensée rationnelle. Qui plus est, sa montre s'était perdue dans l'accident et elle n'avait plus la moindre notion du temps. Depuis quand la dernière fenêtre s'était-elle obscurcie ? Une minute ? Un quart d'heure ? Une heure ? Elle n'aurait su le dire, mais le froid était si intense, et la lune si haute dans le ciel, que la nuit devait être déjà bien avancée.

N'y tenant plus, elle allait s'élancer vers la maison lorsqu'une idée soudaine brisa son élan. Et si un chien venait à signaler sa présence ou à se jeter sur elle ? Depuis qu'elle espionnait la ferme, elle n'en avait vu aucun. Mais la possibilité qu'il pût être enfermé dans une grange et lâché pour la nuit n'était pas à exclure... Pourtant, même une telle menace ne parvint pas à la dissuader plus longtemps. Retenant son souffle et le cœur battant,

Isabel jaillit de son abri pour se glisser d'arbre en arbre jusqu'à la cour arrière du bâtiment.

Lorsqu'elle parvint devant la porte de service sans avoir rencontré le moindre chien, elle poussa un soupir de soulagement. La partie n'était pas gagnée pour autant, car le plus dur restait à faire... Saisissant le bouton de porte d'une main tremblante, les nerfs à vif et prête à détaler à la moindre alerte, elle tenta de le faire tourner. Résistant d'abord à ses efforts, la poignée finit par obéir, et la porte s'ouvrit dans un léger grincement. Isabel, figée sur place, attendit d'être sûre de n'avoir pas été repérée pour s'introduire dans la maison et refermer tout doucement derrière elle.

Après quelques secondes, ses yeux s'accoutumèrent à l'obscurité environnante, atténuée par un rayon de lune venu de la fenêtre. Aux rayonnages chargés d'ustensiles divers, aux rangées de portemanteaux et aux nombreuses paires de chaussures abandonnées le long d'un grand tapis brosse, elle comprit qu'elle se trouvait dans une sorte de resserre, dont la porte ouverte communiquait avec une cuisine attenante. Fouillant parmi les vêtements accrochés aux patères, elle n'en trouva aucun à sa taille mais se promit d'en emporter quelques-uns à son départ, pour en faire une couverture de fortune. Ensuite, ne découvrant rien sur les étagères qui pût calmer sa faim ou sa soif, elle se résigna à pénétrer dans la cuisine sur la pointe des pieds.

Il régnait dans la pièce assoupie une chaleur tellement douce et bienfaisante qu'Isabel faillit se mettre à pleurer de bonheur. Dans le coin le plus sombre et le plus éloigné ronronnait familièrement un grand réfrigérateur. Les rangées de placards alignées au-dessus de l'évier lui étaient accessibles, mais il était à craindre qu'elle ne fît trop de bruit en les ouvrant et en tâtonnant à l'aveugle parmi les étagères. Le plus simple était encore de dévaliser le contenu de l'armoire réfrigérante.

Il ne restait plus grand-chose, à présent, de ses espoirs de se procurer de l'argent et des médicaments. La faim terrible et la soif qui la tenaillaient depuis des heures étaient même reléguées au second plan. Isabel se sentait juste nauséeuse et malade de peur. Il lui fallait toute la force de sa volonté pour ne pas renoncer et s'enfuir en courant. Pénétrer de nuit chez des étrangers pour les voler était de loin l'expérience la plus pénible qu'elle eût jamais connue. Le plus terrifiant était d'imaginer ces gens assoupis, à quelques pas d'elle, susceptibles de s'éveiller à tout moment pour la surprendre. Sous peine de ne pas survivre une nuit de plus à son infortune et d'avoir à se rendre, il lui fallait pourtant s'exécuter impérativement.

Plus morte que vive, Isabel s'approcha de la porte imposante du réfrigérateur, vers laquelle elle tendit une main tremblante.

Dan n'avait jamais été un gros dormeur. Mais depuis que la responsabilité de ses trois enfants incombait à lui seul, le bruit le plus ténu suffisait à l'éveiller. Le plus souvent, ce n'était qu'une quinte de toux de Josh, ou la plainte assourdie de Chris durant l'un de ses cauchemars. Cette fois-ci, pourtant, un pressentiment lui donna la certitude que ce qui l'avait réveillé était une présence étrangère à la maison.

Les yeux fixés au plafond et les sens aux aguets, Dan se retint de respirer. Aucun bruit ne parvenait de la chambre des enfants, de l'autre côté du couloir, encore moins de la véranda où Ellie, aussitôt après avoir éteint sa lumière, s'endormait toujours comme une bûche. Après quelques minutes du silence le plus complet, il s'apprêtait à se convaincre qu'il avait rêvé, lorsqu'un craquement du plancher de la cuisine, suivi d'un drôle de bruit étouffé, le fit sursauter. Cette fois-ci, le doute n'était plus permis et il se devait d'aller vérifier.

Silencieusement, Dan se glissa hors de son lit et s'assura au passage que Chris et Josh dormaient dans leur chambre. Aucune lumière ne brillait dans la véranda, mais une faible lueur émanait en revanche de la cuisine, d'où s'éleva de nouveau le même bruit indéfinissable. Plus souple qu'un chat en dépit de sa carrure imposante, Dan alla chercher dans le salon une batte de base-ball que les enfants y avaient abandonnée. La serrant très fort entre ses mains, il s'aplatit contre le mur et pencha la tête dans la pièce pour voir ce qui s'y tramait.

Ce qu'il y découvrit lui coupa le souffle et suscita en lui une bouffée de colère et d'indignation. Dans le carré de lumière dessiné sur le sol par la porte ouverte du réfrigérateur, un jeune garçon coiffé d'une casquette de base-ball était agenouillé. Avec une hâte gloutonne, l'intrus pillait consciencieusement les rayonnages, enfournant pêle-mêle dans sa bouche les nourritures les plus variées, qu'il prenait à peine le temps de mâcher.

Brandissant sa batte comme une massue, Dan se précipita vers le voleur. Celui-ci, trop absorbé par sa tâche, ne le vit tout d'abord pas venir. Ce n'est qu'au dernier moment, alors qu'il ne pouvait matériellement plus s'enfuir, qu'il tourna vers lui un visage déformé par la peur, et tenta de se protéger en levant un bras au-dessus de sa tête.

Instinctivement, Dan saisit cette prise qui s'offrait à lui. Aussitôt, le garçon poussa un gémissement de douleur et s'effondra sur le sol. Lâchant précipitamment le bras, Dan remarqua à la faveur de la lumière jaune qui tombait du réfrigérateur que celui-ci était enflé et paraissait sérieusement blessé. Pour examiner de plus près cette blessure, il s'agenouilla et s'aperçut alors que ce qu'il avait pris pour un jeune cambrioleur était en fait une femme dans la fleur de l'âge. Habillée d'un ensemble de jogging sombre et déchiré, elle était couverte de boue, d'écorchures et de sang séché.

Dès que Dan l'aperçut, le visage de l'inconnue, quoique plongé dans l'ombre par la visière de la casquette, lui parut vaguement familier. Pour en avoir le cœur net, il fit sauter le couvre-chef d'une pichenette et s'efforça de soulever la jeune femme inconsciente par les épaules. Puis il tendit le bras pour actionner l'interrupteur du plafonnier situé derrière lui. Aveuglée par la lumière, secouant la tête et clignant des yeux comme un hibou, l'inconnue revint à elle.

Aussitôt qu'elle eut posé sur lui deux grands yeux affolés, Dan reconnut avec stupéfaction la riche héritière disparue dont parlait le journal. Désespérément, elle se tortilla sur le sol pour tenter d'échapper à ses deux mains qui la maintenaient par les épaules, mais Dan raffermit sa prise et la considéra d'un air furieux. Comme incapable de soutenir son regard, Isabel Delgado détourna les yeux.

— Je suis désolée..., murmura-t-elle, d'une voix brisée par l'émotion. J'avais tellement faim, et mon bras me fait si mal...

Il y avait sur son visage et dans sa voix une telle détresse que Dan sentit sa colère s'évanouir comme neige au soleil.

— Pourquoi ne pas avoir tout simplement frappé à ma porte ? s'étonna-t-il. Je vous aurais aidée bien volontiers...

— Je ne le pouvais pas..., gémit-elle.

— Pour quelle raison ? insista Dan, inflexible.

— Personne ne doit savoir que je suis en vie.

Quelques instants, elle ferma ses yeux, d'où perlaient quelques larmes, et secoua la tête comme pour s'éveiller d'un cauchemar.

— Je vous en supplie ! s'écria-t-elle avec un regard terrorisé. Laissez-moi partir, n'appelez pas la police... Je vous jure que vous ne me reverrez plus jamais.

— Dans cet état, répondit Dan, vous n'iriez pas bien loin... Vos vêtements sont en lambeaux, vous êtes manifestement à la limite de l'épuisement, et ce bras nécessite

des soins sérieux. Bien sûr que je vais appeler la police...
Que voulez-vous que je fasse d'autre ?

— Non !

Le cri avait jailli avec une telle force que Dan craignit
quelques instants qu'il n'eût réveillé les enfants.

— Si vous faites cela, reprit-elle un ton plus bas, il lui
sera très facile de me retrouver.

— De qui parlez-vous ?

De nouveau, la jeune femme secoua violemment la tête
et ferma les yeux. Tout le sang avait reflué de son visage
affreusement pâle, et ses lèvres paraissaient bleues.
Lorsqu'elle reprit la parole, ses propos parurent à Dan
encore plus irrationnels et décousus.

— Cette fois-ci, dit-elle précipitamment, il ne me
ratera pas. Même mon père et mon frère sont de son côté.
Personne ne veut me croire lorsque j'essaye d'expliquer
quel genre d'homme c'est... Je vous en supplie ! C'est une
question de vie ou de mort... Personne ne doit savoir que
je suis ici !

Sa voix se brisa et elle se laissa retomber lourdement
en sanglotant dans les bras de Dan. Maladroitement, il
tenta de la réconforter du mieux qu'il put, avant de l'aider
à se relever et à s'installer sur une chaise devant la table
de cuisine. Bien que groggy, elle était encore consciente,
et il estima que le mieux qu'il pût faire était de lui offrir
ce qu'elle était venue chercher. Ouvrant la porte du réfrigérateur, il y saisit une cuisse de poulet rôti, une pomme,
une assiette de fromage et une miche de pain tranché
qu'il disposa devant elle.

— Mangez..., dit-il. Cette fois, vous êtes mon invitée.

Sans attendre de réponse, il gagna la salle de bains où
il ouvrit grands les robinets de la baignoire. Pendant
qu'elle se remplissait, il s'observa pensivement dans le
grand miroir accroché au-dessus du lavabo. Bien sûr, ce
dont cette femme aurait le plus besoin après s'être rassasiée serait un bon bain. Mais même si les Gibson avaient

une réputation d'hospitalité bien établie, il ne pouvait manquer de s'interroger sur ses motivations et sur le bien-fondé de ce qu'il était en train de faire.

Après tout, à part ce qu'il avait lu d'elle dans le journal, elle était une parfaite inconnue. De plus, il n'était sans doute pas très prudent d'introduire dans la maison où dormaient ses enfants une étrangère manifestement perturbée, menacée, selon son propre aveu, d'un grave danger. Mais en dépit de toutes ces réticences, Dan se sentait irrésistiblement porté à lui venir en aide. Il y avait, dans son allure misérable, dans le désespoir qu'elle mettait à le supplier, un appel à sa générosité qu'il lui eût été impossible d'ignorer.

Après avoir vérifié la température de l'eau et y avoir versé le bain moussant préféré de ses filles, Dan regagna la cuisine. La jeune femme avait achevé son repas et le regarda s'approcher avec un sourire où se mêlaient la reconnaissance et l'inquiétude.

— Je vous conduis à la salle de bains, annonça-t-il pour la rassurer. Vous pouvez marcher?

Avec une grimace, elle se mit debout et il l'aida, soutenant son bras valide, à descendre le couloir. Lorsqu'elle aperçut la baignoire pleine et couverte de mousse, elle leva vers lui un visage ébloui, des larmes dans les yeux.

— Croyez-moi, dit-elle, après l'enfer que je viens de vivre, ce bain est un vrai morceau de paradis. Je crois que je n'ai jamais rien vu d'aussi beau.

Dan émit un petit rire moqueur et gagna la porte.

— Croyez-moi, répondit-il sur le même ton, vous vous rendrez vite compte que cet endroit n'a rien du paradis... Vous pourrez vous débrouiller seule?

Le rouge aux joues, Isabel se hâta de hocher la tête, les yeux baissés.

— Je reste dans le couloir..., reprit Dan avec un sourire, amusé par cet accès de pudeur. N'hésitez pas à m'appeler en cas de besoin.

42

Adossé à la cloison du couloir, les bras croisés, Dan laissa passer les minutes. Rassuré d'entendre à travers la porte close les bruits caractéristiques d'une femme profitant de son bain, il songea avec un peu de nostalgie qu'il y avait bien longtemps que cette douce musique n'avait plus retenti entre ces murs.

— Tout va bien ? s'enquit-il à voix basse, pour ne pas réveiller les enfants endormis. L'eau est assez chaude ?

— C'est divin ! Jamais je ne vous remercierai assez... Je crois que je pourrais rester dans l'eau pendant des heures.

— Restez-y le temps qu'il vous plaira.

Après quelques nouvelles minutes de silence, Dan devina aux bruits qui filtraient de la salle de bains que son invitée surprise entreprenait de sortir de l'eau et de se rincer à la douche. Le silence qui s'ensuivit fut soudain rompu par un petit cri de détresse étouffé. Dan se précipita dans la pièce, pour y découvrir Isabel à moitié effondrée contre le mur, serrant contre sa poitrine la grande serviette dans laquelle elle avait eu le temps de se draper. Pâle comme une morte, elle semblait à deux doigts de s'écrouler sur le sol.

Poussant vers elle le petit tabouret sur lequel grimpaient Josh et Chris pour se laver les dents, il alla la soutenir pour l'aider à s'y asseoir. Mais alors qu'il passait son bras derrière ses épaules pour la soutenir, la serviette glissa sur le corps d'Isabel, révélant un court instant sa nudité aux yeux de Dan.

Bien que couvert d'éraflures et de bleus, ce corps, avec ses jambes longues et fuselées, ses hanches pleines, sa poitrine ferme et haute, était infiniment troublant. Furieux contre lui-même de n'avoir su détourner le regard, plus furieux encore de l'émoi qu'il sentait poindre en lui, Dan pivota vers le mur.

— Si je peux vous laisser quelques instants, bougonna-t-il, je vais aller vous chercher des vêtements.

— Ça ira..., murmura Isabel. Je suis tellement confuse ! Après avoir eu si froid dehors, je crois que ce bain chaud m'a fait tourner la tête...

Dan se rendit dans sa chambre pour y prendre dans sa commode un T-shirt et un caleçon, qu'il lui tendit par la porte restée entrouverte. Lorsqu'elle le remercia, il fut soulagé de constater, au ton de sa voix, qu'elle semblait avoir recouvré ses esprits.

— Vous pouvez entrer, reprit-elle quelques secondes plus tard. Je suis décente, à présent...

Dan poussa la porte et ne put s'empêcher de marquer un temps d'arrêt au seuil de la pièce. Décente, elle l'était, songea-t-il, et bien plus que cela encore... Entre l'avant et l'après bain, la métamorphose était stupéfiante. Mis à part ses cheveux mouillés et rejetés derrière ses épaules, Isabel Delgado ressemblait trait pour trait au portrait paru dans le journal.

— Vous paraissez beaucoup mieux ainsi..., dit-il.

— Presque humaine ?

— Oh ! Je n'irai pas jusque-là...

En dépit de la situation, la plaisanterie la fit sourire, et Dan songea avec inquiétude que cela la rendait plus séduisante encore.

— Essayez de passer vingt-quatre heures sans manger, sous la pluie et dans la boue..., reprit-elle. Vous ne seriez sans doute pas bien joli, vous non plus.

A ces mots, Dan se ressaisit et s'avança vers elle.

— Voyons ce que nous pouvons faire pour ce bras, proposa-t-il. Ensuite, vous pourrez aller dormir.

— Vous ne direz à personne que je suis ici ?

Les yeux écarquillés par la peur qu'elle posait sur lui étaient d'une couleur inhabituelle. Une nuance très spéciale de marron doré, assombrie par les longs cils noirs dont ils étaient couronnés. Pour la première fois, Dan remarqua le semis de taches de rousseur qui s'étalait sur ses pommettes hautes et sur l'arête fine de son nez.

— Je ne dirai rien, répondit-il après un court instant d'hésitation, jusqu'à ce que nous ayons pu, vous et moi, éclaircir la situation. Mais si vous tenez absolument à garder le secret, il vous faudra rester dans ma chambre et vous y tenir tranquille. Sans quoi, mes trois enfants auront vite fait de découvrir votre présence ici.

— Je serai plus invisible qu'un fantôme, promit-elle, manifestement soulagée.

Dan lui adressa un sourire amusé, puis se dirigea vers la pharmacie, dans laquelle il se mit à fouiller. Tous ses efforts, songea-t-il, ne parviendraient jamais à la faire passer inaperçue. Mais cela, il se garda bien de le lui dire...

— Vous connaissez-vous des allergies à certains anti-biotiques ?

— Cela ne m'est jamais arrivé.

Dan hésita, puis saisit sur une étagère, en plus du tube de pommade antiseptique et des bandages qu'il y avait déjà pris, le flacon de pilules que le médecin lui avait prescrit lorsqu'il s'était méchamment entaillé la main sur un barbelé rouillé. En temps ordinaire, il évitait absolument l'automédication. Mais étant donné la peur de la jeune femme, il paraissait inutile de lui proposer de voir un médecin...

Après avoir passé la pommade sur le bras d'Isabel et recouvert la plaie d'un bandage, il lui tendit deux pilules qu'elle alla faire passer d'une gorgée d'eau au lavabo. Lorsqu'elle se retourna vers lui, elle chancela légèrement et son sourire reconnaissant se figea sur ses lèvres.

— Voulez-vous manger encore quelque chose ? proposa Dan en se précipitant pour la soutenir.

— Pas la peine..., répondit-elle, les mains serrées sur le rebord du lavabo. Plus faim... Je suis juste... si fatiguée !

Sans plus attendre, Dan la guida vers sa chambre où il l'aida à s'allonger sur le lit, avant de tirer sur son corps les couvertures et de la border soigneusement. La jeune femme, les yeux fermés, poussa un long soupir de contentement. Un rayon de lune, pénétrant dans la pièce par le rideau entrebâillé, éclairait son visage d'une lueur argentée. Pour la première fois depuis qu'elle avait fait dans sa vie une entrée fracassante, Dan vit son visage se détendre et ses traits s'épanouir de bien-être.

— Merci..., dit-elle dans un murmure à peine audible. Tellement merveilleux... Merci... Merci...

— Dormez, maintenant, lui intima Dan sur un ton bourru.

Puis il vint s'asseoir sur le lit. Ce lit qui était le sien, mais dans lequel il venait d'inviter une parfaite étrangère. Soudain, toute la folie de cette histoire lui apparut clairement, et il se demanda quelle mouche l'avait piqué de ne pas réagir comme tout homme sensé l'aurait fait. Un coup de fil au poste de police de Crystal Creek, et en deux heures à peine toute l'affaire eût été réglée...

Il n'y avait dans la maison pas d'autre lit disponible. S'il dormait dans le salon, les enfants, en le découvrant le lendemain sur le sofa, ne manqueraient pas de s'en étonner. Et dès qu'il y avait un mystère à éclaircir, on pouvait compter sur leur sagacité... Il n'avait pas d'autre choix que de partager ce lit avec son invitée forcée, aussi troublante que fût cette perspective.

Avec d'infinies précautions pour ne pas l'éveiller, Dan se glissa sous les couvertures, le plus près possible du bord du lit. Après un dernier soupir, elle s'était retournée vers le mur pour se rouler en chien de fusil. Si elle paraissait elle-même trop épuisée pour prêter attention à sa présence, il n'en allait pas de même pour lui... Les muscles noués et les sens aux aguets, il ne pouvait s'empêcher d'être douloureusement conscient de sa présence, du doux murmure de son souffle tranquille sur l'oreiller, de la fraîche odeur de savon et de cheveux lavés qui émanait de son corps endormi.

Les mains croisés derrière la nuque, Dan s'efforça de respirer profondément et s'abîma dans la contemplation du plafond. Plus il y réfléchissait, moins il trouvait d'explication rationnelle au comportement de cette femme, apparemment comblée par la vie, et qui pour une raison connue d'elle seule préférait passer pour morte aux yeux de tous. Quel terrible danger courait-elle ? Qui était à ses trousses, et pourquoi avait-elle si peur de la police ?

Aucune des hypothèses que Dan en vint à échafauder n'était faite pour le rassurer. Soit la jeune femme était folle et avait imaginé dans son cerveau dérangé quelque terrible danger, soit elle était mêlée à une affaire louche qui lui faisait craindre d'être découverte. Dans un cas comme dans l'autre, il avait été pour le moins imprudent de la garder sous son toit.

Cependant, à aucun moment elle ne lui avait paru malveillante ou dangereuse. Il n'avait jamais vu en elle qu'un être humain dans la détresse. Ayant passé une bonne partie de sa vie à prendre soin d'enfants et d'animaux, il ne pouvait demeurer insensible à la souffrance d'autrui. Pour autant, il ne voulait pas jouer avec la sécurité de ses enfants. Tant qu'il ne saurait pas exactement quels problèmes avait à surmonter Isabel Delgado, son devoir était de les éloigner de la maison. Et pour y parvenir, il n'aurait d'autre solution que de demander à son oncle et à sa tante de s'en occuper quelque temps.

Bubba et Mary Gibson ne cessaient de lui proposer de prendre en charge plus souvent ses enfants. Autant qu'il le pouvait, Dan déclinait leurs offres généreuses, estimant que c'était à lui de prendre soin d'eux. Mais cette fois, il pouvait difficilement faire autrement. Le lendemain, à la première heure, il rassemblerait les affaires de tout son petit monde. Les enfants, qui adoraient Mary et Bubba, seraient ravis de passer quelques jours chez eux. En rentrant de l'école, Ellie et Chris aideraient leur grand-oncle à soigner les autruches qu'il élevait avec amour. Mary pourrait les conduire à l'arrêt du bus scolaire lundi matin, et offrirait à Josh cette présence maternelle qui lui manquait tant.

A cet instant de ses réflexions, la jeune femme se retourna et vint poser une main sur son épaule. Le geste n'était pas volontaire et n'avait rien de séducteur, mais Dan sentit son pouls s'accélérer. Avec d'infinies précautions, prenant garde à ne pas heurter son bras blessé, il retira sa main et la reposa sur l'oreiller, près de son visage endormi. Isabel Delgado souriait dans son sommeil.

C'était ce même sourire curieux, à la fois rusé et timide, que l'œil du photographe avait su capter.

4.

Ellie était à bout. Depuis des heures, elle courait dans cette caverne sombre, longeant une rivière souterraine sans fond qui lui léchait les pieds, et dans laquelle elle était constamment en danger de tomber. Derrière elle, elle devinait la face rubiconde et exultante de Cody Pollock.

— Je t'ai eue! s'exclama-t-il finalement en laissant ses deux grosses mains s'abattre sur ses épaules. A présent, Gibson, tu as le choix : soit tu acceptes bien gentiment de me laisser jouer avec toi, soit tu sautes dans cette rivière... Qu'est-ce que tu choisis?

En arrière-plan de ce qu'elle espérait n'être qu'un mauvais rêve, Ellie percevait les voix assourdies de garçons et de filles qui observaient la scène sans intervenir, s'amusant même de sa terreur. Dans un effort désespéré pour se libérer des mains de son persécuteur, elle se retourna, tenta de reprendre la fuite, mais il n'y avait plus devant elle qu'un grand mur blanc. Pour résister à l'attrait vertigineux de la rivière sombre qui lui tendait les bras, elle ferma désespérément les yeux. Toute retraite à présent coupée, elle tendit les mains devant elle, dans une ultime tentative pour retenir Cody, qui se jetait sur elle en riant comme un dément.

La gorge serrée sur un cri inarticulé, Ellie se redressa d'un bond dans son lit, couverte de sueur et les yeux écarquillés par la peur. Naturellement, songea-t-elle sans en éprouver le moindre soulagement, cela n'avait été qu'un rêve. Un de ces stupides cauchemars qui revenaient hanter ses nuits. Dieu soit loué, Cody Pollock n'était nulle part en vue. Et quand bien même il se risquerait à venir jusqu'ici pour la harceler, elle pouvait compter sur son père pour la protéger.

Laissant échapper un soupir, Ellie se laissa retomber sur son lit. Alors seulement, elle se rendit compte que nombre des petits bruits qui avaient peuplé son rêve n'avaient pas cessé avec lui. Par intermittence, elle pouvait entendre la voix assourdie de son père, à laquelle répondait une petite voix douce et timide. Il y avait aussi ces bruits d'eau que son inconscient fécond avait transformés en rivière...

Ellie s'apprêtait à se lever pour aller voir ce qui se passait, mais finit par renoncer. Sans doute Chris avait-elle eu un autre de ses petits accidents, songea-t-elle. Après que leur père l'aurait lavée et réconfortée, elle pourrait regagner un lit tout propre, et tous pourraient replonger dans le sommeil. Ellie se rappelait que Chris avait commencé à mouiller son lit lorsque leur mère était partie. Heureusement, les choses avaient eu le temps de s'arranger depuis, et ce genre d'accident ne lui arrivait plus que rarement.

En fait, à bien y réfléchir, bien des choses s'étaient mises à aller de travers lors du départ de leur mère, deux ans auparavant. Durant des mois, p'pa avait été d'une humeur massacrante, s'énervant à tout propos du désordre qui régnait dans la maison et des difficultés qu'il éprouvait à travailler en paix. En plus de ses incidents nocturnes, Chris avait été tellement perturbée que pendant quelque temps elle n'avait plus parlé à personne. Il n'y avait eu que Josh à ne pas trop souffrir de l'absence d'Annie. Tant que l'on a son biberon à heure fixe et sa couche régulièrement changée, on ne se rend pas compte de grand-chose, à l'âge de six mois...

— Je ne suis restée quelques mois de plus que pour mettre Josh au monde..., avait confié Annie Gibson à son aînée, peu avant son départ. Pourtant, Dieu sait combien j'avais envie de me tirer de ce trou perdu ! Mais une parole est une parole. Ton père s'est toujours montré plutôt chic avec moi, et puisqu'il voulait tellement cet enfant, je ne voyais aucune raison de le lui refuser avant de partir. Pas vrai, ma toute belle ?

Ellie s'était bien gardée de répondre. Elle aurait souhaité demander à sa mère comment elle avait pu accepter de se retrouver enceinte, alors que de son propre aveu elle n'était plus amoureuse de leur père, mais il était difficile de parler avec elle de quoi que ce soit. Dotée d'une certaine propension à monopoliser la parole, Annie avait la manie de sauter constamment du coq à l'âne, sans laisser à son interlocuteur le temps de réagir.

— Tu devrais voir ma nouvelle tenue de scène ! s'était-elle ensuite exclamée, caressant rêveusement les boucles couleur d'ébène de sa fille. Entièrement rouge sang ! Avec des paillettes et des franges qui descendent jusque-là... Evidemment, il va me falloir encore perdre quelques kilos avant de pouvoir l'enfiler.

— Maman..., l'avait interrompue Ellie, s'efforçant de ne pas pleurer. Tu ne nous aimes donc pas ? Comment peux-tu nous laisser tomber, moi, Chris et Josh, rien que pour aller chanter devant des gens que tu ne connais même pas...

Sincèrement émue et choquée par les propos de sa fille, Annie l'avait serrée très fort dans ses bras.

— Comment peux-tu dire une chose pareille ? avait-elle protesté. Evidemment, que je vous aime ! Vous êtes mes petits trésors adorés et vous le resterez. Mais vois-tu, certaines femmes sont faites pour être femmes au foyer. Et le bon Dieu a voulu que je n'en fasse pas partie... Depuis toujours, je sais que je suis taillée pour être une vedette. Tu te rends compte, ma toute belle ? Ta mère est née pour être une star !

Et il était vrai qu'Annie Gibson ne ménageait pas ses efforts pour réaliser son rêve... En plus de ses enfants et de son mari, elle n'avait pas hésité à sacrifier son nom. Celui de Justyn Thyme lui avait paru un meilleur tremplin pour la gloire. D'une certaine manière, sa longue patience commençait à être récompensée. Après s'être produite plusieurs fois devant des foules nombreuses lors de conventions à Nashville, elle faisait à l'année la tournée des bars et clubs du Texas. Ce n'était pas encore la gloire, mais un début de renommée qui lui permettait de continuer à rêver.

Aux dernières nouvelles, Annie restait convaincue qu'un riche producteur finirait par la découvrir au hasard de ces scènes minables qu'elle fréquentait. Pendant un temps, Ellie avait caressé l'espoir que leur mère reviendrait au foyer, toute penaude, si jamais ses rêves de grandeur tardaient à se réaliser. Mais à présent, elle souhaitait sincèrement qu'elle réussît dans la voie qu'elle s'était tracée. En fait, les choses étaient tellement plus simples, dans la petite ferme, depuis qu'ils restaient seuls avec leur père...

Si seulement Cody Pollock avait pu ne pas exister, la vie aurait presque pu être belle aux yeux d'Ellie ! Deux ans auparavant, peu de temps après qu'Annie les eut quittés, il était apparu au collège et tout avait changé. A Lampasas, d'où il était originaire, la carrière de mauvais garçon de Cody était déjà bien établie lorsque ses parents, désespérant d'en venir à bout, avaient décidé de l'envoyer à Crystal Creek, en pension chez leur cousine.

June Pollock était une femme forte et tranquille, estimée de tous, qui avait travaillé dès le plus jeune âge en tant que cuisinière dans la plupart des hôtels des environs. Après avoir élevé sa fille Carlie, qui étudiait à présent la biologie marine à Houston, elle vivait seule dans une grande demeure centenaire près de la rivière, dans le vieux quartier de la ville.

Sans doute était-ce cette force de caractère, ainsi que les bienfaits supposés de la vie à la campagne, qui avaient poussé les parents de Cody à lui confier leur fils âgé de onze ans. Aux yeux de tous, le remède semblait avoir été efficace. Depuis son arrivée à Crystal Creek, Cody Pollock s'était montré suffisamment habile pour qu'on ne pût lui reprocher aucune infraction majeure. Mais personne n'était au courant du calvaire qu'il faisait subir à Ellie.

Cela avait commencé dès son arrivée, alors qu'elle n'était qu'une gamine de dix ans, qu'il dominait de plus d'une tête. Dans un parc, il avait essayé de l'attraper par les jambes alors qu'elle jouait sur une balançoire. En se débattant, Ellie lui avait donné sans le vouloir un coup de pied qui l'avait fait saigner du nez.

Depuis, Cody ne la laissait plus un instant en paix, saisissant la moindre occasion de la poursuivre, de jeter ses livres dans les buissons, de l'accabler, lorsqu'il la croisait, de coups de coude dans les côtes. D'une habileté diabolique, ce garçon s'arrangeait toujours pour que ses méfaits demeurent ignorés de tous. Lorsqu'il lui arrivait, en de rares occasions, de se retrouver seule avec lui, Ellie était littéralement terrifiée. Elle avait beau essayer de ne pas montrer sa peur, Cody paraissait la sentir, comme on dit que certains chiens peuvent le faire, et il semblait en éprouver une joie malsaine.

La situation avait encore empiré lorsque le corps d'Ellie, peu après le printemps, avait commencé à changer. Cody était alors devenu un grand échalas de treize ans, au visage couvert d'acné, où l'ombre d'une moustache était apparue. Sa voix avait complètement changé, de même que la nature des vexations qu'il lui infligeait. Non content de lui marteler les côtes de coups de coude, il essayait également d'attraper les seins naissants qu'Ellie tentait sans succès de dissimuler sous de grands T-shirts.

Comme si cela ne suffisait pas, elle devait également subir les pressions et les brimades de son « gang », une bande de quatre garçons sans foi ni loi qui faisaient la loi au collège, régnant sur la cour de récréation à grand renfort d'insultes et de menaces verbales. A tout moment, Ellie pouvait s'attendre à les voir surgir du fond d'un couloir, pour lui bloquer le passage et la mettre en retard. Lorsqu'elle se hâtait dans le parc vers l'arrêt d'autobus, ils surgissaient au détour d'un buisson pour l'accabler de menaces et d'injures.

Mlle Osborne, la principale du collège, organisait de fréquentes réunions où elle exhortait ses élèves à lui signaler les cas de rackets et de mauvais traitements qui pouvaient leur rendre la vie difficile... Les poings serrés dans son lit, adressant au plafond un sourire amer, Ellie songea qu'en dépit de sa bonne volonté, Lucia Osborne était bien loin du compte. Bien plus que « difficile », sa vie était un véritable enfer. Chaque matin, elle se rendait au collège la peur au ventre, comme un soldat se rend à la bataille.

Entre autres bons conseils, Mlle Osborne préconisait également d'en parler à ses parents ou à ses professeurs. Mais Willard Kilmer, le professeur d'Ellie, était un homme timide et effacé, sans doute aussi terrifié qu'elle-même par Cody Pollock et sa bande. Quant à avouer la vérité à son père, impossible... Elle serait morte de honte d'avoir à répéter les menaces sales et dégradantes que Cody lui adressait. Et quand bien même elle y parviendrait ? Toute l'affaire se résumerait sans doute à un blâme pour Cody, qui n'y verrait que prétexte à la harceler plus encore...

Pourtant, ce soir, pour la première fois depuis des mois, Ellie se sentait le cœur plus léger. La découverte miraculeuse de ce billet de cinquante dollars dans la rivière était un signe et un don de Dieu. Naturellement, cinquante dollars ne lui suffiraient pas pour réaliser son plan. Mais elle était déjà parvenue à économiser sur son livret d'épargne, sou après sou, environ soixante dollars. Avec plus de cent dollars en poche, Ellie se sentait plus confiante en l'avenir et plus excitée qu'elle ne l'avait jamais été.

Son plan était d'une simplicité biblique. Prochainement, lorsque son père serait trop occupé par la récolte du maïs pour prêter attention à elle, Ellie projetait de se rendre en ville pour y retirer ses économies. De là, elle prendrait un bus pour Nashville afin d'y retrouver sa mère. Sans doute Annie ne l'accueillerait-elle pas les bras ouverts... Alors que sa carrière commençait à décoller, elle ne souhaiterait certainement pas s'encombrer d'une enfant de douze ans. Mais depuis qu'elle y pensait, Ellie avait eu le temps de préparer tout une batterie d'arguments pour la convaincre de ne pas la renvoyer.

Pour sa mère, elle s'occuperait de tout dans le petit appartement pittoresque qu'elles occuperaient toutes deux. Le ménage, la couture, le repassage, la cuisine : c'est elle qui ferait toutes ces choses qu'Annie détestait... Comme dans un rêve, Ellie se représenta la vie merveilleuse qu'elles pourraient mener à Nashville, si loin de Cody Pollock et de ses désirs pervers. Lorsqu'elle rentrerait chez elle après une nuit épuisante passée à chanter, Justyn Thyme trouverait une table dressée, un bon repas gardé au chaud, des serviettes dans la salle de bains et un lit tout frais où se coucher. En silence, elle viendrait déposer un baiser reconnaissant sur le front de sa fille aînée... Et bientôt, Annie Gibson n'aurait plus qu'à se féliciter de la présence de sa fille auprès d'elle.

Bien sûr, elle ne resterait à Nashville que le temps de

se faire oublier par Cody Pollock. Dans quelques mois, lorsqu'il se serait choisi une autre victime ou qu'il aurait fini par rentrer chez lui, elle reviendrait vivre dans la petite ferme, avec son père, sa sœur et son frère, parce que c'était là qu'était sa véritable vie.

Rajustant la couverture autour de ses épaules, Ellie se coucha sur le côté droit, celui qui lui permettait de s'endormir plus facilement. Dans un demi-sommeil, elle songea avec un sourire de bonheur à ce que serait sa vie à Nashville, s'amusant à imaginer la tête que ferait sa mère lorsqu'elle la découvrirait un matin sur son paillasson.

Elle pourrait par exemple lui dire : « Hello, m'dame ! On m'a dit que vous êtes une grande star de la country-music... Peut-être auriez-vous besoin d'une gouvernante et d'une bonne cuisinière ? » Annie aimerait cela. Elle avait toujours aimé qu'on la considère comme une star... Alors, elles éclateraient de rire et tomberaient dans les bras l'une de l'autre.

Dans un dernier éclat de lucidité, avant de sombrer tout à fait dans le sommeil, Ellie fut bien forcée de reconnaître que les choses ne se passeraient peut-être pas ainsi. En fait, avec Annie, toute prévision était difficile. La plupart du temps, son humeur fluctuait au rythme des kilos gagnés ou perdus, des contrats signés ou non, ou de tout autre événement survenu dans sa vie. Pourtant, affronter les humeurs changeantes de sa mère lui paraissait mille fois préférable que d'avoir à faire face aux brimades de Cody Pollock.

Après un ultime frisson de répulsion provoqué par l'image de son persécuteur, Ellie sombra dans un sommeil de plomb.

Aveuglée par un rayon de soleil filtrant à travers les rideaux, Isabel cligna des paupières et tenta de se protéger les yeux. S'avisant soudain qu'elle ne se trouvait pas dans son lit, elle se redressa d'un bond, pleinement réveillée.

Les yeux écarquillés, elle contempla longuement le couvre-lit en patchwork qui lui tenait chaud, et le mur peint en bleu en face du lit, couvert de photos d'enfants encadrées. Deux tables de nuit sommaires et poussiéreuses regorgeaient de magazines et de livres ouverts. Une commode bon marché et deux chaises complétaient l'ameublement, ainsi qu'une panière à linge en plastique posée près de la porte, dans laquelle s'entassaient quantité de vêtements d'enfants.

Durant un bref moment de panique, elle ne sut ni où elle se trouvait ni ce qu'elle y faisait. Puis, avisant son survêtement de jogging déchiré et boueux abandonné dans un coin, la mémoire lui revint, et les scènes pénibles du mauvais film qu'elle vivait depuis quarante-huit heures défilèrent sous son crâne. Elle s'en souvenait à présent, cette maison était celle de l'homme qui l'avait surprise en train de piller son réfrigérateur. Comme une petite fille apeurée, Isabel se blottit au fond du lit et remonta la couverture sur son nez, jetant alentour des regards circonspects.

Quelques secondes de cette observation silencieuse suffirent à la convaincre que la maison semblait tout à fait inoccupée. L'hôte des lieux devait vaquer à ses occupations. Soulagée, Isabel entreprit de se lever. Mais à peine avait-elle posé les deux pieds sur le sol qu'un éblouissement l'obligea à y renoncer. Les yeux fermés, elle serra quelques instants ses deux paumes contre ses tempes jusqu'à ce que le vertige eût disparu.

Lorsqu'elle les rouvrit, elle s'aperçut qu'un verre d'eau et un flacon de pilules étaient posés sur la table de nuit. Un billet couvert d'une écriture nerveuse avait été glissé sous le verre. *Si vous n'observez aucune réaction d'allergie à cet antibiotique,* disait-il, *prenez deux autres pilules à votre réveil. Je serai de retour aussi vite que possible.* Les sourcils froncés, Isabel examina son bras soigneusement bandé, surprise que la douleur qui lui avait fait souffrir le martyre la veille ne se fût pas encore manifestée. Le bras était encore enflé, mais il n'était plus sensible qu'au toucher.

Saisissant le flacon de pilules jaunes, elle en examina l'étiquette, à l'enseigne de la pharmacie Wall à Crystal Creek. D'une main appliquée, quelqu'un y avait écrit : Dan Gibson, deux pilules toutes les quatre heures. Curieusement, le fait de connaître enfin l'identité de son sauveur lui procura un certain soulagement et lui rendit confiance. Sans hésiter davantage, elle avala les deux pilules, puis se dirigea à pas feutrés vers la porte.

Elle se le rappelait, le fermier lui avait recommandé de ne pas quitter la chambre pour que ses enfants ne remarquent pas sa présence. Mais elle avait beau tendre l'oreille, elle ne percevait aucun bruit. A part les chants d'oiseaux que laissaient passer les fenêtres entrouvertes, la maison était parfaitement silencieuse.

Persuadée qu'elle ne risquait rien, Isabel traversa le couloir pour se rendre à la salle de bains. Dès que la lumière du néon se fut stabilisée au-dessus du grand miroir dressé derrière le lavabo, elle étouffa un petit cri de surprise en y découvrant son reflet. Son visage, ses bras et ses jambes étaient couverts d'éraflures et de bleus. Ses yeux étaient profondément cernés et ses cheveux se dressaient en tous sens. Habillée du T-shirt et du caleçon trop grands que l'homme lui avait prêtés, elle avait tout d'une réfugiée qui vient d'échapper par miracle à une catastrophe naturelle...

Au fond, ne devait-elle pas s'estimer heureuse ? Bien malin qui pourrait reconnaître, en cette pauvre femme épuisée et meurtrie, la fringante et riche héritière qu'elle était deux jours auparavant ! Soudain, une idée lumineuse lui traversa l'esprit. Avec fébrilité, elle fouilla dans le tiroir qui se trouvait sous le lavabo, jusqu'à en sortir, avec un sourire de satisfaction, une paire de petits ciseaux argentés.

Avec autant de célérité que le lui permettait son bras blessé, elle tailla dans ses cheveux jusqu'à remplir presque totalement le lavabo de mèches blondes. Lorsqu'elle eut achevé sa tâche, elle s'observa longuement dans la glace, et décida avec satisfaction que la femme qu'elle était à présent ne ressemblait plus en rien à celle qu'elle avait été. Cette fois, Isabel Delgado était bien morte...

Après avoir soigneusement nettoyé la salle de bains, Isabel poursuivit son exploration, un peu honteuse de la curiosité qui la poussait à s'aventurer plus loin. Elle pouvait être surprise à tout moment, mais l'attrait de la découverte était le plus fort. En fait, songea-t-elle avec un sourire, elle se faisait l'effet d'être Boucle d'or découvrant la maison des trois ours... Mais contrairement à ce qui se passait dans le conte, il y avait sur la table de la cuisine, au lieu des trois bols fumants, une cafetière à demi pleine qui l'attendait.

La pièce semblait avoir été abandonnée en toute hâte, et il y régnait un grand désordre. Des reliefs de petit déjeuner et des empilements de vaisselle sale occupaient l'évier et le plan de travail. La présence de jeunes enfants était partout évidente dans cette maison. Une chaise haute maculée sur laquelle traînait un bavoir occupait un bout de la table. Partout, sur le sol, des jouets éparpillés formaient des pistes qui menaient dans le salon voisin et à la porte d'entrée.

Avec satisfaction, Isabel remarqua que la clé avait été laissée dans la serrure et qu'elle n'était donc pas enfermée. Mais cette constatation en amena aussitôt une autre, qui lui glaça le sang. Précipitamment, elle regagna la chambre et fouilla fébrilement dans le tas de vêtements laminés par les ronces, jusqu'à y dénicher ses chaussures de course. Mais elle eut beau passer et repasser le doigt à l'intérieur de la chaussure droite, il était évident que la clé qu'elle y avait dissimulée n'y était plus.

— C'est moi qui ai trouvé la clé..., dit soudain une voix d'homme derrière elle. Je l'ai mise de côté.

Prête à s'enfuir, Isabel pivota sur ses talons. L'homme qui se tenait accoudé dans l'encadrement de la porte n'avait plus rien du terrifiant géant à demi nu dont elle gardait le souvenir. Grand et carré d'épaules, il avait sur le visage un sourire bienveillant. Ses cheveux châtain clair ondulaient en vagues mouvantes qu'il paraissait avoir du mal à discipliner. Ses yeux verts, d'une clarté et d'une profondeur presque intimidantes, semblaient pleins d'une assurance tranquille.

— Comment vous sentez-vous, ce matin?

La chaussure toujours à la main, Isabel chercha ses mots, sans y parvenir. Souriant de son mutisme, l'homme s'approcha de la commode et ouvrit un petit coffre de bois qui s'y trouvait.

— Tenez..., dit-il en lui tendant la clé qu'il en avait sortie. Je vous la rends.

Isabel s'en saisit avec avidité et la serra précieusement contre sa poitrine.

— Vous avez l'air d'y tenir beaucoup, reprit l'homme avec gentillesse. Que diriez-vous de la ranger dans cette boîte pour ne pas la perdre?

Toujours muette de stupeur, elle hocha la tête et lui rendit la clé. La main qu'il tendit vers elle était forte et carrée, munie de longs doigts visiblement habitués aux travaux de force autant qu'aux manipulations délicates. Songeant que ces mêmes doigts s'étaient agrippés violemment à son bras blessé, avant de faire le nécessaire pour le bander avec délicatesse et habileté, Isabel sentit un petit frisson lui remonter l'échine.

— Merci..., murmura-t-elle, les yeux baissés. Je

vous serai éternellement reconnaissante pour ce que vous avez fait.

— Je pouvais difficilement faire autrement, vous ne pensez pas ?

— Vous auriez pu me jeter dehors, protesta-t-elle. C'est ce que beaucoup auraient fait à votre place.

— Ce n'est pas ainsi que nous traitons les inconnus, dans ce pays.

Sans autre commentaire, il se dirigea vers la porte et lança par-dessus son épaule :

— Vous vous joignez à moi ? Je n'ai pas encore eu le temps de déjeuner depuis que je suis levé.

— Mais vos enfants...

— Je les ai conduits ce matin chez mon oncle. Ils y resteront le temps que nous ayons résolu votre problème.

Elle le suivit dans la cuisine et s'assit à table, pendant qu'il s'activait sans grande efficacité à mettre un peu d'ordre.

— Excusez le chantier, dit-il avec une grimace, en passant rapidement un coup d'éponge sur la table. Les enfants, vous savez ce que c'est...

Bien qu'elle n'en eût pas la moindre idée, Isabel se garda bien de le dire, et l'aida à disposer les tasses et les couverts qu'il avait apportés.

— Avez-vous pris votre antibiotique ? demanda-t-il après avoir rempli leurs tasses. Laissez-moi voir cette blessure.

Docilement, Isabel le laissa examiner son bras, s'efforçant d'ignorer le trouble que suscitait en elle le contact de ses doigts forts et tendres qui lui palpaient la peau.

— On dirait qu'il est bien moins rouge et enflé qu'hier soir, commenta-t-il en lui soutenant le poignet. Comment cela se passe-t-il, sous ce bandage ?

— Je n'ai presque plus mal. En revanche, je ressens comme des démangeaisons...

— C'est bon signe, dit-il en se redressant pour retourner s'asseoir à sa place. Dès que nous aurons fini de manger, je nettoierai cette plaie et vous ferai un nouveau bandage. Vous prendrez deux toasts, vous aussi?

Isabel se contenta de hocher la tête et le regarda charger le grille-pain. Plus encore que de sa généreuse hospitalité, elle était stupéfaite de son calme olympien et du naturel avec lequel il affrontait cette situation pour le moins surprenante.

— Je suis désolée de vous causer tant de tracas..., dit-elle avec un petit sourire timide lorsqu'il revint à table.

D'un geste de la main, il la tranquillisa, puis entreprit de beurrer avec application sa tranche de pain grillé.

— Et si vous me disiez à présent ce qui vous pousse à fuir? demanda-t-il, avec autant de naturel que s'il avait pris des nouvelles de sa santé.

Isabel fit une grimace et s'absorba dans la dégustation de sa tasse de café.

— Il m'est impossible de vous le dire, répondit-elle enfin. Et je ne peux pas vous dire non plus qui je suis.

— Cela, reprit-il en mordant à belles dents dans son toast, je le sais déjà. Vous êtes Isabel Delgado, riche héritière vivant à San Antonio, et votre voiture a plongé dans la Claro River il y a quarante-huit heures.

Aussitôt sur ses gardes, Isabel fixa sur son hôte un regard inquisiteur.

— Comment le savez-vous?

— Je l'ai lu dans le journal, hier soir. La photo qui illustrait l'article datait un peu, mais je vous ai tout de suite reconnue.

Durant quelques instants, il la contempla en silence, un sourire énigmatique au coin des lèvres.

— Mais si cela peut vous rassurer, reprit-il, je vous garantis qu'avec votre nouvelle coupe de cheveux et l'impression que vous donnez d'avoir échappé à un trente-huit tonnes, même le plus fin limier ne vous reconnaîtrait pas...

Malgré elle, Isabel se laissa aller à sourire.

— Allons, Isabel..., insista-t-il. Si vous me disiez à présent ce qui vous fait si peur, peut-être pourrais-je trouver le moyen de vous aider?

— Ne m'appelez plus ainsi...

— Ah bon? Et comment dois-je donc vous appeler?

— Appelez-moi Bella. C'est le surnom que me donnait ma sœur Lucia quand nous étions enfants.

5.

Durant quelques instants, Dan étudia la jeune femme assise face à lui, de l'autre côté de la table. Les yeux baissés sur le toast qu'elle était en train de préparer, elle avait rougi lorsqu'il avait réitéré sa question. Manifestement, elle ne savait pas comment entamer sa confession. Bien loin de la suffisance qu'il se serait attendu à trouver chez une femme de sa condition, elle paraissait embarrassée et peu sûre d'elle-même. Quant à la gratitude qu'elle ne cessait de lui témoigner, elle semblait tout à fait sincère, de même que la peur intense qu'il devinait au fond de ses yeux.

— Je fuis pour échapper à mon ex-mari, finit-elle par avouer. Il s'appelle Eric Matthias, et il vit à Austin.

— Pour quelle raison le fuyez-vous ? insista Dan lorsqu'elle se tut.

Bella releva la tête et le regarda droit dans les yeux.

— Depuis des mois, répondit-elle, il ne cesse de me poursuivre, de me traquer, où que j'aille et quoi que je fasse pour le semer. A toute heure du jour ou de la nuit, que je fasse du shopping, de la course à pied ou que j'aille au restaurant avec des amis, je le retrouve sur mes talons. A plusieurs reprises au cours du mois dernier, il a passé la nuit dans sa voiture garée en face de chez mon père, où j'habitais depuis notre divorce.

— Quoi d'autre ?

— Il me harcèle au téléphone. J'ai déjà changé plusieurs fois de numéro, toujours sur liste rouge, mais rien n'y fait. Où que j'aille, Eric finit toujours par m'appeler dans les vingt-quatre heures qui suivent...

Dan la contempla quelques instants en silence, avant de lui demander d'un air songeur :

— Pourquoi fait-il cela, d'après vous ?

Fermant les yeux, Bella secoua longuement la tête.

— Je n'en sais rien, mais il me fait peur.

— Lui est-il arrivé d'être violent avec vous ?

— Pas physiquement, non. Mais dès le lendemain de notre mariage, Eric s'est montré tyrannique et possessif à l'extrême. C'est ce que l'on appelle du harcèlement moral, de nos jours. Mais le pire...

Sa voix se brisa dans un sanglot. Dan tendit la main par-dessus la table et la posa sur la sienne, pour l'inciter à continuer.

— Le pire, reprit-elle avec un effort manifeste, c'est sa jalousie maladive, obsessionnelle. Bien que je me sois gardée tout au long de notre mariage de lui donner la moindre occasion de douter de ma fidélité, il n'a cessé de m'inventer les aventures et les liaisons les plus insensées. Entre nous, c'était une guerre sans fin. Et plus je m'échinais à lui prouver ma bonne foi, plus il trouvait de preuves de mon infidélité. Lorsque je suis retournée vivre chez mon père et que j'ai demandé le divorce, il a déclaré en public que jamais aucun autre homme ne me posséderait. Le connaissant, je peux vous assurer que ce ne sont pas des paroles en l'air...

— Que voulez-vous dire ?

Frissonnante, Bella croisa les bras contre sa poitrine et baissa les yeux.

— Il n'a pas hésité à tuer mon chien..., murmura-t-elle.

Dan la contempla sans mot dire, le regard fixe, comme incapable de comprendre le sens de ses paroles.

— Comme si cela ne suffisait pas, gémit-elle en levant vers lui des yeux chargés de colère et mouillés de larmes, il a prétendu ensuite que tout était ma faute, et que Rufus ne serait pas mort si je n'étais pas intervenue !

A bout de nerfs, Bella s'effondra en pleurs sur la table. Dan, patiemment, attendit que sa crise se fût apaisée. Sur le comptoir situé dans son dos, il saisit la boîte de mouchoirs, qu'il fit glisser vers elle.

— Bella ? demanda-t-il gentiment. Voulez-vous me dire ce qui s'est passé ?

Se redressant lentement, elle lui adressa un pâle sourire de remerciement et arracha de la boîte quelques mouchoirs pour s'essuyer le visage.

— Rufus était un petit Yorkshire âgé de plus de quinze ans, perclus de rhumatismes mais tellement mignon... Je l'avais depuis que j'étais toute petite et je m'en occupais comme de la prunelle de mes yeux. Je l'adorais, et je crois que c'est pour cette raison qu'Eric le détestait. Un jour que nous nous disputions sur le balcon, il est venu aboyer à ses pieds pour me défendre. Sans aucune hésitation, Eric l'a saisi par le cou et l'a suspendu dans le vide, à dix étages au-dessus du sol ! La pauvre bête hurlait de peur. Pendant qu'il menaçait de le lâcher dans le vide si je ne lui demandais pas pardon, je me suis précipitée sur lui pour tenter de sauver Rufus. Rien n'y a fait. Toute ma vie je me rappellerai son sourire sinistre quand il a lâché le chien...

— Mais bon sang ! s'insurgea Dan. La loi punit la cruauté envers les animaux... Vous n'avez pas prévenu la police ?

Bella eut un petit sourire triste et secoua la tête d'un air las.

— Eric est lieutenant de police, dit-elle. C'est l'un des meilleurs détectives d'Austin, et dans son département, sa réputation et sa popularité sont sans faille. A l'époque où nous nous sommes quittés, après la mort de Rufus, il lui a suffi de jouer les victimes et de prétendre que j'avais inventé toute cette histoire pour lui nuire. L'enquête a vite été oubliée au fond d'un tiroir...

— Mais votre famille ? reprit Dan avec obstination. Ne peut-elle rien pour vous aider ?

— Mon père a toujours prétexté sa neutralité pour refuser de se mêler de nos affaires. Mais en fait, j'ai découvert il y a peu qu'il a pris fait et cause pour son gendre. Pas étonnant qu'Eric sache toujours où me trouver ! Mon propre père fournit à mon pire ennemi les moyens de me harceler...

Dan émit un claquement de langue agacé.

— Allons ! protesta-t-il. Vous ne croyez pas que vous sombrez dans la paranoïa ?

— Je les ai vus ! s'exclama Bella avec passion. Le mois dernier, alors que je pénétrais dans un pub de San Antonio où j'avais rendez-vous avec un ami, j'ai vu mon père, mon frère et mon ex-mari attablés ensemble. Fumant de gros cigares et riant à gorge déployée, ils semblaient beaucoup s'amuser... C'est alors que j'ai compris que mon seul espoir de leur échapper consistait à disparaître de leur vie.

— Excusez-moi d'être un peu brutal, reprit Dan, mais tout cela me semble assez mélodramatique...

— Je m'en doute, convint Bella avec un sourire désabusé. Mais ce que vous devez comprendre, c'est que dans le milieu d'où je viens, les valeurs ne sont pas les mêmes. Pour de l'argent, on en viendrait à renier père et mère s'il le fallait...

Dan fronça les sourcils.

— Qu'est-ce que l'argent a à voir avec tout ceci ? Votre père ne semble pourtant pas en manquer...

— Lorsque ma mère est morte, expliqua-t-elle patiemment, elle m'a laissé un bon paquet d'actions de la société familiale, ainsi qu'un fonds spécial hérité de mon grand-père et géré par une fondation. Mon père est l'administrateur de ce fonds, qui génère de gros bénéfices, et qui échapperait à la famille pour être distribué à des œuvres caritatives au cas où je viendrais à disparaître.

— Quel rapport avec vos démêlés conjugaux ?

— Pour conserver le capital de la société dans le patrimoine familial et continuer à bénéficier de la gestion de ce fonds, mon père a tout intérêt à me garder en vie et bien mariée. Ma mère, comme la mère de ma demi-sœur avant elle, ont toutes deux fini par se suicider. Quant à Lucia, elle s'est empressée de disparaître dans la nature, dès qu'elle l'a pu, pour échapper à l'emprise tyrannique de mon père. Vous savez, Pierce Delgado n'a jamais eu une très haute opinion des femmes... Je pense que sa crainte est que je finisse moi aussi par échapper à son contrôle.

— Pour l'amour de Dieu ! tonna Dan, hors de lui. Quel genre de père est-il, pour confier sa fille à un homme qui la terrorise ? Vous ne lui avez pas dit ce qu'il a fait à votre chien ?

Grignotant du bout des dents le toast abandonné depuis de longues minutes sur la table, Bella hocha la tête.

— Selon lui, il ne faut y voir que le résultat d'une hystérie féminine. Il a toujours aimé Eric et reste persuadé que je dois être folle pour rejeter un homme qui m'aime autant...

— Mais...

Les bras croisés sur la table, Dan la contempla longuement. Bien qu'incroyable, la confession de Bella avait tous les accents de la vérité. Pourtant, de là à admettre qu'il ne lui restait pour solution que de faire croire à sa mort, il y avait un grand pas qu'il n'était pas prêt à franchir.

— Même si votre père administre votre héritage, je suppose que l'argent ne vous fait pas défaut, n'est-ce pas ?

— En effet, convint-elle.

— Dans ce cas, pourquoi ne pas vous en être servi

pour disparaître quelque part à l'étranger et ne plus donner signe de vie, comme votre sœur avant vous ?

— Parce que vous croyez que je n'ai pas essayé ! Où que j'aille, en Suisse ou au Japon, quelles que soient mes précautions pour ne pas laisser de trace, Eric finit toujours par me retrouver.

— Comment fait-il ?

— Je vous ai dit que c'est un excellent enquêteur. De plus, même si c'est illégal, il n'hésite pas à se servir de toutes les ressources que la police met à sa disposition pour me traquer. J'ai également acquis la conviction qu'il emploie des détectives privés pour le seconder...

— Comment peut-il se le permettre ? Que je sache, les salaires ne sont pas mirobolants, dans la police !

Bella eut un rire amer.

— Je me le suis longtemps demandé, moi aussi. Mais à présent, cela ne m'étonne plus. Depuis que je les ai surpris ensemble le mois dernier, il me semble évident que mon père fournit à mon ex-mari les ressources nécessaires pour ne pas perdre ma trace. Après tout, cela ne représente pas grand-chose pour lui. Quand nous nous sommes mariés, son cadeau a consisté en un chèque d'un million de dollars !

Dan médita quelques instants sur le cynisme d'un monde où une somme aussi astronomique pouvait être offerte en cadeau de mariage, pendant qu'à l'autre bout de la planète des milliers d'enfants mouraient de faim. Il avait beau s'en défendre, il ne pouvait s'empêcher d'en vouloir à la jeune femme d'être issue de ce monde-là.

— A présent, reprit-il, si vous me disiez ce qui est arrivé à votre voiture ?

Pendant que Bella lui contait par le menu les détails de son plan et la façon dont celui-ci avait failli la conduire à sa perte, Dan étudia attentivement ce petit bout de femme qui déclenchait en lui des réactions contradictoires. Une part de lui-même ne pouvait s'empêcher de se méfier

70

d'elle et de l'assimiler au monde de privilèges et de puissance financière qu'elle représentait.

Mais simultanément, il admirait le courage et la détermination dont elle avait su faire preuve pour y échapper. Lorsqu'elle en vint à raconter comment l'argent qu'elle avait emporté avait disparu dans l'accident, il songea au billet retrouvé par Ellie. Aussi incroyable que cela pût paraître, son histoire se tenait, et Dan décida de croire que la jeune femme lui disait la vérité.

— Très bien ! s'exclama-t-il en se levant pour débarrasser la table. A présent, que puis-je faire pour vous aider ?

— Je dois absolument me rendre à Abilene, pour y récupérer mon argent et mes papiers, répondit-elle. Pensez-vous que vous pourriez m'y conduire ?

Un peu bruyamment, Dan déposa les tasses et les couverts dans l'évier. Il avait bien sûr déjà songé à cette solution, mais voulait encore y réfléchir avant de donner sa réponse. Dès que Bella aurait récupéré son bien, le problème serait réglé d'une certaine manière. Pourtant, la perspective de la voir disparaître de sa vie aussi subitement qu'elle y était entrée, loin de le soulager, lui emplissait le cœur d'une vague tristesse.

Se méprenant sur les raisons de son silence, Bella précisa d'une voix chargée d'anxiété :

— Bien évidemment, je vous récompenserai ! Dès que j'aurai récupéré mon bagage à la consigne, je serai heureuse de vous offrir ce que vous voulez. Je vous le dois bien : après tout, vous m'avez sans doute sauvé la vie...

Piqué au vif, Dan se retourna.

— J'ai fait ce que j'avais à faire ! dit-il d'une voix blanche. Au cas où vous ne l'auriez pas compris, je ne suis pas à vendre et je n'ai pas pour habitude de monnayer ma générosité !

— Je vous prie de m'excuser..., murmura Bella, rouge de confusion. Je suis tellement maladroite ! Je voulais juste vous faire comprendre que je suis consciente des désagréments que je vous cause, et vous dire à quel point je vous suis reconnaissante de m'aider.

— D'accord, dit-il, radouci, en s'approchant d'elle. Je vais changer votre bandage avant notre départ.

— Inutile. Vous en avez assez fait pour moi. J'irai voir un docteur dès mon arrivée à Abilene.

— Comme vous voudrez... Reste à résoudre le problème des vêtements. Sans quoi, vous risquez de ne pas passer inaperçue, dans cette tenue ! Mais je crois que j'ai ce qu'il vous faut.

Sans autre précision, Dan se dirigea vers la véranda, où Ellie rangeait ses affaires. Dans un tiroir de la commode, il saisit un pantalon et un chemisier de couleur beige et revint les fourrer dans les bras de Bella.

— Tenez, dit-il. Mon ex-épouse a fait cadeau de ces vêtements à ma fille aînée pour son anniversaire. Ils sont bien trop grands pour elle, mais ils devraient vous aller. Passez-les dans la chambre. Nous partirons dès que vous serez prête.

Sans lui laisser le temps de s'étonner qu'une mère pût ignorer les mensurations de sa propre fille, Dan s'éloigna vers la resserre, où il espérait retrouver une paire de sandales qu'Annie n'avait pas cru bon d'emporter. Lorsqu'il eut enfin mis la main dessus, il regagna la cuisine, tout étonné d'y découvrir Bella déjà prête. Elle avait pris le temps de passer un coup de brosse dans ses cheveux courts, et cette coiffure à la garçonne s'accordait à merveille avec la jeunesse de son visage et la sveltesse de sa silhouette. Même pieds nus, la casquette à la main, habillée de vêtements qu'elle n'avait pas choisis, Bella Delgado se payait le luxe de l'élégance naturelle...

— Je suis prête, dit-elle simplement.

Dan lui tendit la paire de sandales.

— Je dois juste m'occuper du chien avant que nous partions, précisa-t-il.

— Vous avez un chien !

— Bien sûr. Elle s'appelle Gypsie. Je suis allé la chercher ce matin à la clinique vétérinaire de Crystal Creek.

Saisissant un trousseau de clés, il l'invita à sortir et referma derrière lui. Puis il se hâta vers une grange couverte de bardeaux de bois, près de laquelle était garée sa camionnette, et Bella lui emboîta le pas. A l'intérieur, un jeune colley était couché sur le flanc, sur un amas de vieux sacs en toile, dans une flaque de lumière dispensée par une lucarne du toit.

— Elle a été opérée avant-hier, expliqua Dan en remplissant une gamelle d'eau au petit bidon posé sur un établi.

Puis il ouvrit une boîte de pâtée qu'il versa dans une autre gamelle, avant de déposer l'ensemble près du museau de la chienne. Bella s'était agenouillée près d'elle, et lui caressait doucement la tête et les oreilles soyeuses.

— Que lui est-il arrivé ? demanda-t-elle.

— Rien de grave. Le vétérinaire l'a simplement stérilisée.

— Pauvre petite..., murmura Bella, redoublant de caresses. Est-ce que ça fait mal, ma chérie ?

Les yeux mi-clos, la queue battant le sol, Gypsie leva vers elle une truffe humide. Attentivement, Bella examina le flanc rasé de l'animal, où la cicatrice suturée formait un sillon bien net. Pendant ce temps, Dan ne pouvait détacher son regard des longs cils qui ombraient ses pommettes hautes et du casque doré de ses cheveux.

— C'est curieux, dit-elle sur un ton rêveur, comme on peut changer de point de vue.

— Que voulez-vous dire ?

— Lorsque je vous épiais cachée dans les broussailles, ne rêvant que de dévaliser votre Frigidaire, j'étais terrifiée à l'idée que vous puissiez avoir un chien. Je le voyais déjà me sauter dessus, lorsque j'approcherais de la maison, pour me réduire en pièces...

Après une ultime caresse à Gypsie, Bella se redressa et fit face à Dan.

— Mais à présent que je vous connais, reprit-elle, et que j'ai pu voir qui vous êtes et la façon dont vous vivez, j'aurais été bien déçue de ne pas rencontrer de chien chez vous...

Sans répondre, Dan tourna les talons pour se diriger vers la camionnette. Il n'avait aucun mal à imaginer, en effet, combien la vie qu'il menait pouvait paraître terne et décevante à une femme telle que Bella Delgado. Encore heureux, songea-t-il amèrement, qu'elle n'eût pas eu le temps de rencontrer les enfants...

— Allons-y, maintenant ! ordonna-t-il lorsqu'elle l'eut rejoint, un peu plus sèchement qu'il ne l'aurait voulu. J'ai encore beaucoup de travail aujourd'hui.

Cantonnée dans un silence prudent, Bella contemplait le paysage qui défilait de part et d'autre de la route. Pelées et brunies par un été particulièrement aride, les collines couvertes de broussailles étaient émaillées de rares prairies desséchées où broutaient quelques têtes de bétail. De temps à autre, elle lançait à la dérobée un regard à Dan Gibson, incapable de déterminer s'il était encore fâché et ce qui avait bien pu motiver cet accès de mauvaise humeur.

Pour rompre la glace, elle se résolut enfin à demander timidement :

— Cela fait longtemps que vous vivez ici ?

— Depuis toujours. Avant moi, la ferme appartenait à mon père. Mon grand-père, Ezra Gibson, possédait la plupart des terres de ce côté-ci de la rivière. A sa mort, la propriété a été partagée entre ses deux fils. Mon oncle est toujours propriétaire de la ferme voisine de la nôtre.

— Connaissez-vous les McKinney ? s'enquit Bella. Leur ranch ne doit pas être très loin d'ici...

Surpris, Dan se retourna vers elle.

— Le ranch Double C possède en effet quelques terres voisines des miennes. Mais comment se fait-il que vous les connaissiez ?

— Ma mère était la meilleure amie de Pauline, la première femme de J.-T. McKinney. Quand j'étais petite, mes parents avaient l'habitude de m'envoyer passer chez eux quelques semaines en été. J'adorais rester des heures au bord de la rivière, à pêcher interminablement sans jamais prendre de poisson...

Dirigeant son regard vers le cours d'eau qui coulait en contrebas de la route, Bella eut un sourire nostalgique.

— J'ai toujours pensé que le paradis devait ressembler à un après-midi ensoleillé au bord de la Claro River...

— Quel âge avez-vous ? demanda Dan avec curiosité.

Consciente de ses yeux perçants posés sur elle, Bella se sentit rougir et s'en voulut aussitôt.

— Vingt-sept ans.

— J'en ai huit de plus, reprit-il en fixant de nouveau son attention sur la conduite. A l'époque où vous pêchiez, mon père était déjà malade et j'étais sans doute fort occupé dans les champs alentour. Nous avons dû nous croiser une ou deux fois, mais je n'en garde aucun souvenir...

Bella se mit à rire gaiement.

— Cela ne m'étonne pas ! A l'époque, je n'étais qu'une gamine assez insignifiante, affligée d'une timidité maladive et défigurée par un encombrant appareil dentaire...

Ils rirent tous deux de bon cœur, et Bella fut heureuse de constater que son hôte semblait avoir délaissé son humeur maussade.

— Et vous ? demanda-t-elle après quelques minutes de silence.

— Quoi, moi ?

— Avez-vous des sœurs, des frères ? Vos parents sont-ils toujours vivants ?

— Non, répondit Dan d'un air sombre. Je suis enfant unique et il y a longtemps que mes parents sont morts. En fait, la famille proche se résume aujourd'hui à mon oncle Bubba et à son épouse, Marie.

Depuis leur départ, une question brûlait les lèvres de Bella, qu'elle hésita longuement à poser avant de se décider.

— Si ce n'est pas indiscret... Qu'est devenue votre femme ?

— Mon ex-femme vit aujourd'hui à Nashville, répondit Dan sur un ton neutre. Elle est chanteuse et ne rêve que de devenir une star de country-music.

Surprise, Bella s'exclama :

— Et elle est prête, pour y parvenir, à délaisser ses enfants ?

— Ne la jugez pas trop vite. Avoir des enfants n'a pas pour Annie la même signification que pour la plupart des femmes. Ce qui ne veut pas dire qu'elle ne les aime pas... Depuis qu'elle est toute petite, son rêve a toujours été de devenir une star. Il y a quelques années, elle a remporté le premier prix d'un radio-crochet qui lui a permis d'enregistrer une démo. Depuis, son rêve s'est emballé pour devenir une véritable obsession.

Impressionnée par tant de mansuétude, Bella songea que Dan Gibson était décidément un homme aussi atypique que surprenant. Puis lui revinrent à la mémoire les jouets disséminés dans toutes les pièces de la petite ferme, ainsi que la chaise de bébé dans la cuisine, et elle fut frappée par le fait que les occupants de la maisonnée ne devaient pas être bien grands...

— Quel âge ont-ils ? demanda-t-elle.

— Ellie a douze ans, Christine huit, et Josh deux ans.

— Deux ans seulement ! s'exclama Bella, sincèrement choquée. Mais c'est justement à cet âge qu'un enfant a le plus besoin de sa mère...

Visiblement atteint par cette remarque, Dan s'agita

nerveusement sur son siège avant de répondre. Lorsqu'il le fit, sa voix était dure, et Bella crut remarquer dans ses yeux fixes un éclat qui n'y était pas auparavant.

— Nous n'avions pas prévu la naissance de Josh, avoua-t-il enfin. Pour tout dire, c'était un accident... Annie était déjà décidée à partir bien avant qu'elle ne découvre avec horreur qu'elle était enceinte. Lorsqu'elle a voulu avorter, je l'ai convaincue de rester une année de plus, le temps que naisse cet enfant et qu'il grandisse un peu. En échange, j'ai consenti au divorce et à la garde des enfants.

Il y avait dans cette histoire qui ne la concernait pas une telle tristesse et un tel gâchis que Bella en eut le cœur serré. Manifestement, Dan Gibson était un père formidable. Cela dit, jamais sa présence aimante et attentive ne remplacerait pour ses enfants les soins d'une mère.

— Vous allez dire que je me mêle de ce qui ne me regarde pas, prévint-elle, mais... Comment se fait-il que vous ayez épousé une femme avec qui visiblement vous avez si peu de choses en commun ?

L'air morose, Dan haussa les épaules.

— Annie et moi avons usé durant des années les mêmes bancs d'école. Nous étions devenus tellement inséparables que les gens ont commencé, après l'adolescence, à nous demander en riant quand nous allions nous marier... En partie par conformisme, en partie parce que nous avions l'un pour l'autre un réel attachement, nous avons fini par leur donner raison. Chez nous, ces choses ne se décident pas de la même façon que dans votre monde. Un tas de couples très solides se forment de cette façon, dans nos campagnes.

Une foule d'autres questions se pressaient dans l'esprit de Bella. Mais par crainte de se montrer trop indiscrète, elle renonça à les poser.

— Comment marche la carrière de votre ex-femme ? demanda-t-elle, alors qu'ils pénétraient sur l'autoroute.

— Vous savez comment vont les choses dans ce monde-là, bougonna Dan avec lassitude. Tout est à prendre, mais rien n'est donné... Elle arrive au moins à subvenir à ses besoins et à envoyer un cadeau aux enfants de temps en temps. En tout cas, elle paraît nettement plus épanouie et heureuse que du temps de notre mariage...

— Vous ne regrettez pas qu'elle soit partie ? Elle ne vous manque pas ?

Un peu effrayée par son audace, Bella jeta un coup d'œil à la dérobée au visage taillé à la serpe de Dan. Sa question, loin de l'agacer, semblait l'avoir rendu pensif.

— Non, répondit-il après y avoir longuement réfléchi. Annie ne me manque pas. Cela faisait des années que nous n'avions plus aucun sentiment l'un pour l'autre. Nous ne restions ensemble que par habitude, et pour les enfants.

— Cela ne doit pas être très facile, dit-elle, d'élever seul trois enfants...

— Vous avez raison, admit-il. Cela n'a rien d'une sinécure.

Avec bien des difficultés, Bella essaya quelques instants de se représenter ce que signifiait concrètement d'avoir à mener de front la charge de travail d'une exploitation agricole et celle d'une famille de trois jeunes enfants. Contrairement à nombre de ses amies riches et désœuvrées de San Antonio, Dan Gibson ne devait pas avoir beaucoup le temps de s'ennuyer...

— Mais que faites-vous du bébé, lorsque vous travaillez ?

— Josh n'est plus un bébé, répondit Dan sèchement. Il marche, il parle et n'a pratiquement plus besoin de couches à présent. Sauf pour la sieste où je le garde à la maison, je m'arrange pour le prendre avec moi quand je travaille à l'extérieur. Il adore ça...

Songeant à la petite maison toute simple et dépourvue de tout luxe superflu, Bella demanda :

— Est-ce que l'agriculture... paie bien ?

— Si vous êtes dur à la tâche, répondit Dan sans réticence, et si le ciel ne vous tombe pas sur la tête, vous pouvez espérer payer vos traites et garder la tête hors de l'eau... Lorsque Annie et moi avons divorcé, j'ai dû faire un gros emprunt pour lui payer sa part de l'exploitation. Après dix ans de mariage, elle y avait bien droit. Depuis, je dois avouer que je ne peux pas chômer, si je veux boucler les fins de mois.

Bella hocha la tête d'un air pensif. Elle n'avait pas besoin d'en entendre plus pour décider que lorsqu'elle serait en sécurité à l'étranger, elle s'arrangerait pour faire parvenir à Dan une généreuse donation. Si elle envoyait l'argent en liquide, sans adresse d'expéditeur, il serait bien obligé de l'accepter. Cela serait vraiment peu de chose pour le remercier, mais au moins aurait-elle la satisfaction d'avoir pu l'aider.

6.

A la gare routière d'Abilene, Bella connut un bref moment de panique, avant de se décider à descendre de la camionnette. Emboîtant le pas à Dan, elle baissa la visière de sa casquette pour protéger son visage. Nerveusement, elle jeta autour d'elle des regards apeurés. De manière irrationnelle, elle avait la sensation que tous les regards avaient convergé dans sa direction dès qu'elle avait posé le pied sur le parking...

— Un peu de courage..., murmura Dan à ses côtés.

Il avait glissé son bras sous le sien pour l'aider à avancer, et Bella sentait avec reconnaissance la pression ferme de sa main.

— Plus vite vous en aurez terminé ici, dit-il, plus vite vous serez tranquille. Vous avez la clé ?

Après avoir glissé la main dans sa poche, où le contact métallique et froid la rassura, elle hocha la tête.

— Dans ce cas, conclut Dan, nous pouvons y aller...

A l'intérieur de la gare, ils se dirigèrent vers les rangées de consignes disposées en épi contre le mur du fond. Un grand cercle de bancs métalliques occupait le centre du hall, où patientaient des voyageurs en transit ou en partance. Une fois encore, Bella eut l'impression troublante d'être devenue, dès son arrivée, le centre de l'attention collective.

Mais il lui suffit d'un regard circulaire pour se rassurer. La foule indifférente et anonyme vaquait aux occupations que l'on peut trouver dans ce genre d'endroit pour tromper le temps. Quant aux deux amoureux serrés l'un contre l'autre près desquels ils passèrent, ils étaient tellement absorbés par leur baiser qu'il était difficile de les soupçonner d'avoir été placés là pour l'espionner...

— Casier 1165, murmura-t-elle à Dan. Celui du milieu, tout au bout de la dernière rangée.

Parfaitement calme et aussi maître de lui qu'à l'accoutumée, Dan hocha la tête et la suivit jusque-là. Tandis que d'une main tremblante elle introduisait la petite clé plate dans la serrure, il jeta autour de lui quelques coups d'œil discrets. Avec un grincement irritant, la porte métallique s'ouvrit lentement.

Les yeux écarquillés, Bella porta une main à sa bouche pour étouffer un petit cri d'effroi. La clé avait parfaitement fonctionné et la porte s'était ouverte, mais la consigne était aussi vide que celles qui l'entouraient...

— Mais, je..., bredouilla-t-elle, au bord des larmes. J'ai déposé moi-même deux enveloppes ici, la semaine dernière. L'une contenant cinquante mille dollars en billets, l'autre tous les doubles de mes papiers d'identité...

Après l'avoir considérée quelques instants, Dan sortit la clé de la serrure et la glissa dans sa poche. Puis, sans lui laisser le temps de réagir, il lui passa un bras autour des épaules et l'attira vers la sortie.

— Gardez la tête baissée, murmura-t-il sans la regarder. Essayez de paraître naturelle.

— Que se passe-t-il ? s'inquiéta Bella en jetant autour d'elle des regards affolés. Vous avez vu quelqu'un ?

— Restez tranquille ! lui intima-t-il d'une voix sans réplique. Contentez-vous de marcher tranquillement jusqu'à la camionnette, comme si de rien n'était.

En proie à la plus grande confusion, les jambes tremblantes et la tête vide, elle s'efforça de lui obéir et ne releva le menton que lorsqu'ils furent parvenus au véhicule. Rapidement, il déverrouilla la portière côté passager et l'aida à s'installer.

— Gardez votre casquette sur la tête et ne sortez sous aucun prétexte, conseilla-t-il d'une voix pressante. Je vais essayer d'apprendre ce qui s'est passé. Je serai vite de retour...

— Mais, Dan...

Déjà, il lui avait tourné le dos et se dirigeait d'une démarche souple et nonchalante en direction de la gare. En toute hâte, Bella referma la portière et se recroquevilla sur son siège, tous les sens aux aguets. Dans sa détresse, elle songea qu'elle avait eu beaucoup de chance de croiser la route de cet homme providentiel, qu'aucune situation, même la plus critique, ne semblait désarçonner.

Les secondes s'égrenèrent lentement. A son grand soulagement, lorsque Dan repassa les grandes portes vitrées, il ne s'était pas écoulé plus de quelques minutes, et personne ne s'était montré sur le parking. Un peu alarmée, elle le vit presque courir jusqu'à la camionnette, dans laquelle il grimpa précipitamment. A peine quelques secondes plus tard, il avait habilement manœuvré pour sortir du parking et s'engager dans le flot du trafic, l'œil rivé au rétroviseur et les sourcils froncés.

— Il est possible que nous soyons suivis, la prévint-il. Essayez de vous en assurer discrètement.

Tassée sur son siège, Bella se retourna pour observer par la vitre arrière les voitures qui les suivaient.

— Je ne crois pas..., annonça-t-elle enfin d'une voix tendue. Il y a bien une voiture derrière nous, mais elle a mis son clignotant et... voilà, ça y est, elle a tourné.

En se rasseyant convenablement sur son siège, Bella nota à quel point Dan paraissait soulagé.

— J'ai interrogé l'employé, au bureau de location des consignes, annonça-t-il. Pour ne pas éveiller ses soupçons, je lui ai dit que j'avais trouvé votre clé sur le sol.

— Et alors ? s'impatienta Bella. Que vous a-t-il dit ?

— Heureusement pour nous, il était en veine de confidences... D'après ce qu'il m'a expliqué, lorsqu'il a découvert votre photo vendredi dans le journal, il a tout de suite fait le rapprochement avec la jeune femme qui lui avait loué une consigne une semaine auparavant. Songeant qu'il y avait peut-être dans ce casier des éléments importants, il a appelé la police. Selon lui, suite à ce coup de fil, un inspecteur d'Austin est venu hier soir en récupérer le contenu...

La nouvelle fit à Bella l'effet d'une douche glacée.

— Alors..., gémit-elle. Cela signifie que...

— Cela signifie, poursuivit Dan, que votre ex-mari est en possession de votre argent et de vos papiers. Et s'il est aussi brillant détective que vous l'affirmez, il a sans doute deviné également que vous n'êtes pas morte. Voilà pourquoi j'ai voulu m'assurer que nous n'étions pas suivis, avant de rentrer...

— Cela signifie également, conclut Bella à voix basse, que j'en suis revenue au point de départ, et que je n'ai toujours ni argent, ni papiers...

Dan se garda bien de faire le moindre commentaire, et Bella lui en sut gré. Sa situation était suffisamment désespérée... Y revenir constamment n'aurait servi qu'à lui miner un peu plus le moral. Incapable de retenir plus longtemps les larmes qui affluaient sous ses paupières, elle les laissa s'écouler le long de ses joues, sans même prendre la peine de les essuyer.

— Une fois de plus, dit-elle, Eric a gagné. J'ai fabriqué moi-même le piège dans lequel je me suis fourrée, et je n'ai plus aucun moyen d'en sortir...

De retour à la ferme, ils mangèrent dans un silence morose un repas frugal, composé de soupe et de sandwichs. Lorsqu'ils eurent débarrassé la table, Dan alla se préparer pour aller travailler.

— Je serai de retour dans une heure ou deux, annonça-t-il depuis le seuil. Vous pensez que ça va aller ?

— Ne vous inquiétez pas, répondit-elle avec un pâle sourire. Faites ce que vous avez à faire, je vous ai déjà suffisamment retardé.

La main sur la poignée, il parut sur le point d'ajouter quelque chose, puis se ravisa et sortit précipitamment. Restée seule, Bella écouta ses pas décroître sur le gravier de l'allée. Quelques minutes, elle demeura assise à la table de cuisine, abattue. Puis, comprenant qu'il ne servirait à rien de ressasser une fois de plus le flot de pensées noires qui ne la quittaient plus, elle se leva pour se diriger d'un pas décidé vers l'évier.

Sous peine d'aller se jeter pour de bon dans la Claro River, il lui fallait réagir sans tarder... Et pour cela, le mieux était encore de s'occuper les mains et l'esprit. Heureusement, dans cette maison, ce n'étaient pas les tâches qui manquaient. Pour commencer, elle allait faire la vaisselle. Les manches relevées, elle s'activa à faire briller verres et assiettes, surprise du réconfort que cette activité, nouvelle pour elle, lui procurait.

Lorsque le dernier couvert eut été briqué et soigneusement rangé, Bella s'adossa à l'évier pour considérer le reste de la cuisine. Manifestement, sans même parler du désordre ambiant, le dernier récurage de printemps devait remonter à des lustres... Un peu perplexe, elle se demanda par où commencer, avant de décider que le mieux était encore de débuter par les hauteurs...

En fouillant dans la resserre, elle eut tôt fait de rassembler escabeau, détergents, éponges, seaux et chiffons à poussière. A peine quelques minutes plus tard, elle était lancée dans un grand ménage qui monopolisait toutes ses pensées et toute son énergie. Méthodiquement, elle vidait placards et étagères, avant de les récurer et d'y replacer leur contenu nettoyé, dans un ordre plus conforme à la logique.

Lorsqu'elle eut fait de même avec le réfrigérateur et qu'elle l'eut lavé de fond en comble, grisée par la fraîche odeur de citron que laissait derrière elle son éponge, elle décida que ce travail lui plaisait et s'attaqua aux placards sous l'évier. Avec la précision et le sens de l'ordre qui la caractérisaient, elle triait, rassemblait, jetait, rangeait. En peu de temps, la poubelle fut pleine de boîtes de céréales vides, de flacons poisseux et de produits depuis longtemps périmés.

Après une heure de travail, elle contempla son œuvre avec satisfaction. Il y avait dans ces tâches domestiques quelque chose de gratifiant et de concret qui correspondait bien à sa nature. Reprenant courage, elle songea qu'elle pourrait peut-être trouver du travail dans ce secteur d'activité. Jamais Eric ne songerait à venir la chercher dans une cuisine, entre fourneaux, marmites et lessives... Mais hélas! elle n'avait jamais appris à cuisiner. De toute façon, sans papiers ni numéro de sécurité sociale, il était probablement inutile d'y songer.

Inconsciente du temps passé, Bella était toujours plongée dans une activité frénétique lorsqu'un bruit près de la porte attira son attention. Figé sur le tapis brosse, en salopette et chaussures de travail, Dan la regardait faire avec incrédulité.

— Ainsi, dit-il avec un petit sourire, en ôtant ses chaussures, la princesse du Texas est redevenue Cendrillon...

— Ne vous moquez pas! protesta Bella. En fait, c'est la première fois que je fais ce genre de choses. Mais je dois reconnaître que c'est assez plaisant...

— Plaisant ? répéta Dan en allant s'asseoir à table. Vous trouvez vraiment ça *plaisant* ?

— Vous savez, répondit-elle un peu vexée, j'en suis surprise autant que vous... Depuis que je suis toute petite, on ne m'a jamais laissé l'occasion de me servir de mes mains.

Saisissant dans l'évier l'ustensile qu'elle était occupée à nettoyer à son arrivée, elle le brandit dans sa direction.

— Cette chose, par exemple... A quoi peut-elle bien servir ?

— C'est un presse-purée.

— Comment cela fonctionne-t-il ?

Sur un ton patient, comme s'il s'adressait à une enfant découvrant le monde, Dan expliqua :

— D'abord, vous pelez des pommes de terre. Ensuite, vous les faites cuire dans de l'eau bouillante. Lorsqu'elles ont suffisamment ramolli, vous les passez dans ce récipient et vous tournez la manivelle. Ajoutez un peu de lait, de sel et de beurre, et vous obtenez une excellente purée...

Bella étudia l'instrument de cuisine quelques instants, s'essayant à le démonter et à le remonter.

— J'ai toujours rêvé d'apprendre à cuisiner, reprit-elle. Mais la plupart des cuisinières détestent voir leurs employeurs rôder autour d'elles...

— Vous ne vous êtes jamais occupée vous-même de votre ménage ? s'étonna Dan. Même au début de votre mariage ?

Un sourire triste flotta quelques instants sur les lèvres de Bella. Lentement, elle secoua la tête.

— En plus du million de dollars, père nous a offert pour notre mariage un duplex dans le plus beau quartier d'Austin. Avec une gouvernante à plein temps...

Le visage de Dan s'était durci. Une lueur farouche brillait au fond de ses prunelles.

— Et votre mari l'a accepté ? Si jamais quelqu'un se risquait à m'offrir un cadeau pareil, je vous assure qu'il pourrait le garder...

— Vous oubliez qu'il ne m'a épousée que pour le prestige et l'argent, répondit-elle sur un ton amer.

Tranquillement, Dan la scruta de la tête aux pieds.

— A mon avis, dit-il enfin, ça ne devait pas être sa seule motivation.

— Que voulez-vous dire ? demanda-t-elle, mal à l'aise.

— Voyons, Bella... Vous êtes une jolie femme. Ne me dites pas que vous ne le saviez pas !

Médusée, elle détourna le regard pour en revenir à son récurage du presse-purée. Depuis qu'il l'avait surprise la nuit précédente en mauvaise posture, c'était la première fois que son hôte se laissait aller à ce qui pouvait ressembler à un compliment.

— Ecoutez..., reprit-il abruptement. Depuis tout à l'heure, je n'arrête pas de retourner votre problème dans tous les sens, et je pense avoir trouvé une solution.

— Et si nous en discutions autour d'un café ? proposa-t-elle.

Sans attendre de réponse, elle s'essuya les mains à son tablier. Déambulant dans la pièce comme si elle y avait toujours vécu, elle rassembla sur un plateau les éléments nécessaires à la préparation de deux instantanés. Lorsqu'elle vint s'asseoir à table face à lui, versant habilement l'eau bouillante dans les tasses, elle remarqua sur ses lèvres un sourire ironique.

— J'ai fait une bêtise ?

— Pas du tout ! protesta-t-il. Au contraire, je suis admiratif de vous découvrir déjà aussi à l'aise dans ma cuisine... En fait, cela ne fait que me conforter dans mon idée.

— Vous m'intriguez...

D'un air mystérieux, Dan sirota son café, le regard fixé sur elle.

— Je vais y venir... Mais d'abord, je voudrais que vous me disiez si ce type que vous avez eu la malchance d'épouser pourrait s'en prendre à moi ou à mes enfants, au cas où il vous retrouverait ?

Quelques instants, Bella réfléchit à la question, sans cesser de tourner délicatement dans sa tasse sa petite cuillère.

— Cela me semble improbable, répondit-elle finalement. Je vous l'ai dit, sa jalousie maladive a un caractère obsessionnel et centré sur moi. Quand il m'inventait des liaisons imaginaires, c'était moi qu'il disait vouloir punir, et non mes supposés amants...

— S'il découvrait que vous vivez chez moi, insista Dan, vous ne pensez donc pas qu'il serait susceptible de nous menacer, moi et mes enfants, directement ou indirectement ?

Bella secoua la tête avec conviction, avant d'avaler une gorgée de café brûlant.

— Eric est bien trop attentif à sa carrière et à sa réputation pour se laisser aller à ce genre de folie. Spécialement avec vous...

— Pourquoi ?

— Parce que vous êtes plus fort que lui, répondit-elle spontanément. D'instinct, il se tiendra à l'écart d'un homme tel que vous.

Apparemment satisfait, Dan adressa à Bella un sourire qui la fit rougir de confusion.

— Cela vous intéresse-t-il de connaître mon plan ? demanda-t-il.

— Au point où j'en suis, toute idée est bonne à prendre... A quoi avez-vous pensé ?

Les yeux baissés sur le contenu de sa tasse, elle s'empressa d'avaler le reste de café.

— J'ai pensé, reprit Dan le plus tranquillement du monde, que nous pourrions nous marier...

De surprise, Bella faillit s'étrangler avec sa dernière gorgée de café.

— Nous... *marier* ? répéta-t-elle, les yeux ronds.

— Une sorte de mariage blanc, précisa-t-il. Pour vous permettre d'acquérir une nouvelle identité et les papiers correspondants. Je vois mal comment vous pourriez vous en sortir autrement. En dehors de cette solution, votre situation me paraît complètement désespérée.

— Mais..., bredouilla Bella, trop surprise pour comprendre où il voulait en venir. En quoi cela m'aiderait-il, d'épouser un inconnu ?

— Cela vous permettrait de vous débarrasser définitivement d'Isabel Delgado... Le plus légalement du monde, vous vous appelleriez Bella Gibson et pourriez obtenir papiers d'identité et cartes de crédit à ce nom.

Pour masquer le trouble qui s'était emparé d'elle, Bella s'activa à débarrasser la table.

— Cela n'a aucun sens..., dit-elle. De toute façon, en supposant que cela en ait un, je vois mal comment nous pourrions nous marier sans que je puisse produire le moindre papier d'identité.

— Vous ne connaissez pas ma cousine Betty, répondit Dan. Elle travaille pour le comté de Crystal Creek et ne refusera certainement pas de nous aider. Comme vous l'avez peut-être remarqué, la solidarité n'est pas un vain mot, dans la famille... En fait, Betty Gibson est la cousine de mon défunt père. Elle a soixante ans et ne s'est jamais mariée. Mais sous ses dehors revêches, c'est une romantique au cœur tendre, toujours prête à aider son prochain.

Depuis l'évier où elle était allée rincer les tasses, Bella lui lança par-dessus son épaule un regard suspicieux.

— On dirait que vous avez pensé à tout...

D'un geste de protestation d'innocence, Dan leva les mains, paumes en l'air.

— J'ai pensé à tout pour résoudre votre problème,

90

reconnut-il. Mais que suis-je censé faire d'autre? Vous conduire en ville et vous lâcher sur le trottoir, sans argent ni papiers? Ou vous ramener au manoir de votre père, pour qu'il se fasse un plaisir de vous remettre entre les pattes de ce maniaque dangereux?

— Désolée..., s'excusa Bella en allant s'accouder à la fenêtre encadrée de vigne vierge, dont les vrilles agitées par le vent caressaient les carreaux. Vous devez me prendre pour une ingrate. Mais vous avouerez que la perspective de vous épouser est assez... surprenante.

— Si cela peut vous mettre à l'aise, poursuivit Dan en tirant sa chaise pour se tourner vers elle, disons que ce mariage est un marché mutuellement profitable.

— Un marché? s'étonna-t-elle.

— Oui, un marché.

Dan la considéra quelques instants sans mot dire. Lorsqu'il se décida à parler, Bella ne put manquer d'être impressionnée par la grande détermination qui se lisait sur son visage.

— En échange d'une nouvelle identité, expliqua-t-il enfin, je vous demande de me consacrer trois mois de votre temps. Jusqu'à Noël, à peu près. C'est assez pour vous permettre de reconstituer vos papiers, et cela devrait me fournir le répit nécessaire pour venir à bout de mon travail d'automne, et pour préparer celui du printemps prochain.

— Trois mois de mon temps? répéta-t-elle sans paraître comprendre. Mais... pour quoi faire?

— Pour vous occuper de mes enfants et de ma maison. Avec le travail qui m'attend, je ne pourrai pas y faire face. En outre, je pourrai profiter de ces trois mois pour trouver l'aide ménagère idéale, qui saurait se faire accepter de mes irascibles gamins...

Bella secoua la tête avec obstination.

— En échange d'une nouvelle identité, dit-elle, trois mois de baby-sitting et de ménage, ce n'est pas cher payé...

— Vous vous trompez, affirma Dan avec assurance. En ce qui me concerne, cela n'a pas de prix. Dans cette histoire, c'est moi qui suis gagnant...

Délaissant son poste d'observation, les bras croisés contre sa poitrine, Bella déambula dans la pièce. Plus elle y réfléchissait, plus il lui semblait que l'idée de Dan n'était pas aussi irréaliste qu'elle l'avait d'abord pensé. Si bizarre ce mariage de convenance pût paraître, elle était soudain tentée d'accepter. Après le terrible accident dont elle était miraculeusement sortie indemne, cette solution tombée du ciel s'offrait à elle comme un havre de calme et de paix.

— Vous avez peut-être raison..., admit-elle, regagnant sa place à table face à lui.

Avec un petit pincement au cœur, Bella songea que s'il était satisfait de la voir se rendre à ses arguments, Dan se gardait bien en tout cas de le lui montrer.

— Vous êtes sûre de pouvoir tenir le coup, avec les enfants ? insista-t-il. Ce ne sont pas toujours des petits anges, vous savez...

— Je l'espère..., répondit-elle d'une voix incertaine. J'ai toujours adoré les enfants, même si je n'ai jamais eu l'occasion de beaucoup les fréquenter. Mais au fait, comment allez-vous leur présenter la chose ? Cela va leur sembler très étrange de me voir débarquer ainsi, du jour au lendemain, pour épouser leur père. Sans parler du voisinage... La nouvelle va sûrement faire jaser dans le pays.

Dan, qui avait décidément réponse à toutes ses objections, la tranquillisa aussitôt.

— Nous pourrions prétendre que nous nous sommes rencontrés lorsque je suis allé au salon agricole d'Oklahoma City, l'année dernière, mais que jusqu'à présent nous avions préféré garder notre relation secrète...

Bella hocha pensivement la tête, abasourdie par la

conversation qu'ils étaient tranquillement en train de mener, et par les répercussions qu'elle pouvait avoir sur leurs vies à tous deux. Lorsque Dan en parlait, tout paraissait si simple ! Mais il lui suffisait, de son côté, d'y réfléchir quelques instants pour qu'aussitôt se dressent dans son esprit de nouvelles objections.

— Cette maison est tellement... petite ! dit-elle en balayant la pièce du regard, les joues en feu. Et si nous sommes supposés être mariés, il nous faudra...

Incapable d'en dire plus, elle laissa sa phrase en suspens. Mais Dan, manifestement, en avait suffisamment entendu pour comprendre où elle voulait en venir. Pour la première fois depuis le début de cette étrange conversation, il parut déstabilisé et baissa les yeux.

— Je dois reconnaître, dit-il en regardant fixement ses mains jointes sur la table, que mon plan comporte quelques lacunes. Mais c'est pourtant le seul que j'aie à vous proposer.

Il releva les yeux vers elle mais Bella, incapable de supporter son regard, s'empressa de se lever pour retourner à ses activités ménagères.

— Le lit est grand..., plaida-t-il sans trop de conviction. Je me ferai petit, et vous ne tenez pas beaucoup de place. Et si cela ne marche pas, je pourrai peut-être le remplacer prochainement par des lits jumeaux...

Réfugiée près de l'évier, Bella essuyait avec obstination une assiette propre et sèche depuis longtemps déjà.

— C'est inutile, conclut-elle d'une voix sans appel. De toute façon, tout cela est bien trop alambiqué. Il va falloir trouver autre chose.

Dan, qui s'était levé pour aller se rechausser, s'apprêtait à sortir et lui adressait un regard sévère depuis le seuil.

— Comme vous voudrez, dit-il. Si vous avez une meilleure idée, faites-moi signe ! Mais il va falloir vous dépêcher, parce que je vais devoir récupérer mes enfants dans un jour ou deux.

7.

Leur repas achevé, Bella contemplait avec un incomparable sentiment de bien-être la table où subsistaient quelques reliefs de nourriture. Avant le retour de Dan, elle avait eu le temps de préparer un dîner composé d'une salade de concombre et de tomates, d'une purée de pommes de terre accompagnée de brocolis, et d'un steak grillé. La préparation, aussi simple fût-elle, ne s'était pas faite sans frayeurs ni accidents. Mais dans l'ensemble, elle s'était plutôt bien débrouillée, pour une néophyte. Avec une certaine fierté, elle avait vu son hôte saluer cette réussite en se resservant systématiquement.

— Un toast pour vous! s'exclama-t-il, levant son verre dans sa direction. Vous avez fait des merveilles... Je vous garantis que c'est le meilleur repas que j'aie mangé depuis longtemps.

Rose de confusion et souriante de plaisir, Bella se leva de table pour débarrasser, pendant que Dan leur préparait deux cappuccinos. Remettant d'un commun accord la vaisselle à plus tard, ils sortirent sur le porche, pour y déguster leur café en profitant des derniers rayons du soleil couchant.

Cette journée, aussi sombre qu'elle eût été pour Bella, avait bénéficié d'un temps magnifique pour la saison. A présent, dans un ciel miraculeusement transparent, le crépuscule commençait à accrocher au-dessus des collines de longues écharpes brunes et orange. Lentement, les vallées s'emplissaient d'ombre.

De longues minutes, ils demeurèrent assis côte à côte au bord des marches, à contempler silencieusement ce spectacle envoûtant. Bella, la première, se risqua à rompre le silence.

— C'est étonnant, dit-elle d'une voix rêveuse, comme le spectacle de la nature peut paraître idyllique, vu du confort douillet d'une maison...

Dan, qui avait suivi le fil de ses pensées, répondit en grimaçant :

— Tandis que seule dans la nuit, sans ressources et sans abri, la nature n'a rien d'un paradis, n'est-ce pas ?

Bella eut un petit rire sans gaieté.

— Je ne vous le fais pas dire ! Pourtant, d'une certaine manière, ma situation est aujourd'hui plus précaire qu'elle ne l'était hier...

— Je ne vous suis pas...

— Hier, j'avais encore un plan de secours. Il me suffisait de me rendre à Abilene pour y récupérer mon bien et filer vers d'autres horizons. A présent, je n'ai plus rien : ni passeport, ni argent, ni rien...

Sa voix se brisa sur une note amère. Durant quelques instants, Dan se garda de tout commentaire, et Bella lui en fut reconnaissante. En songeant à Eric et à la manière dont il triomphait d'elle jusque dans son ultime tentative pour lui échapper, elle avait le cœur empli de colère.

— Vous ne pensez pas qu'il pourrait finir par se lasser et vous laisser tranquille ? demanda-t-il soudain, comme s'il avait pu lire à livre ouvert dans ses pensées.

Frissonnante, Bella entoura de ses bras ses jambes nues, le menton posé sur les genoux.

— On voit que vous ne le connaissez pas..., murmura-t-elle. Si vous aviez pu voir son visage lors de ses crises de jalousie, vous ne poseriez pas cette question. C'est curieux, je n'aurais jamais pensé que...

Comme prise de remords, Bella laissa sa phrase en suspens.

— Que quoi? insista Dan en sirotant son café à petites gorgées.

— Je n'aurais jamais pensé, reprit-elle d'une voix plus assurée, éveiller chez un homme tant de violence et de passion...

— Sans vouloir vous vexer, dit-il, votre ex-mari se serait sans doute comporté de la même manière avec n'importe quelle autre femme. Pour ce genre d'homme, le sentiment d'être abandonné, quelle que soit la partenaire, suffit sans doute à provoquer de violentes réactions de jalousie...

— Vous voulez dire que tout le problème vient de lui, et que je n'ai pas à me sentir coupable de ce qui s'est passé?

— Cela ne vous paraît pas évident?

Le regard perdu dans la masse orangée du soleil qui disparaissait à vue d'œil, Bella y réfléchit quelques instants.

— Vous avez raison, reconnut-elle enfin, mais vous êtes le premier à me le dire. Vous savez, je crois que cela aurait changé beaucoup de choses si quelqu'un s'était avisé de me le faire comprendre. Peut-être n'aurais-je pas accepté d'avoir à fuir comme une pauvre victime... Peut-être aurais-je trouvé les ressources nécessaires pour l'affronter et triompher de lui...

— Ce mariage n'a donc été qu'un long calvaire, pour vous?

Bella haussa les épaules.

— Il y a bien eu quelques moments de grâce, au cours desquels Eric paraissait comprendre et se repentir. Mais la plupart du temps, sa jalousie détruisait tout.

Le jour où il s'est mis à déclarer que je lui appartenais pour toujours et qu'il préférerait me voir morte plutôt que dans les bras d'un autre homme, j'ai commencé à être réellement effrayée.

— On le serait à moins, approuva Dan, les mâchoires crispées.

— Aucune femme ne devrait prendre ce genre de déclaration à la légère, reprit Bella. Et vous ? Seriez-vous jaloux si votre ex-femme rencontrait un autre homme ?

L'expression d'une surprise intense et amusée sur le visage, Dan se tourna vers elle.

— Annie ? J'espère pour elle qu'elle a quelqu'un dans sa vie ! C'est une femme bien trop entière et passionnée pour pouvoir vivre seule...

Les yeux fixés sur son profil dessiné en ombre chinoise sur le ciel clair, Bella secoua longuement la tête.

— J'ai du mal à croire que vous ne gardiez aucun grief contre elle. Après tout, elle n'a pas hésité à aller poursuivre son rêve, en vous laissant sur les bras trois enfants à élever...

— Les choses ne sont pas aussi simples, répondit-il d'une voix lasse. Annie ne vit que pour le strass et les paillettes ; moi, je ne vis que pour ma famille. Je pense que chaque être doit pouvoir se réaliser selon le rêve qui oriente sa vie. C'est donc sans rancune que je laisse à mon ex-femme sa vie de bohème. De toute façon, cultiver l'amertume ou le ressentiment ne servirait qu'à rendre les choses plus difficiles.

— Vos enfants ne souffrent pas trop de son absence ?

— A mon avis, les deux plus jeunes souffrent plus du manque d'une présence féminine que du manque de leur mère.

— Et l'aînée ?

Sur la gorge de Dan, Bella vit la pomme d'Adam s'agiter quelques instants.

— Les choses sont sans doute plus dures pour elle..., reconnut-il. Ellie avait dix ans quand Annie est partie. Et quoi qu'elle n'en montre rien, je suis sûr qu'elle reste très attachée à sa mère. Difficile de savoir, avec elle... J'ai bien du mal à la cerner. La plupart du temps, elle est fermée comme une huître.

— C'est un drôle de pays que l'enfance..., murmura Bella. Difficile de comprendre ceux qui y vivent encore, une fois qu'on l'a quitté.

Surpris par la nostalgie que traduisaient ces propos, Dan demanda :

— Quel genre d'enfance avez-vous eue ? Vous aviez beaucoup d'amis ?

— Hélas ! non. Mon père vivait dans la crainte constante que je me fasse kidnapper, et je vivais recluse. Les seuls enfants avec qui je pouvais jouer étaient ceux que l'on faisait venir à la maison. Autant vous dire qu'ils étaient rares...

— Vous n'alliez pas à l'école ?

— Jusqu'à l'âge de neuf ans, j'ai eu un précepteur. Ensuite, mes parents m'ont expédiée dans un collège privé du Massachusetts.

Bella fut secouée par un petit frisson.

— Je détestais cet endroit. Tout y était si triste, si gris, si strict... J'y ai passé des années à me languir du Texas ensoleillé...

— Vous deviez attendre les vacances avec impatience...

— La plupart du temps, mes parents partaient chacun de leur côté, pour des destinations lointaines. A part les trop rares séjours au ranch Double C, je me morfondais dans des camps de vacances.

Chaque fois qu'elle se risquait à évoquer ces souvenirs, c'était comme si elle se trouvait de nouveau plongée au cœur de ces années de plomb.

— Je suppose, dit-elle pour changer de sujet, que vous avez eu une enfance plus heureuse.

— En effet..., convint Dan avec un petit sourire rêveur. Vous n'imagineriez jamais comme nous avons pu nous amuser à descendre cette rivière en radeau, Cal McKinney et moi... A dix kilomètres en aval comme en amont, nous en avons exploré les moindres recoins. C'était notre domaine réservé, notre territoire...

— Je comprends, reprit Bella, que vous souhaitiez pour vos enfants le même genre de souvenirs...

La nuit était presque tombée et elle ne distinguait plus, dans les ténèbres environnantes, que la ligne sombre de son profil et la tache indistincte et plus claire de son T-shirt blanc.

— Je le voudrais bien, en effet, répondit-il d'une voix chargée d'amertume. Mais hélas ! le plus souvent, j'ai à peine le temps de m'occuper d'eux convenablement.

— Ne soyez pas injuste envers vous-même ! protesta-t-elle. Je suis sûre que lorsqu'ils seront grands, ils garderont de leur enfance un souvenir émerveillé, et vous en seront reconnaissants.

Dans le silence gêné qui s'ensuivit, ils regardèrent la lune pleine et très brillante apparaître dans le ciel. Au-dessus des falaises qui bordaient la Claro River, elle se levait majestueusement, nimbant le paysage nocturne d'une clarté nouvelle et irréelle.

— Vous n'avez jamais quitté Crystal Creek ? demanda finalement Bella, rompant le charme de cet instant.

— J'ai fait deux ans d'université à Baylor. J'y étudiais le génie civil.

— Vraiment ? s'étonna-t-elle. Vous ne vous destiniez donc pas à l'agriculture ?

— Depuis tout petit, je rêvais de construire des gratte-ciel et des ponts...

— Qu'est-ce qui vous a empêché de poursuivre dans cette voie ?

Dan poussa un long soupir et Bella, troublée, sentit qu'il s'étirait longuement à côté d'elle.

— Mon père a eu sa première attaque cardiaque alors que je préparais ma licence. J'ai dû rentrer à la maison pour m'occuper de la ferme... et laisser mes camarades dessiner les ponts et les gratte-ciel sans moi.

Déconcertée, Bella songea que cet homme n'avait pas hésité à sacrifier sa carrière et ses ambitions pour la ferme familiale, tout comme il sacrifiait à présent une bonne partie de sa vie à ses enfants. Mais, sans lui laisser le temps de s'en étonner, Dan se leva et gagna la porte.

— Venez, lança-t-il par-dessus son épaule. Il est temps d'aller au lit. Il faudra vous y faire : on se couche tôt, dans ce pays...

Ce fut en vain que Dan tenta de convaincre Bella de dormir dans son lit, tandis que lui utiliserait le sofa. Après bien des discussions, elle accepta finalement d'aller se coucher dans le lit d'Ellie. Peu de temps après qu'ils se furent souhaité mutuellement bonne nuit, un silence complet s'établit dans la maison.

Incapable de trouver le sommeil, Dan contemplait les reflets que dessinait au plafond la lune. Sans cesse, ses pensées le ramenaient à Bella et à la situation critique dans laquelle elle se débattait.

Chaque fois qu'il songeait à la sombre brute qu'elle avait commis l'erreur d'épouser, ses poings se serraient, et il sentait monter en lui une colère noire. Pendant un moment, il en était même venu à se demander s'il ne pourrait pas se rendre à Austin pour avoir avec Eric Matthias une petite explication. Bien vite, il y avait renoncé. Loin d'arranger les choses, une telle initiative ne ferait sans doute que les aggraver pour Bella, en remettant son persécuteur sur sa piste... Sans argent, sans papiers, sans soutien d'aucune sorte, la pauvre femme semblait vraiment dans une situation désespérée.

A présent qu'ils avaient eu le temps de partager une certaine intimité, Dan se sentait beaucoup moins sûr de la proposition qu'il lui avait faite, l'après-midi même. D'un strict point de vue rationnel, ce mariage de convenance lui paraissait toujours aussi nécessaire et sensé. Mais à un niveau plus personnel, il risquait d'entraîner certaines complications, dont la moindre n'était pas de partager le même lit, comme Bella l'avait souligné.

Plus le temps passait, moins il lui était possible de rester insensible à son charme et à sa beauté. Bien sûr, lorsqu'elle se laissait rattraper par son éducation et le milieu qui l'avait vue naître, il lui arrivait encore de se montrer superficielle et irritante. Mais maintenant qu'il la connaissait un peu mieux, Dan était à même de faire la part des choses. Ce qui n'arrangeait rien au besoin de la prendre dans ses bras pour la consoler...

Décidément, songea-t-il, la meilleure chose à faire était de trouver un autre moyen pour la tirer de ce mauvais pas. Ensuite, lorsqu'il y serait parvenu, il lui faudrait se résoudre à la laisser sortir de sa vie. Contrairement aux apparences, même si leurs routes ne s'étaient croisées que par accident, la seconde partie de ce programme ne serait sans doute pas la plus facile à réaliser...

Une délicieuse odeur de café frais réveilla Dan le lendemain matin. S'y mêlait une autre odeur alléchante, dont il ne parvint pas, au premier abord, à déterminer l'origine.

Heureux de n'être pas, pour une fois, le premier levé,

il s'habilla en hâte et gagna la cuisine, dans laquelle Bella était déjà fort affairée aux fourneaux. Habillée du pantalon qu'il lui avait prêté la veille et du T-shirt dans lequel elle était arrivée, elle consultait avec attention un livre de cuisine ouvert devant elle, tout en remuant du bout d'une spatule une masse jaunâtre dans une poêle.

— J'essaie de faire des œufs brouillés, dit-elle d'un air consterné. Mais je crois bien que c'est raté...

— Trop chaud ! expliqua Dan en tendant le bras jusqu'au bouton, pour ajuster le débit du brûleur. Les œufs brouillés doivent cuire très lentement.

— Seigneur ! se lamenta-t-elle, sortant précipitamment la poêle du feu. Le livre n'en parlait pas. Ne me dites pas que j'ai gâché six œufs...

Luttant contre le désir soudain de déposer un baiser sur la peau soyeuse de son cou, Dan lui prit la spatule des mains et retint un sourire attendri.

— Pendant que je termine, suggéra-t-il, vous pourriez peut-être nous préparer quelques toasts ?

La mine boudeuse, elle s'exécuta en silence.

Lorsqu'ils furent installés à table, Dan l'observa à la dérobée, en mangeant ses œufs de bon appétit. Contrairement aux craintes qu'elle avait pu émettre, ceux-ci, bien que trop cuits, n'avaient rien d'immangeable... La mine sombre, le visage pâle et les yeux soulignés de cernes violets, Bella ne décrochait pas une parole, chipotant dans son assiette la nourriture du bout de sa fourchette.

— Mangez ! dit-il. J'ai beau avoir bon appétit, jamais je ne viendrai à bout de six œufs tout seul...

De mauvaise grâce, elle s'exécuta, avant de laisser retomber la fourchette dans son assiette. Puis, après avoir pris une grande inspiration, comme pour se donner du courage, elle releva la tête et planta son regard triste dans le sien.

— Dan..., dit-elle timidement.

— Oui ?

— Je suis restée éveillée une bonne partie de la nuit, à remuer tout un tas d'idées pour parvenir à trouver une solution. Mais ce matin, je dois me rendre à l'évidence : il ne peut y avoir d'autre plan pour m'en sortir que celui que vous m'avez proposé hier.

De surprise, Dan lâcha le toast dans lequel il s'apprêtait à mordre à belles dents.

— Vous en êtes sûre ? demanda-t-il. Nous pourrions peut-être y réfléchir encore, et...

— J'en suis tout à fait sûre..., l'interrompit-elle, les larmes aux yeux.

Dan l'observa sans mot dire. Son cœur cognait à coups redoublés à l'idée de ce que signifiait ce consentement.

— D'accord, dit-il finalement. Dans ce cas, nous irons voir Betty Gibson à Crystal Creek, tout de suite après le petit déjeuner. Ainsi, je pourrai récupérer les enfants dès demain et me remettre sérieusement au travail.

Bella secoua la tête d'un air désolé.

— Je suis bien consciente du temps que je vous fais perdre... Mais vous pouvez être sûr que je vais faire de mon mieux pour m'occuper de votre maison et de vos enfants. Je vous promets que vous n'aurez pas à le regretter...

Tout en sirotant son café à petites gorgées, Dan lui sourit et hocha la tête pensivement. En fait, il regrettait déjà ce marché qu'il avait commis l'imprudence de lui proposer. Mais elle paraissait si fragile, si triste et si désemparée qu'il ne se sentait pas le courage de la décevoir en renonçant.

— Mangez vos œufs, conclut-il avec un sourire rassurant. Ensuite, j'essaierai de trouver quelques vêtements plus dignes d'une cérémonie de mariage que ceux que vous portez.

Bella, un peu impressionnée par la solennité des lieux et de l'instant, gardait les yeux timidement baissés sur ses deux mains jointes. Dans une grande pièce aux murs lambrissés, elle était assise à côté de Dan, de l'autre côté d'un bureau de chêne sombre. Face à eux, imposante par la corpulence autant que par l'autorité liée à sa fonction, Betty Gibson écoutait avec attention la triste histoire du mariage raté d'Isabel Delgado, que son petit-cousin lui racontait dans les moindres détails.

Coiffés en une permanente ondulée à l'ancienne mode, les cheveux gris argenté de la vieille dame formaient autour de sa tête une couronne majestueuse. Sur son visage, une expression de douceur attentive venait tempérer l'élégance stricte de son tailleur. Par-dessus des lunettes en demi-lune cerclées d'or, son regard bleu acier semblait épingler toute chose sur laquelle il se posait.

Avec un sentiment de malaise grandissant, Bella écoutait Dan résumer les grandes lignes de sa récente aventure. Elle était si accoutumée à l'anonymat dans lequel elle avait choisi de se réfugier qu'elle se sentait menacée de devoir en sortir brutalement. Le visage de Betty Gibson demeurait impassible. Et lorsque ses yeux perçants se posaient sur elle, Bella se sentait comme un animal nocturne pris au piège d'un faisceau de lumière.

— Ainsi, mon garçon, dit-elle lorsque Dan se tut, tu penses que la meilleure solution pour elle consiste à t'épouser...

— C'est ce que nous avons trouvé de mieux, convint Dan. Mais si tu as une autre idée, Betty, nous sommes prêts à t'écouter...

— Et en échange d'une nouvelle identité, cette demoiselle ici présente est prête à s'occuper pendant quelques mois de tes enfants et de ta maison ?

— C'est en effet ce que nous avons convenu...

Sur le visage de la vieille dame, le sourire disparut aussi vite qu'il était né.

— C'est le motif de mariage le plus rocambolesque qu'il m'ait été donné d'entendre depuis longtemps! Que vas-tu dire à tes voisins et à tes enfants pour expliquer cette union tombée du ciel?

— Je leur dirai, expliqua Dan sans se laisser impressionner, que nous nous sommes rencontrés au salon agricole d'Oklahoma City, l'an dernier, mais que nous avons préféré garder notre relation secrète tant que nous n'étions pas sûrs de nos sentiments.

— Hmm..., bougonna Betty Gibson en remuant quelques papiers devant elle. Vous allez raconter de bien gros mensonges. Et les mensonges, généralement, ne servent qu'à attirer des ennuis à ceux qui les profèrent...

Comprenant que tout ne se déroulait pas selon leurs vœux, Bella s'agita nerveusement sur son siège et tourna vers Dan un regard inquiet. Mais celui-ci, sans rien perdre de son assurance, gardait les yeux fixés sur son interlocutrice.

— Qu'importent quelques petits mensonges, déclara-t-il, quand il y va de la vie et de la sécurité d'une femme...

La cousine de Dan hocha la tête d'un air dubitatif, hésita encore quelques secondes, puis ouvrit d'un geste sec un tiroir de son bureau, dans lequel elle saisit un formulaire d'allure officielle.

— Je vais avoir besoin de photos d'identité de chacun de vous, expliqua-t-elle sèchement, ainsi que de la preuve que vos mariages précédents ont été légalement annulés.

Dan émit un claquement de langue agacé.

— Allons, Betty..., dit-il d'une voix cajoleuse. Tu me connais depuis que je suis bébé... Quant à Bella, si

106

elle avait ce genre de papiers sur elle, nous n'aurions pas besoin de nous marier pour lui forger une nouvelle identité !

Sans attendre de nouvelle objection de sa cousine, Dan extirpa de sa poche la coupure de journal annonçant la disparition d'Isabel, dont il avait pris soin de se munir. Sourcils froncés, Betty Gibson examina quelques instants la photo, puis le visage de Bella.

— Je suppose, dit-elle enfin, que ceci peut tenir lieu de photo d'identité. Ce document mentionne également l'annulation de votre mariage précédent. Aussi, je crois que tout est en règle.

Saisissant un tampon posé à l'angle du bureau, elle le fit s'abattre d'un geste énergique sur le formulaire posé devant elle. Dan et Bella échangèrent un bref regard de soulagement.

— Je présume, reprit-elle, que vous préféreriez vous marier aujourd'hui ?

— Si c'est possible, répondit-il en sortant son portefeuille, ce serait parfait. Quelles sont les taxes à payer, Betty ?

Sa cousine agita la main devant elle, et répondit avec une moue agacée :

— Aucune importance. Considérez ceci comme mon cadeau de mariage.

Puis, après avoir jeté à sa montre un rapide coup d'œil :

— Vous avez de la chance, Howard Blake s'arrête ici chaque matin pour prendre un café avec le juge Brower. Je pense qu'il acceptera sans difficulté de vous marier. Le juge et moi pourrions être vos témoins...

Tandis qu'ils gravissaient derrière Betty le grand escalier de chêne qui desservait les étages du tribunal, Bella sentit que la tête lui tournait et dut se retenir au bras de Dan. Toute la scène baignait dans une atmosphère d'irréalité affolante. Comme dans un rêve, elle se vit debout à son côté, tandis qu'un vieil homme à la moustache impressionnante les déclarait mari et femme après avoir entendu leurs vœux. Puis le pasteur et le juge embrassèrent la mariée, tandis que Betty serrait chaleureusement son petit cousin dans ses bras, lui murmurant au passage quelques mots à l'oreille.

— Qu'a-t-elle bien pu vous dire? s'enquit Bella, alors qu'ils descendaient le monumental perron de pierre pour rejoindre leur véhicule.

— Elle m'a dit que vous étiez bien jolie..., répondit Dan en déverrouillant les portières. Et elle a ajouté que j'avais de la chance.

— Dan..., protesta Bella en s'installant sur le siège. Sérieusement, que vous a-t-elle dit?

Tournant la clé dans le démarreur, il l'examina avec insistance de la tête aux pieds.

— Je n'ai aucune raison de vous mentir! répondit-il. Pourquoi douter ainsi de votre beauté?

Le rouge au front, Bella baissa les yeux sur la longue jupe verte et sur le chemisier blanc à jabot qu'elle portait. Après avoir été les chercher à la grange, Dan lui avait expliqué que ces vêtements avaient appartenu à sa femme au début de leur mariage. Elle les avait toujours précieusement conservés, espérant pouvoir un jour s'en resservir lorsqu'elle aurait suffisamment maigri. Mais ce jour n'était jamais venu, et Annie Gibson avait laissé derrière elle une malle de vieux vêtements trop petits pour elle.

— Difficile d'avoir confiance en soi, marmonna-t-elle, lorsqu'on vient d'épouser un homme que l'on ne connaissait pas trois jours auparavant, dans des vêtements qui appartiennent à son ex-femme...

Dan se mit à rire, bientôt imité par Bella, soulagée de pouvoir exorciser la tension qui ne l'avait pas quittée de la matinée.

— Je vous invite au restaurant, proposa-t-il

lorsqu'ils eurent repris leur sérieux. Disons que ce sera notre banquet de mariage. Il y a en ville une petite brasserie appelée le Longhorn, dont le décor et les clients n'ont guère changé depuis quarante ans.

— Je me souviens du Longhorn, dit Bella en lui adressant un regard inquiet. Mais n'est-ce pas un peu risqué ? Quelqu'un pourrait m'y reconnaître.

— Il faudra bien vous montrer en public tôt ou tard, répondit-il avec un sourire rassurant. Et je vous assure qu'ainsi habillée et coiffée, vous n'avez plus grand-chose à voir avec la riche héritière dont la photo est parue dans le journal...

8.

En franchissant le seuil du restaurant bondé, Bella fut soulagée de constater que personne n'avait tourné la tête dans leur direction. Mais lorsqu'elle aperçut J.-T. McKinney attablé près du bar, en compagnie de cinq hommes qu'elle ne connaissait pas, elle se figea sur place, incapable du moindre mouvement.

— Soyez naturelle, madame Gibson..., murmura Dan, avant de l'entraîner par le bras. Je vais vous présenter à vos nouveaux voisins.

Bien qu'elle ne l'eût pas revu depuis vingt ans, Bella avait tout de suite reconnu celui chez qui elle passait autrefois de si merveilleuses vacances. Désormais âgé de plus de soixante ans, le propriétaire du ranch Double C était resté aussi svelte et séduisant que dans ses souvenirs d'enfance. Son visage était buriné par la vie au grand air, et ses yeux d'un bleu très pâle n'avaient rien perdu de leur vivacité. Devenus blancs comme neige, ses cheveux semblaient toujours aussi fournis sous le Stetson noir qu'il conservait éternellement vissé sur le crâne.

— J.-T., dit Dan en le saluant d'un hochement de tête, je vous présente Bella, une amie venue tout droit d'Oklahoma City...

Cette annonce suscita autour de la table un vif intérêt. S'efforçant de ne pas rougir sous le regard de ces hommes, Bella fit de son mieux pour mémoriser leurs noms. Il y avait là Manny Hernandez et Tony Rodriguez, les deux vétérinaires, ainsi que Wayne Jackson, le shérif de la ville. En face d'eux se tenait un homme d'une quarantaine d'années, aux yeux verts rieurs et au fort accent écossais.

— Douglas Evans, plaisanta Dan, est notre homme à tout faire... En plus d'être le nouveau maire de Crystal Creek, il gère le vieil hôtel dans la grande rue, et fait office de courtier en bourse et d'agent immobilier. De plus, il est bien le seul d'entre nous capable de porter le kilt et de jouer de la cornemuse, lors des grandes occasions, sans se ridiculiser...

Lorsque se furent apaisés les rires, Dan lui présenta le cinquième homme : Bubba Gibson, son oncle et plus proche voisin. Aussi débonnaire et bien en chair que J.-T. McKinney paraissait mince et intimidant, le vieil homme adressa à Bella un sourire poli qui la rassura. S'il lui était arrivé une ou deux fois de la croiser lorsqu'elle était enfant, l'oncle de Dan — tout comme le propriétaire du ranch Double C — ne semblait pas l'avoir reconnue.

— Eh bien, eh bien ! s'exclama Bubba Gibson, avec un clin d'œil en direction de son neveu. Maintenant, je comprends pourquoi tu avais tellement besoin de nous confier tes enfants...

Apparemment accoutumé au sens de l'humour très particulier de son oncle, Dan lui sourit sans se formaliser.

— Ils ne vous donnent pas trop de travail ?

— Ne t'inquiète pas, mon garçon. Marie s'en occupe comme de la prunelle de ses yeux. Elle a conduit les deux filles à l'arrêt de bus ce matin, et Josh ne décolle plus de ses jupes.

— Tu les embrasseras de ma part, conclut Dan, posant négligemment sa main sur l'épaule de Bella. Et dis bien à Marie combien j'apprécie ce qu'elle fait pour eux. Je viendrai les chercher demain après l'école. D'accord ?

— Prends ton temps, surtout ! Marie et moi sommes contents de les avoir un peu chez nous.

— A présent, ajouta Dan, Bella va pouvoir m'aider à m'occuper d'eux.

— Ça fait plaisir à entendre! s'exclama le vieil homme, avec un nouveau regard intéressé en direction de Bella. Voilà longtemps que tu avais besoin de... quelqu'un pour t'aider.

Après un dernier salut adressé à la cantonade, Dan entraîna Bella par le bras et ils prirent place à une table libre, au fond de la salle. Revenue de ses émotions, celle-ci commença à lancer autour d'elle des regards étonnés, sous l'œil amusé de celui qui était dorénavant son mari.

— Vous aviez raison! s'exclama-t-elle. Cet endroit n'a pas du tout changé...

De fait, on aurait presque pu se croire revenu, assis à l'une des tables du Longhorn, au début des années cinquante, tant la salle en avait conservé tous les aménagements et la décoration. Couvertes de nappes à carreaux rouges et blancs, les tables étaient nichées dans de confortables petites stalles capitonnées, dotées de juke-boxes et de distributeurs de pop-corn individuels. Le sol, constitué d'un plancher de bois sombre, était usé par endroits jusqu'au cœur par les bottes et les éperons de générations de cow-boys.

A peine quelques secondes après leur arrivée, une serveuse souriante en tablier blanc vint leur apporter une coupelle de pistaches et deux menus.

— Vous avez vu..., dit Dan lorsqu'elle se fut éclipsée. J'avais raison. J.-T. McKinney n'a pas reconnu en Bella Gibson l'Isabel Delgado d'autrefois.

— Non, reconnut Bella, ouvrant avec intérêt son menu. Mais j'avoue que je me suis sentie soulagée lorsque nous nous sommes éloignés de lui.

— Y a-t-il d'autres membres de sa famille susceptibles de vous reconnaître?

Bella réfléchit, puis secoua la tête avec assurance.

— Non. Tyler et Cal étaient déjà de jeunes hommes à l'époque où je fréquentais le ranch. Ils avaient sans doute bien d'autres centres d'intérêt qu'une gamine timide et mal dans sa peau...

— Et Lynn ?

— Elle était en internat au lycée à cette époque, ou en vadrouille avec ses amis durant les vacances scolaires. Je pense que seule Pauline, la première femme de J.-T., aurait pu me reconnaître. Mais je crois qu'elle est morte depuis...

— Plus de dix ans maintenant, confirma Dan. Avez-vous déjà rencontré Cynthia, la seconde épouse de J.-T. ?

— Il me semble l'avoir croisée, répondit Bella, hochant la tête. Ce devait être il y a deux ans à peu près, lors d'une vente de charité à Austin. Mais nous n'avons pas été présentées. De toute façon, dans cette tenue, je doute fort que Cynthia McKinney puisse me reconnaître.

Dan ouvrit à son tour son menu et fit mine de s'absorber dans sa lecture. Il flottait sur ses lèvres un sourire tellement persifleur que Bella ne put s'empêcher de réagir.

— Que se passe-t-il ? demanda-t-elle sur un ton un peu pincé. J'ai encore dit une énormité ?

Dan releva les yeux de la carte, et Bella se sentit désarçonnée par son regard. Comment diable allait-elle pouvoir faire pour croiser plusieurs dizaines de fois par jour ces yeux sans en être déstabilisée ?

— Pas du tout ! protesta-t-il. Je constate simplement que vous ne partagez pas les goûts vestimentaires de mon ex-épouse...

Bella se sentit rougir jusqu'à la racine des cheveux.

— Ecoutez..., murmura-t-elle. Je ne voulais pas me montrer ingrate. Je sais trop bien qu'étant donné l'état dans lequel je suis arrivée chez vous, je dois m'estimer heureuse d'avoir quelque chose à me mettre sur le dos. De plus, il y a dans cette malle que vous avez ramenée de la grange suffisamment de jeans et de chemises pour que

114

je puisse m'habiller convenablement. Mais il est vrai que si j'avais pu choisir...

Embarrassée par l'insistance de ses yeux autant que par le sourire énigmatique figé sur ses lèvres, Bella s'agita nerveusement sur sa chaise.

— Si j'avais pu choisir, reprit-elle d'une voix incertaine, j'aurais sans doute opté pour un style un peu moins... voyant.

Au comble de la gêne, elle vit son sourire amusé s'épanouir sur ses lèvres, mais il se garda de tout commentaire, préférant se replonger dans la consultation du menu.

— Le hamburger maison est une pure merveille, conseilla-t-il au bout de quelques instants. Quant à leurs frites, je ne sais pas comment ils les préparent, mais je n'en ai jamais mangé de meilleures.

— C'est cela que vous prendrez? demanda Bella, soulagée de passer à un autre sujet. Dans ce cas, ce sera la même chose pour moi.

— Et pour le dessert? Tarte à la rhubarbe pour tout le monde?

Avec une mimique gourmande, elle hocha la tête et reposa le menu. Puis, tandis que Dan hélait la serveuse, elle risqua un œil en direction de la table près du bar, où J.-T. McKinney et ses amis semblaient passer un agréable moment. Il y avait entre ces hommes une complicité et une camaraderie que Bella n'avait jamais observées ailleurs que dans le milieu des ranchers. Elle gardait de ses vacances au ranch Double C le souvenir nostalgique d'une terre où les hommes vivaient en bonne intelligence les uns avec les autres et avec la nature.

Mais elle songea qu'elle ne pouvait se montrer nostalgique de quelque chose qu'elle n'avait jamais eu. Même si elle avait réussi à couper les ponts avec une famille et un milieu dans lesquels elle ne se reconnaissait plus, elle n'était encore dans ce monde nouveau qui s'ouvrait devant elle qu'une étrangère. Elle s'en rendait compte à présent, l'acquisition de nouveaux papiers devrait aller de pair avec l'émergence d'une personnalité nouvelle, plus en rapport avec ses besoins et ses envies. A ce prix, seulement, pourrait naître en elle ce sentiment d'appartenance à une communauté qui la faisait tant rêver.

— Dan? demanda-t-elle lorsque la serveuse se fut éloignée en direction des cuisines. A votre avis, comment devrai-je procéder pour obtenir de nouveaux papiers à mon... nom d'épouse?

Simulant un subit intérêt pour les titres proposés par le juke-box, elle évita soigneusement de croiser son regard.

— Le plus simple, répondit-il, serait de commencer par le permis de conduire. Après tout, c'est ce que la police réclame, en cas de contrôle d'identité.

— Cela signifie, reprit Bella soudain alarmée, que je vais devoir passer un nouveau test de conduite...

— Où est le problème? Vous savez conduire, non? Vous n'aurez qu'à utiliser mon véhicule, et le tour sera joué.

— Mais... notre certificat de mariage est le seul papier d'identité dont je dispose pour le moment. Et puisqu'il mentionne mon nom de jeune fille, il me sera impossible de le montrer à l'examinateur...

— Rassurez-vous... Personne ne vous demandera de produire ce document. Il vous suffira de dire à Stella Metz, qui délivre les permis de conduire à Crystal Creek, que votre nom est Bella Gibson, que vous êtes ma femme, et que vous êtes domiciliée à la ferme où nous habitons tous deux.

— Vous pensez vraiment qu'elle acceptera de délivrer un permis sans voir le moindre papier d'identité? Ce n'est pas légal...

— Ce le sera, affirma Dan avec assurance, lorsqu'elle aura téléphoné à Betty Gibson, qui confirmera votre identité en lui apprenant qu'elle était elle-même témoin à notre mariage...

Les doutes et les craintes de Bella commencèrent à se dissiper. Tout paraissait tellement facile, dans ce pays où tout le monde connaissait tout le monde, où la parole donnée semblait avoir plus de valeur que les textes de loi.

— Et lorsque j'aurai ce permis de conduire au nom de Bella Gibson, reprit-elle avec soulagement, il me sera possible d'ouvrir un compte en banque et d'obtenir des cartes de crédit.

Toujours aussi calme et souriant, Dan hocha la tête, apparemment aussi satisfait de cette perspective qu'elle l'était elle-même.

— De quoi commencer votre nouvelle vie sans avoir à vous faire trop de soucis, confirma-t-il.

Etonnée, Bella constata qu'elle respirait un peu plus librement, comme si un poids énorme venait d'être ôté de ses épaules. Pour la première fois depuis des semaines, il lui était possible de contempler l'avenir avec un minimum d'assurance et de sérénité.

— Dan..., murmura-t-elle, levant vers lui un regard empli de reconnaissance. Jamais je ne vous remercierai assez pour ce que vous avez fait. Vous ne pouvez pas savoir ce que c'est, de pouvoir de nouveau vivre sans avoir à se cacher.

— Ne me remerciez pas trop vite..., bougonna Dan, détournant le regard d'un air gêné. Lorsque vous aurez rencontré mes enfants, il se pourrait bien que vous changiez d'avis. Je vous l'ai déjà dit : c'est moi qui ai la meilleure part, dans notre marché.

Voyant ses yeux s'échapper soudain en direction de la porte, Bella suivit son regard pour constater que J.-T. McKinney et son groupe d'amis s'apprêtaient à quitter le restaurant. Avec un clin d'œil complice, Bubba Gibson adressa un dernier salut à son neveu. Puis, avec une galanterie un peu désuète, il se tourna vers Bella et souleva son chapeau dans sa direction.

— Que va dire votre oncle, s'inquiéta-t-elle en répondant à son salut d'un hochement de tête, lorsqu'il découvrira que nous sommes mariés ?

— Connaissant Bubba, répondit Dan avec un sourire moqueur, il s'empressera d'aller clamer sur tous les toits que son neveu est un petit chanceux...

Bella le regarda quelques instants sans comprendre, puis elle se mit à rougir violemment.

— J'ai préféré ne pas le lui annoncer tout de suite, reprit Dan, parce que j'aimerais le dire moi-même aux enfants. Je crains un peu la réaction d'Ellie, et je préfère être là lorsqu'elle l'apprendra.

Un peu alarmée par ses propos, Bella allait lui demander quelle pourrait être, à son avis, la réaction de sa fille, lorsque la serveuse arriva, portant habilement plusieurs assiettes le long de ses deux bras.

Ensuite, ils furent tous deux trop absorbés par la dégustation de leur repas pour reprendre une conversation sérieuse. Comme Dan le lui avait laissé entendre, le hamburger et les frites du Longhorn étaient de véritables régals. Longuement, Bella s'interrogea sur le fait de savoir s'il lui serait possible un jour de cuisiner aussi bien.

Songeant que ce n'était pas l'envie qui lui en manquait, elle se promit de consacrer dorénavant toute son énergie aux nouvelles tâches qui l'attendaient. Ce ne serait sans doute pas facile, mais elle ne manquait ni de courage ni de détermination. Au moins avait-elle à présent un objectif concret pour les semaines à venir.

Assis à son bureau de l'hôtel de police d'Austin, seul dans la pièce dont il venait de refermer soigneusement la porte, Eric Matthias contemplait une fois encore le contenu des deux enveloppes matelassées posées devant lui. Alors qu'il ne pleurait jamais, il sentait de grosses larmes de colère et de frustration lui brûler les yeux.

D'une main tremblante, il éleva le passeport de son ex-épouse devant son visage, pour en examiner de plus près la photographie.

— Pourquoi? murmura-t-il d'une voix brisée, caressant du regard ce sourire timide et ces yeux si doux qu'il chérissait toujours. Pourquoi m'as-tu fait ça?

Lorsqu'il avait compris, en récupérant l'argent et les documents à la consigne d'Abilene, qu'Isabel avait tenté de se jouer de lui, Eric avait été surpris par l'ingéniosité de son plan.

Précipiter sa voiture dans la rivière pour simuler sa mort, mettre à l'abri des copies de ses papiers d'identité et suffisamment d'argent pour quitter incognito le Texas... Tant de duplicité et de détermination le surprenaient, de la part d'une femme dont la gentillesse et l'innocence l'avaient toujours séduit. Pour tout dire, il n'y croyait pas.

— Tu n'as pas agi seule, n'est-ce pas? marmonna-t-il, les dents serrées, à l'intention de l'image muette. Tu t'es trouvé un bel amant, et tu as su le convaincre de t'aider... Qu'a-t-il de plus que moi, celui-là?

Non sans un soupçon d'inquiétude, Eric observa quelques instants le reflet que lui renvoyait la baie vitrée obscurcie par la nuit citadine. Grand et mince, d'allure sportive, habillé en toute circonstance avec une élégance raffinée, il savait être le genre d'homme au passage duquel les femmes se retournent fréquemment. Dans son visage éternellement bronzé, ses yeux gris, d'une étonnante fixité, étaient si pâles qu'on aurait pu les croire transparents. A l'aube de la quarantaine, ses cheveux d'un noir de jais commençaient bien à grisonner un peu aux tempes. Mais de l'aveu même d'Isabel, cela le rendait plus séduisant encore. Alors, que lui reprochait-elle? Et pourquoi monter de toutes pièces un tel simulacre, si ce n'est pour filer avec un autre le parfait amour?

Voyant le monde vaciller autour de lui et sa vision se

teinter de rouge, Eric s'empressa de fermer les yeux et de respirer calmement. Lorsqu'il sentait le contrôle de ses émotions lui échapper, c'était ainsi qu'il parvenait à se reprendre. De fait, quand il les rouvrit, tout était redevenu normal. Seul le passeport d'Isabel, compressé dans son poing serré, avait fait les frais de son accès de mauvaise humeur.

Inutile de s'énerver, songea-t-il avec un sourire amer, s'appliquant du plat de la main à défroisser le document. Ce ridicule petit plan pour lui échapper était tombé à l'eau, tout autant que le coupé Mercedes qu'elle n'avait pas hésité à sacrifier... Après avoir récupéré son argent et ses papiers d'identité, Eric en était arrivé à craindre qu'elle n'eût véritablement péri dans l'accident simulé. Cette seule perspective avait suffi à lui gâcher sa nuit. Malgré tout ce qui s'était passé entre eux, malgré la mauvaise foi dont elle avait su faire preuve pour demander le divorce et l'obtenir, Isabel demeurait dans la vie sa seule raison d'exister...

Mais lorsqu'un nouveau coup de fil venu d'Abilene lui avait appris qu'un homme était venu rapporter la clé de la consigne 1165, l'espoir de la revoir était revenu, et il avait repris courage. Malheureusement, l'inconnu s'était présenté une heure à peine avant l'arrivée du détective privé embauché par Eric pour surveiller la gare routière. Et, bien entendu, l'imbécile qui l'avait accueilli au guichet n'avait pas songé à lui demander qui il était, ni cherché à relever sa plaque d'immatriculation.

Quoi qu'il en soit, ce type devait à présent avoir informé Isabel de la manière dont son plan avait échoué. Et même si une occasion en or venait d'être bêtement gâchée, Isabel finirait tôt ou tard par commettre quelque faux pas qui lui permettrait de retrouver sa trace. Que pourrait-elle bien faire, à présent que tous ses espoirs étaient réduits à néant ?

Pour mieux se concentrer et tenter de se mettre à sa

place, Eric ferma les yeux et se massa les tempes. Mais il eut beau faire de gros efforts de concentration, l'idée de l'inconnu qui l'avait remplacé auprès d'elle ne cessait de parasiter ses pensées. L'employé de la gare routière l'avait décrit comme « grand, costaud, le visage franc et sympathique ». A en juger par ses mains et sa tenue, avait-il ajouté, ce devait être un fermier, encore qu'il n'en eût pas juré.

Aussi soudaine qu'imparable, une image mentale de l'individu serrant son Isabel dans ses bras s'imposa. Leurs corps nus glissaient l'un contre l'autre, et ils s'embrassaient passionnément en riant du bon tour qu'ils venaient de lui jouer...

Accompagnée d'une explosion de lumière sous ses paupières closes, la morsure familière de la jalousie le fit se redresser d'un bond. Sans y prêter attention, il sortit son arme de service de son holster et la déposa devant lui. Du bout des doigts, un rictus figé sur ses lèvres pâles, il caressa le métal froid et rassurant du revolver, avant de le remettre bien vite en place. Même s'il lui arrivait de se laisser aller à de sombres rêveries où sa vengeance se consommait dans le sang, il savait que telle n'était pas la solution.

Ce qu'il lui fallait, coûte que coûte, c'était retrouver sa femme pour lui expliquer à quel point elle se trompait sur son compte. Lorsqu'il l'aurait enfin devant lui, il lui dirait combien il était désolé de cette stupide histoire de chien, qui n'était finalement qu'un accident... Elle ne pourrait que comprendre, alors, qu'il lui était insupportable de la savoir dans les bras d'un autre. Eric en était persuadé : s'il parvenait à forcer Isabel à entendre à quel point il l'aimait, elle ne pourrait que lui pardonner et lui revenir.

Mais pour cela, il lui faudrait dorénavant compter sur un petit coup de pouce du destin. De par son métier, il était habitué à ces temps morts qui parfois semblent ralentir le cours d'une enquête, avant qu'un brusque coup de théâtre ne vienne en apporter la résolution. De toute façon, il ne pouvait faire plus que ce qu'il faisait déjà. Toute son énergie, en dehors des heures de service — et même, pour une bonne part, durant son temps de travail — était mobilisée dans ce but.

Le soutien financier que Pierce Delgado lui accordait sans rechigner lui permettait également de rester optimiste. Même s'il ne faisait pas tout, l'argent demeurait, en matière d'enquêtes et de filatures, le principal nerf de la guerre.

— Je vais bien finir par te trouver, mon amour..., dit-il en caressant d'un doigt tremblant la photo d'Isabel sur le passeport. D'une manière ou d'une autre, j'arriverai à te faire comprendre ce que je ressens. Et ton petit ami n'aura plus qu'à regretter de t'avoir un jour rencontrée...

9.

Comme cela avait été convenu avec son oncle, Dan passa le lendemain soir reprendre ses enfants à la ferme voisine.

— Merci de t'être si bien occupée d'eux, Marie...

Debout dans l'encadrement de la porte, sa tante le regardait empiler les bagages et les caisses de jouets à l'arrière de la camionnette.

— Arrête ! protesta-t-elle. Tu sais bien que ça m'a fait plaisir.

Excités comme des puces, les enfants jaillirent de la maison. Accroupie sur le porche pour se mettre à leur niveau, Marie les embrassa l'un après l'autre, faisant claquer sur leurs joues de gros baisers sonores.

— J'ai entendu dire, reprit-elle lorsqu'ils se furent installés dans la cabine, que tu avais... une amie chez toi.

Amusé, Dan vit les joues de la vieille dame virer au rose et ses yeux se détourner timidement.

— Allan dit qu'elle est drôlement jolie...

Dans tout Crystal Creek, Marie Gibson était bien la seule à appeler encore son mari par son prénom...

Jetant un rapide coup d'œil pour s'assurer que les enfants ne l'entendaient pas, Dan s'approcha et lui posa affectueusement les deux mains sur les épaules.

— Veux-tu apprendre un grand secret ? demanda-t-il, penché sur son oreille.

Marie émit un petit gloussement de plaisir anticipé.

— Bien sûr..., dit-elle. Tu sais bien que je n'ai jamais su résister à un secret.

— Je pense que celui-ci te plaira, reprit Dan. En fait, je viens d'épouser cette « amie » que Bubba a rencontrée au Longhorn avec moi. Nous sommes mari et femme depuis hier...

Avec un claquement de langue agacé, Marie assena sur l'avant-bras de son neveu une petite tape sèche.

— Dan Gibson ! s'écria-t-elle. Veux-tu bien arrêter de te moquer d'une vieille femme comme moi...

— Je ne plaisante pas ! protesta Dan. Je ne l'ai encore annoncé à personne, parce que je voulais que les enfants soient les premiers à l'apprendre. Mais puisqu'il faudra bien que les gens le sachent un jour, tu peux aussi bien le dire à Bubba quand il rentrera.

— On dirait que tu connais bien ton oncle ! s'amusa Marie. Pour conserver un secret, le lui confier est à peu près aussi efficace que de publier une annonce dans le *Courrier de Claro*...

Puis, subitement, son visage se renfrogna.

— Mais dis moi, Dan... Tout va bien, chez toi ? Tu es sûr que tu n'as pas de problèmes ?

S'efforçant de ne pas ciller, Dan soutint sans broncher le regard incisif qu'elle lui adressait. Au sein de la famille Gibson, Marie avait toujours été réputée pour sa gentillesse autant que pour sa perspicacité.

— Tout va pour le mieux, je t'assure.

— Alors tant mieux, se réjouit-elle, sans trop de conviction. Tu me présenteras ta femme dès que possible, n'est-ce pas ?

— Bella sera ravie de faire ta connaissance, assura-t-il, essayant de masquer son soulagement. Elle n'y connaît pas grand-chose en cuisine, et je crois qu'elle aura bien besoin de tes conseils, de temps en temps.

— Tu sais que tu peux compter sur moi à tout

124

moment, conclut la vieille dame en l'embrassant à son tour sur les deux joues.

Depuis le pas de sa porte, elle le regarda grimper dans la camionnette, et Dan comprit à son air préoccupé que malgré les sourires qu'elle lui adressait, il n'était pas parvenu à la rassurer tout à fait.

Dans la cabine régnait un calme surprenant. Ellie et Chris avaient sanglé Josh dans son siège à l'arrière, et patientaient sur la banquette avant. Penché pour vérifier le bon arrimage des boucles de ceinture, Dan ébouriffa quelques mèches folles sur le front de son cadet et sourit affectueusement à ses filles.

— Dès que vous aurez bouclé vos ceintures, nous pourrons y aller.

Insensible au chœur de lamentations qui s'éleva aussitôt, il posa le bras gauche sur la vitre baissée de la portière, et pianota du bout des doigts sur le volant.

— Nous ne partirons pas d'ici, menaça-t-il, tant que vous n'aurez pas bouclé vos ceintures...

Voyant ses filles obéir en bougonnant, Dan ne put retenir un sourire. Manifestement, leurs vacances impromptues ne les avaient pas beaucoup changées. Mais qu'en serait-il de la nouvelle qu'il avait à présent à leur annoncer ?

Un peu tendu, il actionna le démarreur et manœuvra pour sortir de la cour, au milieu du concert d'adieux enthousiastes que les enfants envoyaient à Marie par les vitres ouvertes. Lorsque celle-ci eut disparu et que tous eurent retrouvé leur calme, il se décida à prendre le taureau par les cornes. Après tout, le trajet jusqu'à la maison n'était pas si long, et il voulait leur laisser le temps d'assimiler l'information.

— Les enfants, dit-il d'une voix à l'enthousiasme un peu forcé, j'ai une bonne nouvelle à vous annoncer.

Ellie, l'air maussade, contemplait obstinément le paysage qui défilait derrière sa vitre. Sa sœur, à côté d'elle, releva aussitôt vers lui son petit nez couvert de taches de rousseur.

— C'est quoi, papa ?

Déjà, ils étaient arrivés au sommet de la colline qui surplombait la propriété de son oncle. Dans quelques minutes à peine, ils seraient chez eux...

— Pendant que vous étiez chez Marie et Bubba, reprit-il, j'ai fait quelque chose qui... sera sûrement une grande surprise pour vous trois.

Le visage de Chris s'illumina de bonheur.

— Tu as construit notre château !

— Non, mon cœur..., démentit Dan, secouant la tête d'un air contrit. La nouvelle que je dois vous annoncer n'a rien à voir avec votre château.

Apparemment intriguée par les précautions oratoires de son père, Ellie quitta sa contemplation pour tourner vers lui un visage renfrogné.

— Alors..., dit-elle. Quelle est cette grande nouvelle ?

Les yeux rivés à la route qui défilait devant lui, Dan sentit les battements de son cœur s'accélérer. D'une traite, il lança :

— Je me suis marié.

L'aveu paraissait abrupt à ses propres oreilles, mais y avait-il un moyen plus délicat de l'annoncer ? Muettes de stupeur, ses deux filles le contemplèrent sans paraître comprendre. Seul Josh, à l'arrière, improvisant des paroles de son cru sur l'air de *Vive le vent*..., semblait se réjouir du mariage de son père.

— Tu t'es marié..., répéta Ellie, comme s'il venait d'énoncer quelque incongruité.

Dan hocha la tête.

— Cela s'est passé hier matin, au tribunal de Crystal Creek. Ma nouvelle femme s'appelle Bella, et vous allez faire sa connaissance en arrivant à la maison tout à l'heure.

— D'où sort-elle ? demanda Ellie sans détour.

126

— Vous vous rappelez, expliqua Dan calmement, que je suis allé l'année dernière au salon agricole d'Oklahoma City. C'est là que nous nous sommes rencontrés.

Prenant le relais de sa sœur aînée, qui continuait à darder sur lui un regard suspicieux, Chris s'étonna :

— Pourquoi tu n'en as jamais parlé ?

Dan détestait la nécessité d'avoir à mentir à ses enfants. C'était quelque chose qu'il ne faisait jamais, et sans doute se montrait-il fort peu convaincant.

— Les parents ne sont pas obligés de tout raconter à leurs enfants, reprit-il d'une voix plus dure. Comme vous, il m'arrive d'avoir de petits secrets. Maintenant, Bella est ma femme et va habiter à la maison avec nous. Vous verrez, elle est très gentille et saura très bien s'occuper de vous.

Le silence retomba dans l'habitacle. Josh avait fini par se taire et suçait rêveusement son pouce. Le vacarme du moteur paraissait assourdissant.

— Papa..., demanda enfin Chris d'une petite voix timide.

— Oui ?

— Est-ce qu'il faudra l'appeler « maman » ?

— Non, mon cœur, répondit Dan, la gorge serrée, en lui passant un bras autour des épaules. Ta maman reste ta maman. Tu n'auras qu'à l'appeler Bella, tout simplement. C'est un joli prénom qui lui va comme un gant.

Visiblement rassurée, Chris se blottit un peu plus confortablement contre lui et s'enferma dans un silence songeur. Réfugiée tout contre la portière, Ellie agrippait la poignée si fortement que les jointures de ses doigts en étaient blanches. Le regard fixe, elle était très pâle, et tout son corps avait l'air d'une boule de nerfs tendus à craquer.

— Ellie ? appela Dan d'une voix conciliante. Tu m'écoutes ?

Devant le silence obstiné de sa fille, Dan décida qu'une petite explication s'imposait.

127

— Je voulais te faire comprendre que Bella est ma femme, Ellie. Et non une gouvernante que tu pourrais chasser à ton gré. Que cela te plaise ou non, elle va demeurer avec nous. Aussi, je pense qu'il serait préférable pour tous que tu lui laisses une chance et que tu ne lui mettes pas de bâtons dans les roues. C'est d'accord ?

Ellie ne broncha pas, mais déjà la camionnette s'engageait à faible allure sur le petit chemin bordé d'arbres qui menait à la ferme...

A contrecœur, Ellie et Chris sautèrent du véhicule et se dirigèrent vers la maison. Lorsque leur père, après avoir libéré Josh de son siège, les rejoignit dans la cuisine, il les découvrit debout sur le seuil. Visiblement désorientées, elles contemplaient fixement Bella.

Debout devant l'évier, aussi empruntée que les deux fillettes qui lui faisaient face, celle-ci s'efforçait de leur sourire sans trop de résultat. Elles semblaient toutes trois si mal à l'aise que Dan en eut mal au cœur pour elles.

— Bella, dit-il en poussant ses deux filles devant lui, je te présente Chris et Ellie.

Ne sachant comment réagir, toutes deux baissèrent timidement les yeux.

— Et là, ajouta-t-il en hissant son fils dans ses bras, nous avons Josh, le plus joli garçon de Crystal Creek...

Intimidé lui aussi, Josh agrippa violemment le cou de son père et y nicha son petit visage.

— Bonjour tout le monde..., dit Bella d'une voix incertaine.

Un sourire déformé par l'angoisse plaqué sur ses lèvres, elle désigna la table dressée d'une main tremblante.

— Je vous ai préparé une bonne purée de pommes de terre pour le dîner. J'espère que vous aimez ça...

**

Depuis de longues minutes, Bella était allongée dans le noir, contemplant fixement le plafond sans parvenir à trouver le sommeil. Ce qui rendait les choses plus difficiles encore était d'avoir à partager le lit de Dan, à présent que les enfants étaient rentrés. Si elle avait été seule, elle eût volontiers enfoui son visage dans l'oreiller pour y pleurer toutes les larmes de son corps, dans l'espoir d'y trouver quelque consolation.

La présence à côté d'elle de cet homme imposant, habillé d'un short boxer et d'un grand T-shirt blanc, ne se laissait pas facilement oublier... Même s'ils veillaient l'un et l'autre à se cantonner scrupuleusement dans leur moitié respective du lit, elle se sentait constamment en danger de le toucher au moindre geste, ou de rouler contre son corps au plus infime relâchement de son attention.

— Vos enfants me haïssent..., gémit-elle finalement, devinant qu'il ne dormait pas lui non plus. Ils me haïssent. Tous les trois. C'est évident.

Pour ne pas éveiller les soupçons d'Ellie et de Chris, ils avaient convenu de se tutoyer en public. Mais lorsqu'ils se retrouvaient dans l'intimité, Bella revenait sans même y penser au vouvoiement.

— Qu'est-ce que vous racontez ? s'impatienta Dan. Mettez-vous à leur place : la nouvelle leur a fait un choc, c'est sûr, mais ils finiront bien par vous adopter.

Bella eut un petit rire amer.

— Je ne vois pas ce qui vous permet d'être aussi catégorique.

— Josh et Chris ne vous ont-ils pas déjà embauchée pour construire leur château ?

Songeant au tas de cailloux que les enfants de Dan lui avaient fièrement montré après le repas, Bella se sentit plus malheureuse et impuissante que jamais.

— S'ils pensent que je vais pouvoir les aider, reprit-elle, ils vont être déçus ! Il n'y a rien que je sache faire. Rien !

Avec un soupir d'exaspération, Dan se redressa pour

allumer sa lampe. Puis, saisissant son livre de chevet, il le posa ouvert sur sa poitrine.

— Ecoutez..., dit-il en faisant des efforts manifestes pour garder son calme. Nous allons tous passer quelques moments difficiles. C'est un grand changement pour les enfants, et il faut leur laisser le temps de s'habituer à vous. La réciproque est vraie en ce qui vous concerne... Il vous reste, certes, beaucoup de choses à apprendre pour pouvoir vous occuper d'eux, même si ce n'est que pour quelques mois. Mais je vous aiderai, et ma tante Marie m'a assuré que vous pouviez compter sur son aide également.

Un peu rassérénée, Bella tourna vers lui un visage désolé. Sur ses lèvres flottait un pâle sourire d'excuse.

— Vous avez raison, admit-elle. Et la première chose qu'il me faut apprendre, c'est à préparer autre chose que de la purée...

Saisissant elle aussi un livre sur sa table de chevet, Bella l'agita victorieusement.

— Cet après-midi, reprit-elle, j'ai trouvé une recette assez simple de spaghettis à la bolognaise. Je pense que je vais essayer cela demain soir...

— Magnifique ! approuva Dan. Les enfants adorent les spaghettis.

Puis, sans doute pour signifier que la conversation était close, il saisit son livre et se plongea dans la lecture. Bella, de son côté, ouvrit le sien au hasard mais ne parvint pas à y accorder la moindre attention. Curieuse par nature, elle ne pouvait s'empêcher de lancer de temps à autre à la dérobée quelques regards en direction de son voisin.

— Qu'est-ce que vous lisez ? s'enquit-elle enfin, n'y tenant plus.

— Un roman d'Herman Melville, répondit-il sans se faire prier. *Billy Budd...* C'est passionnant.

La surprise dut s'afficher sur le visage de Bella avec éloquence, car Dan, aussitôt, bougonna entre ses dents :

— Cela vous étonne? Vous vous attendiez plutôt à *L'Almanach du fermier*?

— Même si j'en suis moi-même réduite à *J'apprends à cuisiner,* ironisa-t-elle, je me serais bien gardée de vous rabaisser à mon niveau...

La plaisanterie tomba dans un silence glacial. Sans broncher, Bella soutint son regard un petit moment, puis se replongea avec un intérêt tout relatif dans les subtilités de la recette du cheesecake. Consciente du regard de Dan posé sur elle, elle s'ingénia à ne pas relever les yeux.

Etait-ce une impression, ou le lit avait-il encore rétréci? Lorsqu'ils s'étaient couchés, elle avait envisagé de le séparer en deux, à l'aide d'un polochon ou d'une couverture roulée en boule. Mais bien vite, l'idée lui avait paru ridicule et elle y avait renoncé.

— Comment avez-vous fait la connaissance de votre ex-mari? demanda-t-il soudain.

Ayant apparemment renoncé à sa lecture, il avait rangé son livre et la regardait tranquillement, accoudé sur son oreiller. Au milieu de la semi-pénombre qui baignait la pièce, dans son visage tanné par le soleil, son sourire et ses yeux formaient deux taches plus claires. Une épaisse mèche de cheveux rebelles lui avait glissé sur le front, et Bella dut résister à l'impulsion soudaine de tendre le bras pour la remettre en place.

— Ma famille possède une villa au bord du lac Travis, répondit-elle. Il y a quelques années, alors que j'y séjournais, elle a été cambriolée et j'ai dû appeler la police. Eric était chargé de l'enquête.

— Je vois..., commenta Dan avec un sourire ironique. Le flic au grand cœur s'est empressé de consoler l'héritière en détresse.

— Ne vous moquez pas! protesta-t-elle. Après un cambriolage, on se sent tellement vulnérable... Eric s'est montré très disponible et compréhensif. Pendant des semaines, il est passé régulièrement à la maison.

131

— Cela ne vous a pas mis la puce à l'oreille ?

— Non, avoua Bella avec candeur. J'ai simplement pensé qu'il faisait bien son travail...

— Avec à la clé un beau mariage richement doté, il pouvait se montrer motivé, en effet...

— Je ne crois pas que l'argent ait été sa motivation principale, dit-elle d'un air songeur. Du moins pas dans un premier temps... Si difficile à croire que cela puisse vous paraître, je pense qu'Eric était sincèrement amoureux de moi, au début de notre relation.

— Cela me semble au contraire très facile à imaginer, murmura Dan. Cette attirance était-elle réciproque ?

Gênée par sa question, Bella referma d'un geste sec le livre de cuisine, dont elle n'avait cessé de feuilleter les pages.

— Pas vraiment..., répondit-elle. Eric est un homme séduisant, mais je le trouvais bien trop sérieux pour moi. Néanmoins, pour être honnête, c'est ce côté-là de sa personnalité que j'ai fini par apprécier. Je veux dire...

Marquant une pause, elle mordilla nerveusement sa lèvre inférieure, avant de hausser les épaules et de poursuivre :

— Sans doute à cause de sa fonction, il émanait de lui une sorte de puissance, d'autorité naturelle, qui me faisaient du bien et qui me rassuraient.

— Et depuis que vous étiez toute petite, intervint Dan, vous aviez désespérément besoin qu'un homme vous rassure par sa présence et son autorité...

— En plus de tous vos autres talents, dit-elle en le fusillant du regard, vous voilà psychologue, à présent ?

— Franchement..., insista-t-il sans se laisser impressionner. N'ai-je pas raison ?

Du regard, ils s'affrontèrent quelques secondes et Bella fut la première à baisser les yeux.

— Sans doute, convint-elle à regret. Avoir à mes côtés un homme aussi attentionné, aussi exclusivement préoccupé de mon bien-être, me procurait une sorte de liberté et d'assurance qui m'avaient toujours fait défaut. Hélas ! avant notre mariage, Eric ne s'est jamais montré à moi sous son véritable jour. Du temps où nous sortions ensemble, jamais il n'a donné le moindre signe de cette jalousie obsessionnelle et maladive.

— En êtes-vous certaine ? demanda Dan, le visage empreint d'une grande perplexité.

Bella fit la grimace.

— Peut-être n'ai-je pas su la voir... N'oubliez pas que je n'avais jamais connu autre chose que le cocon protégé de la famille et du pensionnat. Avec un peu plus d'expérience de la vie, je me serais peut-être méfiée. Mais à vingt ans à peine, lorsqu'un homme beau et plein d'autorité vous déclare avec passion qu'il n'y aura jamais place dans sa vie pour aucune autre femme que vous, vous ne pouvez que vous sentir flattée...

— La suite, je suppose, a dû vous paraître d'autant plus insupportable et incompréhensible.

Remontant la couverture sur sa poitrine, Bella ne put réprimer un petit frisson.

— Un véritable cauchemar..., admit-elle à voix basse. Tout de suite après notre mariage, Eric a commencé à m'appeler au téléphone, à toute heure du jour ou de la nuit, pour savoir ce que je faisais. Régulièrement, je voyais sa voiture de service passer à faible allure devant chez nous. Un rien le mettait dans des fureurs épouvantables. Il suffisait que j'adresse en sa présence la parole à un autre homme pour qu'il me soupçonne aussitôt de le tromper... Un jour, il a fait tellement peur à l'ouvrier qui s'occupait de la maintenance de notre piscine que le pauvre s'est enfui sans demander son reste et n'est jamais revenu.

— Mais il ne s'en est jamais pris à vous, n'est-ce pas ?

— Non. Cela va sans doute vous paraître incompréhensible, mais d'une certaine manière j'aurais préféré qu'il le fasse... S'il s'était avisé, ne serait-ce qu'une fois, de me maltraiter physiquement, je l'aurais tout de suite quitté sans regret. Au lieu de quoi, confrontée à ses colères rentrées, je me sentais désemparée. Après ses crises, il avait l'air tellement misérable que j'en finissais par m'estimer coupable de ne pas parvenir à le rendre heureux. Je me disais aussi qu'en demeurant près de lui, je parviendrais peut-être à le faire changer...

Un sourire désolé se dessina sur les lèvres de Dan, qui secoua lentement la tête.

— Personne n'est responsable du bonheur d'autrui, Bella...

— J'ai fini par le comprendre... le jour où il a tué Rufus. Le soir même, je quittai notre appartement et je n'y suis plus jamais revenue.

L'évocation de ce souvenir arracha à Bella un nouveau frisson. Sans doute pour la réconforter, Dan posa une main secourable sur son avant-bras. Dans sa poitrine, elle sentit son cœur battre à coups redoublés. Mais le souvenir de son ex-mari, cette fois, n'y était plus pour rien.

— Merci de m'avoir accueillie chez vous, dit-elle. Je ne sais pas pourquoi, mais j'ai l'impression que rien de fâcheux ne peut m'arriver ici...

Dan se mit à rire et retira sa main.

— Dieu vous entende !

Puis, redonnant du gonflant à son oreiller en le bourrant de petits coups de poing, il s'y installa confortablement pour reprendre sa lecture. Bella eut beau essayer de l'imiter, les préceptes du livre de cuisine dansaient devant ses yeux.

— Bonne nuit, Dan, dit-elle après avoir reposé le volume et s'être recouchée au fond du lit, le plus près possible de la table de nuit.

— Bonne nuit, Bella...

Lorsque Dan éteignit la lumière, un quart d'heure plus tard, elle réfléchissait encore, dans le noir, les yeux grands ouverts. Les visages des trois enfants dansaient dans sa mémoire. Sans cesse, elle retournait sous son crâne les mille et une choses, petites ou grandes, qu'il lui faudrait apprendre pour honorer l'étrange marché qu'elle avait passé avec leur père.

10.

Aux premières lueurs de l'aube, Bella se réveilla en sursaut. Le chiffre six venait à peine de s'afficher en rouge sur le cadran digital du radioréveil, mais le lit était déjà vide, et la pile de vêtements propres qu'elle avait disposée sur la commode à l'intention de Dan avait disparu.

Se laissant retomber dans la tiédeur de l'oreiller, Bella soupira et profita de ces quelques instants de solitude pour faire le point. Depuis quarante-huit heures, elle était mariée à un parfait inconnu, en compagnie de qui elle venait de passer la nuit, sans que celui-ci fît la moindre tentative pour se rapprocher d'elle ou pour la toucher...

A l'évidence, songea-t-elle en s'asseyant sur le matelas pour s'étirer, tout ce que Dan Gibson désirait, c'était une gouvernante et une baby-sitter. Le plus drôle, c'est qu'il lui aurait été difficile de trouver quelqu'un de plus incompétent qu'elle pour tenir ce rôle ! Même en cherchant bien...

Le cœur rempli d'appréhension à l'idée de la journée qui l'attendait, Bella se rendit à la salle de bains, qui paraissait considérablement plus accueillante depuis qu'elle avait pris le temps de la récurer du sol au plafond. Sur la tablette de verre accrochée au-dessus du lavabo, elle avait disposé, la veille, quelques affaires de toilette qu'elle devait à la générosité de son nouveau mari. Un peigne, un tube de dentifrice, une brosse à dents et un tube de rouge à lèvres : ce n'était sans doute pas grand-chose, mais c'était déjà plus que ce qu'elle possédait en arrivant...

Tout en faisant sa toilette et en s'habillant, Bella se remémora la salle de bains dont elle avait disposé dans la maison de son père à San Antonio. Avec son coûteux mobilier et ses marbres, avec ses cuivres et ses bois rares, avec ses rangées de flacons multicolores et le dressing adjacent où l'attendait une garde-robe pléthorique, la pièce devait être à peu près aussi grande que toute la maison de Dan.

Loin de regretter tout ce luxe, Bella comprenait à quel point il l'avait éloignée des réalités du monde. Après tout, il suffisait de bien peu de chose à un être humain pour satisfaire tous ses besoins. Allégée de tout le faste inutile, la vie paraissait tellement plus simple ! Pourtant, observant avec inquiétude ses mains rougies par les travaux domestiques, elle dut reconnaître qu'elle n'eût pas dédaigné une bonne crème hydratante...

Accueillie dans la cuisine par l'arôme réconfortant que la cafetière répandait dans la pièce, Bella se versa une tasse et alla la déguster sur le porche, serrant frileusement ses bras contre sa poitrine pour résister à la fraîcheur matinale. Un grand silence enveloppait la campagne encore baignée de brume, troublé seulement par le murmure de la rivière et l'aboiement de quelque chien solitaire. Aussi loin que portât le regard s'étendait un paysage de collines vertes et brunes, au-dessus desquelles émergeait, dans un ciel gris, le globe indistinct d'un pâle soleil automnal.

Interrompue dans sa contemplation par des cris venus de la cuisine, Bella s'y précipita pour découvrir le petit Josh qui se dandinait d'une jambe sur l'autre, au milieu de la pièce. Habillé d'une barboteuse en éponge bleu ciel et remorquant par une patte son ours en peluche, le petit

garçon se frottait les yeux et ne cessait de gémir doucement.

— Bonjour, petit bonhomme, dit Bella en s'accroupis-
sant près de lui. Déjà debout?

Les sourcils froncés, Josh lui montra son arrière-train
rembourré par la couche qu'il portait pour dormir.

— Ouillé..., dit-il sur un ton plaintif.

Le prenant par la main, Bella l'entraîna dans la salle de
bains, où Dan lui avait indiqué qu'il laisserait de quoi
habiller Josh et le changer. Avec satisfaction, elle nota
qu'il l'avait suivie sans se faire prier.

— On va arranger ça tout de suite, lui dit-elle en ôtant
les boutons pression de la barboteuse.

Bien que s'occupant pour la première fois du change et
de la toilette de l'enfant, Bella s'aperçut avec soulagement que les gestes adéquats lui venaient presque spontanément. En fait, comprit-elle, dans ce domaine comme en
tout autre, un peu de logique et de réflexion valaient tous
les apprentissages.

De retour dans la cuisine, elle installa prudemment
Josh dans sa chaise haute.

— Maintenant, annonça-t-elle, tu vas pouvoir manger.
Que veux-tu pour ton petit déjeuner? D'après ton père, tu
es un grand amateur de toasts...

— Tos! s'écria-t-il, trépignant sur son siège. Et nane...

— Nane? répéta Bella, perplexe. Là, tu vas devoir
m'aider un peu...

— Nane! rugit le garçonnet en fronçant de nouveau
les sourcils, ce qui semblait indiquer chez lui les limites
d'une patience fragile.

Voyant sa lèvre supérieure se mettre à trembler et ses
yeux sombres devenir brillants, Bella lança autour d'elle
quelques regards affolés. Puis, avisant une corbeille de
bananes et de pommes sur un plan de travail, elle poussa
un soupir de soulagement.

— D'accord, dit-elle en déposant un rapide baiser sur
sa joue. Avec un peu de patience, on va y arriver...

Pendant qu'il s'amusait à chantonner en marquant le rythme à coups de poing sur le plateau de sa chaise haute, Bella se hâta de lui préparer son petit déjeuner.

— Bon appétit, mon cœur, dit-elle en déposant devant Josh une assiette chargée d'un toast beurré et d'une banane épluchée, ainsi qu'un biberon de lait tiède. Maintenant, je vais m'occuper de préparer un petit en-cas pour tes sœurs. Tu ne saurais pas ce qu'elles aiment, par hasard ?

— Zar..., marmonna Josh, la bouche pleine.

— D'accord, approuva Bella en riant. Je vais me débrouiller seule...

Alors qu'elle ouvrait la porte du réfrigérateur pour en détailler le contenu, quelques bruits de pas se firent entendre dans le couloir et Ellie, les yeux encore gonflés de sommeil, pénétra dans la pièce.

— Ellie ! s'exclama Bella, pleine d'espoir. Tu tombes à pic... Pourrais-tu me dire ce que...

Mais la fille aînée de Dan, après lui avoir accordé à peine plus qu'un regard maussade, tourna les talons sans mot dire en direction de la salle de bains.

Avec un soupir, Bella préleva sur les rayonnages de quoi préparer quelques sandwichs et s'attela à la tâche. Puis, lorsqu'elle en eut glissé deux dans chacun des deux sacs en papier qu'elle avait préparés, elle y ajouta une pomme, deux cookies et un jus de fruits, et referma le tout soigneusement.

— J'espère que ça ira, dit-elle à voix haute, en s'adressant au petit garçon dont le visage était à présent constellé de banane écrasée et de miettes de pain.

Trop tard, elle comprit qu'il aurait dû porter son bavoir pour manger et se précipita vers lui, un torchon à la main, pour essayer de faire disparaître quelques taches de sa chemise. Peine perdue... Avant même que sa journée eût véritablement commencé, Josh allait devoir se changer. Ce qui signifiait qu'elle aurait encore un peu plus de lessive à faire, dès qu'elle aurait réussi à s'atteler à cette tâche dont la mystérieuse complexité la rebutait depuis la veille.

Soudain, au-dessus de ses beaux yeux bleu marine, les sourcils dorés de Josh se réunirent en une barre exprimant le mécontentement.

— Ka! s'exclama-t-il, frappant son assiette avec sa cuillère pour bien marquer sa détermination.

Découragée, Bella le dévisagea sans comprendre.

— Ka! répéta Josh, un ton plus haut. Ka pour Josh...

— Toi aussi, tu veux un en-cas! comprit-elle enfin, soulagée.

Sur le visage potelé du bambin, un sourire radieux encadré de fossettes apparut aussitôt.

— Je vais te dire ce que nous allons faire, reprit-elle, penchée sur la chaise pour se mettre à son niveau. Puisque nous allons passer la journée ensemble, je vais nous préparer deux en-cas pour midi.

Satisfait, Josh saisit à deux mains le biberon posé devant lui et se mit à le téter avec application, sans quitter des yeux Bella, qui préparait en hâte de nouveaux sandwichs.

— Tu vois, dit-elle en lui montrant deux sacs en papier identiques à ceux qu'elle avait préparés pour Ellie et Chris. Ce grand en-cas est pour Bella, et ce petit pour Josh. Je vais les ranger dans le réfrigérateur, et à midi nous sortirons tous les deux pour faire un pique-nique...

— Un pique-nique? demanda une voix ensommeillée depuis le seuil de la cuisine. Qui va faire un pique-nique?

Chris, pieds nus et vêtue d'un T-shirt de son père qu'elle avait adopté pour pyjama, levait vers Bella deux grands yeux timides.

— Pitnit! s'écria Josh, trépignant de joie sur sa chaise.

Touchée par la timidité de la petite fille, Bella lui fit un sourire chaleureux. A huit ans et sortant à peine des brumes du sommeil, songea-t-elle, il ne devait guère être facile de se retrouver confrontée, dans sa propre maison, à une parfaite inconnue.

— J'ai préparé un en-cas pour toi et Ellie, expliqua-t-elle, désignant sur le comptoir les deux paquets. Mais je ne sais pas si les sandwichs vous plairont.

— A quoi ils sont ? demanda Chris en s'approchant.

— Le premier au fromage et au jambon, et le deuxième au beurre de cacahuètes et à la confiture de groseille.

— Miam ! commenta la fillette, les yeux brillants. J'adore la confiture de groseilles.

— Sais-tu quels étaient mes sandwichs préférés, quand j'étais petite ? reprit Bella en dressant la table pour le petit déjeuner. Les sandwichs au cheddar et aux cornichons ! J'étais sans arrêt fourrée dans la cuisine pour demander à la cuisinière si...

S'avisant un peu tard de ce qu'elle était en train de dire, Bella se tut abruptement et regarda Chris d'un air gêné. Heureusement, celle-ci, tout occupée à lancer autour d'elle des regards étonnés, ne semblait pas avoir prêté attention à ses paroles.

— Je suis vraiment contente que tout soit comme ça, dit-elle enfin d'une petite voix gênée, en s'asseyant à table.

— Que tout soit comment ? s'enquit Bella.

— Comme ça..., insista Chris. Toute la maison rangée et nettoyée. Je trouve qu'on s'y sent mieux...

— Tu es très gentille de me dire ça, répondit-elle, touchée par le compliment. Mais tu sais, j'ai encore beaucoup de choses à apprendre dans ce domaine. Pour ce qui est de la cuisine et du ménage, je manque un peu d'expérience...

— Moi non plus, je ne suis pas très forte en ménage, reprit Chris, le visage grave. Ellie dit toujours que je suis une idiote et que je ne sais rien faire.

Comme si l'évocation de son prénom avait suffi à la

faire apparaître, Ellie fit son entrée dans la pièce, se dirigeant d'un pas raide, le menton levé, vers le réfrigérateur. Impressionnée par la pâleur de son visage et la dureté de son regard, Bella sentit son cœur se serrer.

— Ellie..., dit-elle précautionneusement. Je t'ai préparé un en-cas pour l'école, mais je ne sais pas si...

Sans paraître prêter attention à ses paroles, Ellie se dirigea vers le paquet que Bella lui désignait, le déballa vivement, et en sortit les deux sandwichs qu'elle alla ranger au réfrigérateur sans même les ouvrir. Puis, aussi raide et tendue qu'à son arrivée, elle sortit de la pièce sans un mot, emportant avec elle le sachet vidé de la moitié de son contenu.

Consternée, Bella contempla quelques instants l'encadrement de la porte où elle venait de disparaître, puis échangea avec Chris un regard gêné.

— Ellie est vraiment très en colère..., commenta la petite fille.

— Pourquoi ?

— Parce que tu t'es mariée avec papa, répondit-elle sans détour. Elle dit qu'il n'avait pas le droit de nous faire ça sans nous en parler...

Grimpant sur sa chaise, Chris se pencha au-dessus de la table pour lui murmurer quelque chose à l'oreille.

— Ellie a pleuré cette nuit dans son lit, lui dit-elle tout bas. En allant aux toilettes, je l'ai entendue.

— La pauvre..., murmura Bella, consternée. A ton avis, qu'est-ce que je pourrais faire ?

— Il n'y a rien à faire, répondit Chris, fataliste, en s'asseyant de nouveau sur sa chaise. Quand Ellie est en colère, rien ne peut la calmer. Il faut juste attendre, très longtemps, que ça se passe...

Assise dans le bus à côté de sa sœur, Ellie contemplait d'un œil morne le paysage qui défilait derrière les vitres embuées. Dans les pâturages qui bordaient la route s'ébattaient en hennissant des troupes de chevaux, dont elle ne pouvait s'empêcher d'envier la grâce et la beauté. Depuis son plus jeune âge, le cheval était son animal fétiche.

— Moi, j'aime bien Bella, déclara soudain Chris, après un regard prudent dans sa direction. Je crois qu'elle est gentille. Et puis elle s'occupe bien de Josh, aussi...

— Ferme-la! gronda Ellie entre ses dents. Tu es si bête que tu me rends malade.

— Cause toujours! s'insurgea Chris. Elle est vraiment gentille et tu n'y changeras rien. Ce matin, elle m'a raconté que...

Aux aguets, Ellie jeta autour d'elles quelques coups d'œil inquiets.

— Ferme-la, je t'ai dit! On pourrait t'entendre.

Cette fois, Chris se le tint pour dit. Sa sœur, avec une délectation morose, put se replonger dans le flot de griefs qu'elle nourrissait contre leur père. Marié..., songea-t-elle amèrement. Comment pouvait-il donc se retrouver soudain *marié*, lui qui ne sortait jamais et partageait son temps entre son travail et ses enfants? Et d'où sortait-elle, d'abord, cette Bella? Avec son corps mince et ses rondeurs bien placées, avec ses cheveux blonds, son sourire timide et ses grands yeux dorés, pas étonnant qu'elle ait réussi à lui faire perdre la tête! En tout cas, ce n'était sûrement pas avec ses talents de cuisinière ou de femme d'intérieur qu'elle était parvenue à le séduire...

Lorsque le bus vint se garer sur le parking du collège, Ellie n'avait toujours pas décoléré. D'un pas décidé, le regard lointain et le menton haut, elle se mit en marche vers le bâtiment principal, choisissant d'ignorer les amis qui la hélaient au passage pour qu'elle se joigne à eux. Depuis qu'oncle Bubba connaissait la nouvelle, tout Crystal Creek devait être au courant du mariage surprise de Dan Gibson. Si elle parvenait à éviter les questions gênantes tout au long de l'interminable journée qui s'annonçait, elle pourrait s'estimer heureuse.

Après avoir tracé son chemin à travers le grand hall, elle eut la surprise, en poussant les portes de la bibliothèque, d'y découvrir le principal de l'établissement. Assise à l'une des tables de consultation, Mlle Osborne prenait rapidement des notes sur les livres ouverts devant elle. Dès qu'elle l'aperçut, Ellie sentit tout courage l'abandonner et faillit rebrousser chemin. Déjà intimidante de par sa fonction, Mlle Osborne l'impressionnait également par l'élégance et la beauté qui faisaient d'elle l'une des femmes les plus regardées — et les plus enviées — de la ville.

— Bonjour, Ellie, lui dit-elle cordialement. Entre, je termine juste une petite recherche.

Ellie hésita encore un court instant sur le seuil, puis pénétra timidement dans la grande salle déserte. A côté de l'élégance raffinée de Mlle Osborne, elle se sentait aussi à l'aise dans son jean fané et ses baskets déformées qu'un vilain petit canard rencontrant un bel oiseau de paradis.

— Comment vas-tu, aujourd'hui? reprit le principal en lui souriant, à la plus grande surprise d'Ellie.

Habituellement, Mlle Osborne gardait avec ses élèves une réserve distante.

— Je vais bien..., répondit-elle dans un murmure, dirigeant prudemment ses pas vers les rayonnages du fond, où se trouvaient les ouvrages de référence.

— Tu dois être heureuse, aujourd'hui, insista Mlle Osborne. J'ai entendu dire que ton père s'était remarié?

Figée de stupeur devant les atlas, Ellie chercha désespérément quelque chose à répondre, avant d'y renoncer. De plus en plus mal à l'aise, elle se retourna pour gratifier son interlocutrice d'un sourire maladroit.

— Ce doit être réconfortant, conclut le principal en

rangeant ses affaires dans un petit cartable de cuir, d'avoir de nouveau quelqu'un à la maison pour s'occuper de ta sœur et de ton petit frère...

Toujours muette, Ellie hocha rapidement la tête et s'empressa de se réfugier de l'autre côté de l'étagère, dissimulée derrière quelques rangées de livres. Lorsqu'elle entendit les portes battantes se refermer derrière Mlle Osborne, elle poussa un ouf de soulagement.

En hâte, elle alla s'asseoir à la première table venue. Puis, après avoir consulté l'index d'un doigt impatient, elle ouvrit le grand atlas à la page désirée. Fascinée par les formes, les couleurs et les noms de villes inconnues, elle s'absorba tout entière dans la consultation de la carte routière. Comme le lui confirmèrent les chiffres inscrits tout le long de l'itinéraire, Nashville n'était pas la porte à côté... Ce n'étaient pas tant ces kilomètres d'autoroutes, de montagnes et de prairies qui l'effrayaient, que la réaction des adultes qui la verraient voyager seule. Même si elle n'était plus une gamine, il se trouverait sûrement quelques personnes bien intentionnée pour l'interroger. Pour ne pas éveiller les soupçons, il lui fallait mettre au point une belle petite histoire bien ficelée qui lui permettrait de...

— Tiens, tiens, ricana soudain la voix trop connue de Cody Pollock à côté d'elle. Mais c'est Ellie Gibson! Comment va, porcinette?

Avec un frisson de dégoût, Ellie sentit sa hanche de grand échalas boutonneux se coller contre son épaule. Trop occupée, elle ne l'avait pas entendu entrer. De toute façon, Cody avait le don, surprenant pour un garçon de sa corpulence, de se mouvoir sans faire le moindre bruit. Les lèvres retroussées sur ce rictus écœurant qu'Ellie détestait tant, il la toisait à présent du haut de son mètre quatre-vingts.

— La ferme, Cody! répondit-elle en essayant de dissimuler la peur qui lui tordait le ventre. C'est toi, le porc...

D'un geste sec, elle referma l'atlas et se leva précipitamment pour aller le ranger où elle l'avait pris. Immédiatement sur ses talons, Cody lui emboîta le pas.

— Tu me fais de la peine, ma chérie..., susurra-t-il avec une indignation feinte. Je ne t'ai encore rien fait. Pourquoi être si cruelle avec moi ?

— Laisse-moi passer ! s'écria-t-elle en tentant de se diriger vers la porte.

Mais Cody lui bloquait le passage, dansant sur place devant elle, comme un boxeur prêt au combat. Et lorsqu'elle se risqua à tenter de le déborder par les côtés, il lui décocha de petits coups de poing dans les côtes et les bras. Luttant contre la terreur qu'elle sentait monter en elle, Ellie rassembla tout son courage.

— Pour la dernière fois, dit-elle d'une voix qu'elle espéra ferme et menaçante, je te demande de sortir de mon chemin.

— Gnagnagnagnagna ! Pour un peu, tu me ferais peur, tu sais...

Désespérément, Ellie se hissa sur la pointe des pieds pour tenter d'apercevoir par-dessus son épaule la porte de la bibliothèque. Il ne lui restait plus qu'à espérer que quelqu'un vînt la délivrer de ce cauchemar. Hélas ! la sonnerie du début des cours étant proche, cela paraissait peu probable.

En temps normal, elle prenait toutes les précautions nécessaires pour ne pas s'exposer à ce genre de situation. Mais aujourd'hui, elle avait été tellement déstabilisée par le mariage de son père qu'elle en avait oublié toute précaution.

— Je ne te laisserai jamais tranquille, Gibson ! reprit Cody, avec une lueur mauvaise dans les yeux. Tu sais pourquoi ?

— Non ! répondit fermement Ellie. Et je m'en fiche pas mal.

Sans trop y croire, mais ne pouvant envisager de rester

sans rien faire, elle tenta de le repousser. S'amusant de ses vains efforts, Cody la saisit par les épaules, qu'il serra entre ses doigts, jusqu'à lui faire mal. En position de force, il sourit de la voir grimacer et pencha son visage vers le sien, presque à le toucher.

— Parce que j'aime te tourmenter, ma belle ! murmura-t-il d'une voix rauque. Je trouve que c'est le pied...

— Ça ne m'étonne pas de toi, répliqua-t-elle sur un ton dédaigneux. Pour amuser les faibles d'esprit, il en faut peu...

Malgré la nausée que suscitait en elle son regard fangeux, elle s'efforçait de ne pas le quitter des yeux. Lorsqu'elle comprit que sa pique avait fait mouche, loin de s'en réjouir, elle s'en effraya.

— Tu as la langue bien pendue, petite vipère, dit-il en resserrant son emprise sur ses épaules. Mais je te promets qu'un de ces quatre, tu n'auras plus la possibilité de tant parler...

Un peu haletant, il rapprocha ses lèvres de son oreille. Sa voix n'était plus qu'un murmure et Ellie se sentait salie rien que de l'entendre.

— Parce que tôt ou tard, je parviendrai bien à te choper dans un coin, ma belle... Et alors... Alors... Tu sais ce que je te ferai ?

Soudain, il la lâcha et Ellie, surprise, faillit tomber à la renverse. Pourtant, campé fermement sur ses deux jambes et les bras croisés devant elle, son persécuteur ne semblait pas décidé à la laisser en paix.

— Je te ferai la même chose que ce que ton cochon de père fait tous les soirs à sa nouvelle femme ! dit-il avec une joie malsaine.

Outrée, Ellie se ramassa en position de combat et cria :

— Ferme-la !

Apparemment plus excité que dissuadé par sa réaction vindicative, Cody s'avança lentement vers elle, les poings serrés.

— La nuit, quand ils sont dans leur lit, reprit-il en passant sur ses lèvres une langue humide, et qu'il la déshabille pour faire joujou avec ses deux beaux gros nich...

Le coup était parti tout seul. Bien trop outragée pour ressentir autre chose qu'une immense colère, Ellie venait sans hésiter de lui envoyer son poing serré sur le nez. Aussitôt après, les yeux agrandis de stupeur, Cody avait porté les deux mains à son visage. Avant de s'enfuir, Ellie avait eu le temps d'apercevoir les ruisseaux de sang vermillon qui coulaient entre ses doigts.

Trop fière pour se satisfaire d'une aussi piètre vengeance, elle était également trop sensible pour en éprouver la moindre consolation. Pour elle, il était déjà trop tard. Le mal était fait. Les mots avaient été dits. Et rien — pas même le sang de son bourreau — ne pourrait les effacer.

11.

Au milieu d'un champ de luzerne, sous le chaud soleil de midi, Dan se débattait depuis quelques minutes avec le mécanisme récalcitrant d'une vieille faneuse. De temps à autre, pour se donner du courage, il laissait son regard s'égarer à la lisière du bois tout proche, où Bella et Josh l'avaient rejoint pour le déjeuner. Pour la plus grande joie de son fils, qui n'avait cessé de gambader en riant aux éclats autour de lui, il avait découvert le plaisir d'interrompre une journée chargée, et de pique-niquer en famille à l'ombre d'un vieux chêne.

A présent qu'il était de retour au travail, Josh et Bella s'étaient lancés dans un jeu de leur invention, faisant intervenir, entre autres règles compliquées, l'effeuillage de fleurs des champs et une version édulcorée du jeu de la pierre et du ciseau. Régulièrement, sous les rires et les applaudissements de la jeune femme, son fils entonnait dans son langage inimitable les couplets d'une comptine qu'elle venait de lui apprendre.

Pendant que Dan les observait, Josh se leva d'un bond et se mit à courir en direction du champ, riant et lançant par-dessus son épaule des coups d'œil coquins. Comme elle semblait clairement invitée à le faire, Bella se lança aussitôt à sa poursuite, faisant durer le plaisir avant d'attraper l'enfant, qui gigotait comme un beau diable et hurlait de plaisir. Puis, le berçant entre ses bras, elle le ramena à l'ombre du grand arbre où Josh, le pouce calé dans la bouche, commença à dodeliner de la tête contre son épaule.

Sourcils froncés et mécontent de lui-même, Dan s'efforça d'en revenir à la tâche qui l'occupait. Au train où il était lancé, les foins n'étaient pas près d'être rentrés... Pour la millième fois depuis qu'il s'était levé de fort mauvaise humeur, ce matin-là, il songea qu'il avait été stupide de foncer tête baissée dans cette aventure. Même si Bella s'était réfugiée chez lui désespérée et terrifiée, il aurait tout aussi bien pu l'accueillir sous son toit sans franchir ce pas décisif...

Au lieu de quoi, il était obligé de partager son lit avec elle. S'il ne le faisait pas, Bubba finirait tôt ou tard par être mis au courant, et toute la ville de Crystal Creek se mettrait à bruire de la rumeur qu'il y avait décidément quelque chose de bien curieux dans le mariage de Dan Gibson... Alors que Bella se cachait si près d'Austin, où son ex-mari devait guetter le moindre indice susceptible de le remettre sur sa piste, il ne pouvait se permettre de lui faire courir ce risque.

Toutes ces justifications n'enlevaient rien à la difficulté de l'exercice qu'il s'était imposé. Rester allongé, des heures durant, à côté de celle qui n'était sa femme que sur le papier, constituait un véritable supplice... Lorsqu'il s'était résolu à lui proposer ce marché, Dan avait pensé que cette obligation, pour la brève période qu'ils auraient à vivre ensemble, n'offrirait pas de difficultés. La plupart du temps, il était tellement épuisé lorsqu'il se mettait au lit qu'il sombrait aussitôt dans un sommeil de brute. Et puis, lorsque Bella était arrivée chez lui, à peine sortie de sa mésaventure, elle était encore loin d'avoir récupéré le charme et la beauté qui le faisaient à présent se consumer de désir pour elle...

Car il devait bien se l'avouer, il n'était plus aussi insensible aux nombreux attraits de Bella Delgado qu'il avait tout d'abord bien voulu le croire. Mains liées dans le dos par le sens de l'honneur et la parole donnée, il avait passé une bonne partie de la nuit à se retourner en tous sens, tandis qu'elle dormait paisiblement à ses côtés. Dans les ténèbres de leur chambre, le cœur battant et le souffle court, il n'avait cessé d'être torturé par la troublante proximité de ce corps aux courbes émouvantes.

Un appel venu de la lisière du bois le tira de sa rêverie. Penchée pour ramasser le panier du pique-nique, le petit corps de Josh mollement abandonné tout contre elle, Bella s'apprêtait à rentrer. Décidant qu'après tout la faneuse pourrait bien attendre une heure de plus, Dan épousseta son jean, et se hâta de la rejoindre pour l'aider à mettre son fils au lit.

Dès qu'il fut près d'elle, il lui prit le panier des mains, ce dont elle le remercia d'un sourire charmant. Puis, manifestement inconsciente de l'effet qu'elle produisait sur lui, elle le précéda sur le chemin qui menait à la maison. Tête basse, essayant vainement de ne pas laisser ses yeux s'attarder sur ses hanches pleines qui dansaient sous le short kaki, Dan fut touché par les multiples précautions qu'elle prenait pour ne pas perturber le sommeil de l'enfant.

Avec la même tendresse maternelle et la même efficacité, Bella s'arrangea pour laver son visage et ses mains sans trop le déranger. Puis, après l'avoir soigneusement bordé dans son lit et avoir déposé sur sa joue un baiser, elle se tourna vers Dan, qui la regardait faire depuis le seuil.

— Combien de temps dort-il, pour la sieste? chuchota-t-elle.

— Cela dépend, répondit-il dans un murmure. Généralement deux heures. Exceptionnellement trois.

— Magnifique..., se réjouit-elle en refermant doucement la porte de la chambre. Juste le temps nécessaire pour nettoyer le porche et le salon, et pour préparer le dîner avant le retour des enfants...

Difficile de croire qu'elle pût considérer comme des tâches exaltantes ce qui n'était pour lui que pénibles corvées! Dan la suivit jusqu'à la cuisine, où il entreprit de préparer deux tasses de café instantané. De son côté, Bella retroussa ses manches et alla chercher dans la resserre de quoi se mettre au travail.

— Josh est un vrai ange..., dit-elle avec un sourire attendri, en allant remplir son seau à l'évier. Je n'aurais jamais imaginé que s'occuper de jeunes enfants pouvait être aussi plaisant...

Une tasse dans chaque main, Dan la rejoignit et lui en tendit une.

— Vous paraissez particulièrement douée pour cela, dit-il.

Bella le remercia d'un sourire.

— Cela n'a rien de bien compliqué. En fait, je crois que je suis moi-même restée un peu enfant. Cela aide...

Appuyé au plan de travail, Dan ne parvenait pas à détacher les yeux de la peau soyeuse et dorée de ses avant-bras mouillés. A la voir aussi à l'aise dans cette cuisine où elle n'avait jamais mis les pieds trois jours auparavant, on aurait pu croire qu'elle y avait passé sa vie.

— Peut-être n'avez-vous jamais eu de véritable enfance, suggéra-t-il, après avoir vidé d'un trait le fond de sa tasse. Pour cette raison, tout ce qui s'y rattache semble nouveau et attrayant pour vous.

Apparemment frappée par ce qu'il venait de dire, Bella interrompit son travail et le dévisagea longuement.

— Vous avez peut-être raison..., approuva-t-elle d'une voix rêveuse. Je n'y avais pas pensé.

Sur ces considérations, après un dernier échange de sourires gênés, Dan s'empressa de quitter la cuisine. S'il ne se dépêchait pas de se remettre au travail, il allait finir par rester tout l'après-midi avec elle, à discuter de choses et d'autres en remuant sous son crâne d'improbables fantaisies.

Après avoir fermement rajusté sa casquette et caressé Gypsie qui ne le quittait plus d'un pas, il était à mi-chemin de la grange lorsque Bella l'interpella depuis le porche.

— Dan! Pourriez-vous venir répondre au téléphone?

Songeant qu'il lui serait décidément difficile de travailler ce jour-là, Dan regagna la maison au pas de course. Figée près du téléphone mural de la cuisine, Bella était si pâle que les taches de rousseur qui lui parsemaient les pommettes, habituellement dissimulées sous le hâle, étaient devenues parfaitement visibles.

— Qu'est-ce qu'il y a? demanda-t-il, soudain alarmé par son attitude. Un problème? Votre ex-mari?

— Pas du tout... C'est le principal du collège d'Ellie qui désire vous parler.

— Il lui est arrivé quelque chose?

— Je ne sais pas... Elle a juste demandé à vous parler.

Le cœur rempli d'une sourde inquiétude, Dan s'approcha du combiné téléphonique et colla le récepteur contre son oreille.

— Monsieur Gibson? demanda la voix paisible et bien timbrée du principal, à l'autre bout de la ligne.

— Lui-même, répondit-il sèchement. Vous avez un problème avec Ellie?

— Pas de problème majeur, le rassura-t-elle en riant. Il s'est juste produit un petit incident ce matin au collège, et j'ai pensé qu'il valait mieux vous en informer.

— Quel genre d'incident? s'enquit Dan, déjà rassuré.

Tout en parlant, il ne quittait pas Bella du regard. Appuyée à l'évier, les bras frileusement croisés contre sa poitrine, elle paraissait toujours aussi pâle et tendue. Apparemment, le simple fait d'avoir à répondre au téléphone suffisait à la replonger dans la terreur.

— Je dois vous informer, reprit dans l'écouteur la voix du principal, qu'Ellie s'est trouvée ce matin mêlée à une bagarre avec un élève. Je n'ai pu établir précisément ce qui s'est passé, mais celui-ci accuse votre fille de l'avoir frappé au visage. Selon lui, sans raison. Sa blessure est plus impressionnante que grave, mais il a quand même le nez abîmé...

— Qui est ce garçon ? demanda Dan sans s'émouvoir.

— Cody Pollock.

Mentalement, Dan se représenta le neveu de June Pollock, qu'il avait eu l'occasion de croiser une ou deux fois depuis qu'il vivait chez sa tante. Un simple coup d'œil lui avait suffi pour comprendre que celui-ci n'avait rien d'un enfant de chœur.

— Vous savez, reprit-il sans pouvoir s'empêcher de sourire, il m'est difficile d'imaginer Ellie s'attaquant sans raison à un caïd du genre de Cody Pollock... Quelle est sa version des faits ?

— Je n'en sais rien, monsieur Gibson. Et c'est bien pour cela que je vous appelle. Après avoir entendu Cody, j'ai fait venir votre fille à mon bureau. J'ai eu beau tout essayer, elle est restée muette, se contentant de fixer obstinément ses chaussures sans répondre à aucune de mes questions.

— Qu'en pensez-vous ? finit par demander Dan, après quelques secondes d'un silence perplexe. Vous la croyez capable d'attaquer Cody sans raison ?

— Connaissant Ellie, répondit-elle sans hésitation, cela me paraît peu probable. Nous n'avons jamais eu le moindre problème de discipline avec elle. Mais dans cette affaire, puisqu'elle refuse de parler, je suis bien obligée de m'en tenir à la version de la victime. Il semble indéniable que ce garçon a été blessé par votre fille. Pour le reste, tant qu'elle refusera de dire ce qui s'est passé...

— Vous allez la punir ?

Cette fois-ci, le principal parut méditer un court instant sa réponse.

— Je pense que le fait d'avoir été appelée à mon bureau représente pour elle une punition suffisante, dit-elle enfin. Manifestement, cela la rendait terriblement nerveuse. A vous de voir ce qu'il vous sera possible de faire, en parlant avec elle, pour éclaircir toute l'histoire...

— Je ferai de mon mieux, mademoiselle Osborne, promit Dan. Merci de votre appel.

Après avoir raccroché, il resta quelques instants accoudé au mur, songeur et désemparé. Dans son esprit flottait le petit visage buté de sa fille. Même s'il lui arrivait de se laisser aller à de brusques accès de colère, même si la soudaine métamorphose de son corps lui faisait traverser une passe difficile, il avait du mal à croire ce qu'il venait d'entendre. Il eut beau retourner la chose plusieurs fois sous son crâne, cela n'avait aucun sens. Ellie était bien trop sauvage et réservée pour se laisser aller à un acte aussi stupide, aussi irréfléchi. A moins que l'arrivée inopinée d'une inconnue dans leur vie de famille...

— Ellie a un problème à l'école ? demanda Bella, derrière lui.

— Je n'y comprends rien, avoua Dan en se tournant vers elle. D'après le principal, elle aurait donné un coup de poing à un garçon plus âgé qu'elle.

— A quoi ressemble-t-il, ce garçon ?

— Grand, costaud, bête et méchant, répondit Dan avec une grimace éloquente. D'après ce qui se murmure en ville, Cody Pollock aurait été renvoyé de tous les établissements scolaires de Lampasas, où ses parents habitent. En désespoir de cause, ceux-ci ont fini par le confier à leur cousine, June Pollock, espérant qu'un séjour à Crystal Creek le remettrait dans le droit chemin.

Comme si cette histoire lui donnait des raisons personnelles d'être en colère, Bella saisit d'un geste brusque le seau rempli d'eau savonneuse et se dirigea vers le porche.

— Et bien entendu, dit-elle en forçant la voix pour se faire entendre de la cuisine, je suppose que le cher ange n'a rien fait pour être maltraité de la sorte...

— Comment le savez-vous ? s'étonna Dan.

— Simple intuition féminine ! répondit Bella en riant. Puis, redevenant brusquement sérieuse :

— J'espère que vous ne croyez pas un mot de cette fable ?

— Vous pensez qu'il ment ?

— Tel que vous me le décrivez, cela me paraît évident.

— Nous en reparlerons ce soir avec Ellie, conclut Dan en la rejoignant sur le porche. Elle a refusé de se confier à Mlle Osborne, mais elle acceptera peut-être de nous donner le fin mot de l'histoire.

Sur la pointe des pieds, une éponge mousseuse tendue à bout de bras, Bella s'était déjà lancée dans le nettoyage de la fenêtre du salon. Sans pouvoir s'en empêcher, Dan laissa son regard s'attarder sur les lignes pures de sa silhouette allongée par l'effort. Tout entière absorbée par son travail, elle semblait avoir oublié la frayeur qui l'avait habitée quelques minutes auparavant.

— Bella ? demanda-t-il soudain.

— Oui ?

— Lorsque vous m'avez appelé tout à l'heure pour répondre au téléphone, vous paraissiez toute retournée. Je peux vous demander pourquoi ?

Secouant la tête lentement, Bella se pencha pour rincer son éponge dans le seau à ses pieds.

— Quand j'ai décroché, avoua-t-elle à contrecœur, la voix de ce principal m'a semblé familière. Cette Mlle Osborne, quel est son prénom ?

— Aucune idée, répondit Dan. A Crystal Creek, tout le monde l'appelle par son nom. C'est même à se demander si elle a jamais eu le moindre prénom...

— Quoi qu'il en soit, reprit Bella, il me semble avoir déjà entendu sa voix quelque part, mais je n'arrive pas à me rappeler à qui elle me fait penser...

— Quelqu'un qui serait susceptible de vous reconnaître ?

— Je ne sais pas... Aucune importance, de toute façon. Mon imagination m'aura sans doute joué des tours. C'est peu de dire que j'ai les nerfs à fleur de peau, ces derniers temps...

Par-dessus son épaule, elle lui adressa un sourire amical, auquel Dan répondit à grand-peine. En ce qui le concernait, c'était ce sourire qui lui mettait les nerfs à vif pour le moment... Au prix d'un gros effort, il parvint à détourner le regard et à descendre les quelques marches du perron. Il lui fallait absolument se reprendre, sans quoi quelque chose d'irréparable allait finir par se produire. Et la dernière chose dont Bella avait besoin, c'était bien qu'un homme trahisse une fois encore sa confiance...

Il régnait ce soir-là, à la table des Gibson, une atmosphère d'attente fébrile qui n'était pas pour rassurer Bella. Toute la famille réunie autour du rond de lumière rassurant de la lampe lui faisait l'effet d'un jury rassemblé pour statuer sur son cas... Un peu anxieuse, elle versa dans la passoire la casserole de pâtes fumantes, non sans se demander une fois encore si elles étaient assez cuites.

Ces spaghettis à la bolognaise, accompagnés d'une salade, de haricots verts et de pain frotté à l'ail, constituaient le premier repas qu'elle leur préparait de sa propre initiative. Et même si elle avait mis tous les atouts de son côté en choisissant une recette simple, elle ne pouvait s'empêcher de redouter le jugement de ces gastronomes aux idées bien arrêtées que sont en général les enfants.

Lorsque Josh s'était réveillé de sa sieste en milieu d'après-midi, il avait absolument voulu l'aider à laver les carreaux, tâche dont il s'était acquitté avec une efficacité relative mais à grand renfort de fous rires et de seaux renversés. Après le goûter, qui lui avait permis de constater que le bambin était décidément grand amateur de « tos » et de « nanes », ils étaient sortis cueillir ensemble le grand bouquet automnal qui agrémentait la table du repas.

— Bella? demanda Dan, après avoir noué un grand bavoir autour du cou de Josh. Tu as besoin d'un coup de main?

Cela avait beau avoir été convenu entre eux, c'était toujours un choc pour elle de l'entendre la tutoyer. L'intimité que dénotait ce tutoiement, même si elle n'était que virtuelle, la remplissait d'un trouble vague, sur l'origine duquel elle préférait ne pas s'interroger.

Déclinant son offre d'un sourire, à travers le tourbillon de vapeur qui s'élevait du plat de spaghettis, Bella songea qu'elle aimait la façon dont ses cheveux brillaient dans la lumière, lorsqu'ils étaient encore humides après la douche. Dès la tombée de la nuit, il était rentré se doucher et se changer, ce qui lui avait permis de jouer un peu avec les enfants et de les aider dans leurs devoirs, pendant qu'elle achevait de préparer le dîner.

— Miam! s'exclama Chris en se frottant le ventre, lorsqu'elle eut déposé sur la table le grand plat de spaghettis recouverts de sauce et de parmesan. J'adore les spaghettis! J'en veux des tonnes et des tonnes...

— Pagetti! gazouilla Josh en écho, manifestant son enthousiasme à grands coups de fourchette sur le plateau de sa chaise haute.

Ellie, elle, ne dit rien. Assise bien droite sur sa chaise, les mains sagement posées sur la table de chaque côté de son assiette, elle se contentait d'être là, aussi morose et inaccessible que d'habitude. Depuis son retour de l'école, songea Bella, elle ne devait pas avoir prononcé plus de quatre mots.

— Ça a l'air délicieux! la complimenta Dan avec un sourire encourageant. N'est-ce pas, les enfants?

Pendant qu'il mélangeait la salade, Bella entreprit de servir ces derniers. Lorsqu'elle reposa l'assiette de Chris devant elle, celle-ci lui adressa un sourire timide, assorti d'un « merci » à peine audible.

160

— Après le repas, lui dit-elle en lui rendant son sourire, nous pourrions peut-être enfin le commencer, ce château... Josh et moi, nous avons trouvé de beaux cailloux ce matin. Pas vrai, mon chéri ?

— Lavé carreaux ! s'exclama celui-ci, sourcils froncés et fourchette brandie, pour désigner les fenêtres à ses sœurs. Bella et Josh...

— Comment sont les spaghettis ? demanda Bella, morte de trac, en regardant Dan couper les pâtes en petits morceaux dans l'assiette de son fils.

— Trop cuits..., marmonna Ellie.

— C'est même pas vrai ! s'indigna Chris en bondissant sur sa chaise. Ils sont parfaits. Moi, c'est comme ça que je les aime.

— Mlle Osborne a téléphoné cet après-midi, annonça Dan, comme si de rien n'était. Tu as quelque chose à me dire à propos d'un certain Cody Pollock, Ellie ?

Aussitôt, le visage de la gamine devint cramoisi. Précipitamment, elle se leva de sa chaise avec l'intention manifeste de quitter la table. Mais son père, plus rapide, l'avait déjà saisie par le poignet. Bella sentit son cœur se serrer pour elle. Avec une expression poignante de dignité bafouée, Ellie se rassit de mauvaise grâce.

— Que se passe-t-il, Ellie ? demanda Dan.

— Rien..., murmura-t-elle, les yeux baissés sur son assiette.

— D'après ce que le principal m'a raconté, reprit-il, Cody t'accuse de l'avoir frappé violemment sans raison. Est-ce vrai ?

— S'il le dit, bougonna-t-elle entre ses dents, je suppose que ça doit être vrai...

— Et si c'est vrai, conclut Dan en posant d'un geste rageur sa serviette sur la table, je vais devoir te punir ! Plus de poney pendant un mois, ma fille... Et quand Chris et Josh iront rendre visite à Marie et Bubba, tu resteras consignée ici.

Surprise, Ellie releva la tête et ouvrit la bouche pour protester, avant de changer d'avis et de pincer les lèvres, les yeux brillants de larmes contenues. Tout le sang avait brutalement reflué de son visage, et Bella ne l'avait jamais vue aussi pâle. Bien qu'encore un peu intimidée par cette enfant apparemment si dure, elle ne put supporter plus longtemps d'assister à sa détresse sans réagir.

— Ellie, écoute-moi..., dit-elle, sans réussir pourtant à capter son regard. Lorsque j'avais ton âge, un garçon n'arrêtait pas de m'embêter au collège. Il disait qu'il ne m'aimait pas et profitait de sa force pour me tourmenter quand personne ne le voyait. Il mentait sans arrêt et s'en sortait toujours ainsi...

Les yeux étincelants de colère, Bella se tourna vers Dan.

— Tant que nous ne savons pas ce qui s'est réellement passé, dit-elle, je ne pense pas qu'il soit juste de punir Ellie.

Relevant brusquement le menton, la fille aînée de Dan posa sur elle deux grands yeux étonnés. Chris, profitant du moment de flottement qui s'était instauré, intervint alors dans la discussion.

— Parfois, dit-elle, quand Cody voit passer Ellie à l'arrêt de bus, il dit que...

— Ferme-la! s'écria Ellie, faisant violemment sursauter sa sœur.

Puis, s'adressant à son père, d'une voix vibrante d'indignation elle ajouta :

— Cody Pollock est plus bête que méchant. Toute cette histoire à la bibliothèque, ce n'était rien qu'un... accident.

— Dans ce cas, demanda Dan, pourquoi ne l'avoir pas dit à Mlle Osborne ?

En hâte, Ellie porta à ses lèvres une bonne fourchette de ces spaghettis qu'elle disait trop cuits, et qu'elle fit passer d'une gorgée de lait.

— Cela n'aurait servi à rien, répondit-elle vaguement, après avoir essuyé ses lèvres à sa serviette. Je n'ai aucune envie d'entendre parler de ce stupide Cody Pollock... Ni de parler de lui.

L'espace d'une seconde, le regard de l'adolescente croisa celui de Bella, et celle-ci fut frappée par l'expression de peur et de profonde détresse qu'elle y découvrit. Dans cette détresse, elle reconnut sans aucun doute possible celle avec laquelle il lui fallait vivre depuis des mois. Quoique fugitive, cette impression s'imprima si fortement en elle qu'elle eut l'envie soudaine d'aller prendre Ellie dans ses bras, et de la consoler jusqu'à ce qu'elle finisse par lui confier la vérité. Mais ce moment privilégié passa aussi vite qu'il était survenu. L'instant d'après, Ellie fixait de nouveau son assiette, aussi fermée et tendue qu'à l'accoutumée.

Un peu inquiète, Bella se tourna vers Dan, craignant qu'il n'eût interprété son intervention comme un empiètement sur son autorité paternelle. Mais à son grand soulagement, celui-ci paraissait bien plus perplexe que fâché.

— Eh bien, c'est d'accord, décida-t-il enfin. Pas de punition pour Ellie dans l'immédiat.

Dan laissa se dissiper les divers murmures d'approbation et de soulagement qui s'élevèrent autour de la table, avant d'ajouter, dardant sur sa fille un œil sévère :

— Mais si jamais j'entends encore parler d'un problème quelconque avec Cody Pollock, j'exigerai que tu me dises la vérité, tu m'entends ? *Toute* la vérité...

De nouveau, Bella croisa accidentellement le regard d'Ellie. Etait-ce de la gratitude qu'elle avait vu passer au fond de ses yeux ?

A cet instant précis, Josh s'avisa de lâcher une fourchette pleine de spaghettis sur le sol fraîchement lavé. Lorsque Bella revint à table après avoir réparé l'incident, à peine une minute plus tard, le visage d'Ellie avait déjà recouvré sa froideur coutumière.

12.

Lorsque Dan éteignit, ce soir-là, Bella s'étira de bien-être dans le lit, prenant garde à ne pas empiéter sur la zone-tampon qu'ils s'efforçaient de respecter depuis qu'ils étaient couchés. S'il avait, pour sa part, trouvé le courage de lire quelques pages, elle se sentait tellement fourbue par cette journée intense et bien remplie qu'elle avait tout de suite fermé les yeux.

Mais le cri d'un hibou les lui fit rouvrir. Agités par une douce brise, les rideaux laissaient pénétrer par intermittence dans la pièce le flot de lumière argentée de la lune. D'un étang tout proche parvenait le concert donné par quelques crapauds-buffles, accompagnés par la stridulation sans fin des criquets. Goûtant précieusement ces instants de paix avant de sombrer dans le sommeil, Bella songea à tout ce qu'il lui avait été donné d'accomplir au cours de cette journée.

— La prochaine fois, dit-elle en se tournant vers Dan, dont la lune surlignait le profil d'un trait d'argent, je ferai moins cuire les spaghettis... Ils étaient un peu mous, vous ne trouvez pas ?

— Ils étaient très bons ainsi, répondit-il, sans chercher à dissimuler son agacement.

Déçue, Bella lui tourna le dos pour se réfugier de son côté du lit. Même s'il était inutile d'attendre des louanges de sa part, elle se sentait parfois blessée par la rudesse de ses manières. Ses occasionnels accès de mauvaise humeur étaient pour elle d'autant plus surprenants qu'il leur arrivait de passer de très bons moments, au cours desquels Dan savait se montrer fort attentionné.

Sans doute ne fallait-il voir dans cette instabilité d'humeur que le résultat de la situation embarrassante et artificielle dans laquelle ils se trouvaient. Néanmoins, songea-t-elle, pour le peu de temps que durerait leur cohabitation forcée, il ne lui aurait pas coûté grand-chose de faire quelques efforts de civilité...

Incapable à présent de trouver le sommeil, Bella se retourna vers lui, avec l'intention de relancer la conversation en abordant l'épineux sujet d'Ellie. Comme s'il avait pu lire dans ses pensées, Dan roula aussitôt sur lui-même, relevant bien haut la couverture sur son épaule, pour lui signifier sans doute que l'heure n'était plus aux palabres.

Le souffle un peu court, Bella contempla quelques instants la courbe émouvante que formaient sous le drap ses larges épaules, jusqu'à son cou où venait s'arrêter la masse sombre et ondulée de sa chevelure. Soudain saisie par un besoin urgent de tendre le bras pour caresser sa nuque et ses cheveux, elle se demanda furtivement ce que pourrait être le contact de ce dos ferme et accueillant, dont elle aurait aimé éprouver la chaleur et la sécurité.

Désorientée par la soudaineté de ces émotions, elle s'efforça de réfléchir plus sereinement à la nature des sentiments qui la liaient à Dan. Cela faisait si longtemps qu'elle n'avait pas été aussi proche d'un homme... Sans doute ne devait-elle pas s'étonner que son corps lui rappelât de manière aussi abrupte les besoins qui étaient les siens.

Au début de son mariage avec Eric, leurs relations sexuelles avaient été pour elle une révélation autant qu'une source de joies intenses. Plus âgé qu'elle, son ex-mari s'était révélé un amant expérimenté. Rapidement, avant que leur vie commune ne devienne tout à fait impossible, faire l'amour était devenu pour eux la seule façon de se retrouver et de communiquer.

Mais l'attraction irrationnelle qui la poussait vers Dan lui paraissait plus intense. Il lui eût été impossible d'en nier le caractère sexuel, mais elle était tout autant attirée par sa personnalité, dont elle découvrait la richesse et la complexité jour après jour. Elle aimait l'assurance tranquille dont il faisait preuve, et la manière méthodique et déterminée avec laquelle il abordait chaque problème. Impressionnée par sa force autant que par sa générosité, elle avait découvert en lui une finesse de jugement et une subtilité inattendues.

Un peu ébranlée par cette découverte, Bella comprit que se fortifiait lentement en elle le doux rêve de demeurer près de lui. Dans la petite ferme près de la rivière, elle s'occuperait tout le jour de la maison et des enfants, et passerait ses nuits dans le lit et les bras de leur père... Bien sûr, elle savait qu'il fallait renoncer d'urgence à une telle chimère. Tout ce que Dan attendait d'elle, c'était qu'elle honore sa part du marché qu'ils avaient conclu. Pour lui, sans doute n'était-elle qu'une jeune femme superficielle et frivole, comme devaient l'être tous les gens riches à ses yeux.

De toute façon, même si Dan finissait un jour par lui montrer quelque intérêt, elle ne pouvait raisonnablement espérer s'installer chez lui. Alors que sa simple présence suffisait à mettre toute la famille en danger, il eût été irresponsable de sa part d'y songer. Elle n'avait pas menti en lui assurant qu'Eric ne s'en prendrait jamais à lui ou à ses enfants. Mais le risque qu'il ne s'en prît à elle en leur présence, fou de rage et de jalousie, ne pouvait être exclu.

Avec un petit frisson d'angoisse, Bella se représenta

son ex-mari faisant le guet, caché dans les buissons près de la rivière. Comme elle l'avait fait elle-même, il n'aurait aucun mal à s'introduire dans la maison où Josh dormait comme un ange, son ours en peluche tendrement serré contre lui.

A mi-chemin entre le rêve et l'éveil, elle laissa un gémissement de protestation lui échapper, avant d'écraser une main sur ses lèvres lorsqu'elle s'aperçut que Dan l'avait entendu.

— Que se passe-t-il? demanda-t-il d'une voix où perçait l'inquiétude.

— Je suis désolée..., murmura-t-elle. Je ne voulais pas vous réveiller.

— Je ne dormais pas, de toute façon, reprit-il sèchement. Qu'est-ce qui vous arrive?

— C'est juste... mon bras qui me fait un peu mal, improvisa-t-elle en toute hâte.

Dan se redressa dans le lit et ralluma sa lampe de chevet.

— Est-ce que ça vous lance? demanda-t-il d'un air soucieux en lui palpant délicatement le bras. Vous devriez peut-être aller consulter un médecin...

Le simple contact de sa paume chaude sur sa peau avait suffi à allumer en elle une brusque flambée de désir, qui menaçait de l'engloutir tout entière.

— Ce n'est rien..., répondit-elle péniblement, détournant le regard. J'ai dû faire un faux mouvement dans mon sommeil.

— Bien. Dormons, à présent. Je changerai votre bandage demain matin.

— Merci, Dan. Bonne nuit...

— Bonne nuit.

Le cœur battant, Bella sentit que la main de Dan, loin de se retirer, remontait lentement le long de son bras, vers la nuque et le cou. Et lorsqu'elle rencontra de nouveau ses yeux, le désir sans fard qu'elle y découvrit l'effraya et la remplit de joie tout à la fois.

— Dan..., protesta-t-elle dans un souffle.

Pour toute réponse, il poussa un grognement désespéré. L'instant d'après, il la serrait dans ses bras avec fougue, plaquant sur ses lèvres un baiser passionné qui lui coupa le souffle.

Tandis qu'ils roulaient tous deux sur le lit, Bella se laissa glisser dans l'océan de sensations nouvelles que cette étreinte lui procurait. Ses lèvres fraîches étaient incroyablement douces. Son corps semblait épouser à merveille toutes les courbes de son propre corps. En un geste à la fois possessif et protecteur, il avait glissé une jambe massive et solide au-dessus des siennes. Contre sa hanche, Bella pouvait sentir son sexe tendu battre follement, au rythme de son désir.

Prudemment, la langue de Dan s'aventura entre ses lèvres. Bella s'abandonna au baiser, les mains passées dans ses cheveux pour le sentir plus proche encore. Aucune autre étreinte ne lui avait jamais procuré ce sentiment de plénitude dans lequel elle se laissait glisser avec reconnaissance. Toute retenue oubliée, elle lova avec une exigence nouvelle son corps contre le sien. Et lorsque les mains de Dan, s'insinuant sous la toile de sa chemise, se lancèrent à l'assaut de sa peau nue, Bella cambra les reins et gémit de plaisir.

Soudain, cet ouragan sensuel cessa aussi vite qu'il avait débuté. Avec une brusquerie incompréhensible, Dan avait regagné sa moitié de lit attitrée et lui tournait le dos.

— Dan..., murmura-t-elle en se risquant à lui effleurer l'épaule du bout des doigts. Qu'est-ce qui ne va pas ?

— Je suis désolé, bougonna-t-il sans se retourner. Dormons.

— Mais je...

— N'en parlons plus, s'emporta-t-il. Je n'avais pas à faire cela et je m'en excuse. Mais je ne suis qu'un homme, après tout... Et croyez-moi, il n'est pas facile pour un homme de partager chaque nuit son lit avec une femme sans avoir fatalement envie de... Il va falloir trouver d'autres arrangements.

Sans parvenir à trouver les mots, Bella eut envie de lui demander en quoi l'idée de se laisser aller aux sentiments qu'ils ressentaient l'un pour l'autre lui était tellement insupportable.

— Vous n'avez pas à vous excuser..., lui dit-elle finalement. Je suis aussi responsable que vous de ce qui s'est passé.

— Ecoutez, reprit-il, au terme de quelques secondes d'un silence gêné. Je n'ai pas envie d'en parler maintenant. Essayons de dormir, d'accord ?

— Mais au contraire, protesta Bella, nous avons besoin d'en parler maintenant ! Comment pourrai-je vous regarder demain dans les yeux, autrement ?

— Vous avez raison, convint-il d'une voix lasse. Dans ce cas, nous en parlerons dès demain. Dormons maintenant...

De mauvaise grâce, Bella se retourna de son côté et se tut. Après ce qui s'était passé, comment pouvait-il songer à dormir ? Pourtant, vaincue par la fatigue de cette journée autant que par les émotions qu'elle venait de vivre, il ne s'écoula pas longtemps avant qu'elle sombre à son tour dans un sommeil agité.

Le lendemain à l'aube, Bella s'éveilla pour constater que dans le lit, à côté d'elle, la place de Dan était vide et froide depuis déjà longtemps. Comme ils en avaient convenu la veille, il était parti aux champs muni d'un casse-croûte, lui laissant le soin de préparer ses filles pour l'école et de les conduire au car de ramassage le moment venu. Le cœur lourd, mais s'efforçant de n'en rien laisser paraître, Bella s'était acquittée de ces tâches avant de se consacrer, durant toute la matinée, à la lessive qu'elle avait planifiée pour ce jour-là.

Heureusement, avant de partir pour l'école, Chris avait eu le temps de lui montrer comment trier les vêtements, quelle dose de poudre utiliser, ainsi que la façon de programmer la machine.

— Ensuite, avait conclu Chris, toutes les affaires peuvent passer au sèche-linge. Mais Ellie et moi, on préfère accrocher les draps et les serviettes sur la corde à linge. Ils sentent meilleur quand ils sèchent dehors...

Souriant rétrospectivement du sérieux avec lequel la petite fille avait rempli son rôle, Bella achevait de décrocher le dernier des draps une heure à peine après les avoir étendus. Dans la petite brise qui soufflait depuis le matin, ils avaient eu effectivement le temps de s'imprégner des odeurs délicieuses de cet automne exceptionnellement ensoleillé. Puis, les bras chargés de linge propre et sec, elle pénétra dans la cuisine. Josh, assis par terre sur une couverture, s'y évertuait à plier depuis cinq bonnes minutes une pile de ses petits T-shirts comme elle le lui avait montré.

Attendrie, Bella s'accroupit près de lui et déposa un rapide baiser sur sa joue.

— Toi et moi, lui dit-elle avec un sourire, on forme une sacrée équipe ! On bataille dur, tous les deux, pour apprendre des choses que tout le monde sait faire depuis longtemps, mais toi au moins, tu as l'excuse de n'avoir que deux ans...

Dans un brusque élan de tendresse, l'enfant abandonna sa tâche et lança ses deux petits bras potelés autour de son cou. Joue contre joue, ils demeurèrent ainsi à se bercer l'un l'autre en silence. Bouleversée par tant de spontanéité, Bella se demanda, le cœur serré, pourquoi ce qui paraissait si simple et naturel aux enfants devenait si inconcevable à leurs parents devenus adultes...

Chaque fois qu'elle se risquait à penser à Dan, à la fièvre qui s'était emparée d'eux la nuit précédente, au rejet incompréhensible qui s'était ensuivi, elle avait toutes les peines du monde à ne pas se mettre à pleurer. Si elle s'était écoutée, et si Josh n'avait pas été là, elle aurait volontiers jeté quelques vêtements dans un sac pour prendre la route et disparaître à jamais.

Mais sans argent, sans papiers, à peine munie d'une brosse à dents et d'un peigne, où aurait-elle pu aller ? Il lui fallait se rendre à l'évidence... Tant qu'elle n'aurait pas acquis les bases d'une nouvelle identité, tant qu'elle n'aurait pas récupéré l'argent qui l'attendait dans un coffre à San Antonio, elle serait bloquée ici, pieds et poings liés.

La matinée écoulée lui apporta au moins la satisfaction d'avoir rempli trois panières de linge prêt à repasser. Puis elle déjeuna de sandwichs et de fruits en compagnie de Josh, et le mit au lit en fredonnant une berceuse jusqu'à ce qu'il s'endorme. Enfin, après avoir bataillé ferme durant quelques minutes pour déplier la table à repasser, elle en était à détailler d'un œil perplexe le cadran du fer électrique lorsqu'elle entendit la porte d'entrée s'ouvrir et se refermer.

Le cœur battant, Bella releva la tête à l'instant où Dan pénétrait dans la cuisine. Celui-ci, l'air las et les traits marqués par le manque de sommeil, marcha d'un pas pesant jusqu'à la table, et s'assit lourdement sur une chaise. Evitant soigneusement de croiser son regard, Bella alla chercher deux mugs dans un placard et saisit la cafetière qu'elle avait conservée au chaud.

— Bonjour ! dit-elle avec une gaieté forcée. Comment se passent les foins, aujourd'hui ?

— Tout va bien, répondit Dan sur le même ton. Pas de problème avec les enfants ?

— Aucun...

S'efforçant de ne pas trembler, Bella fit le service, avant d'aller chercher le sucre et le lait.

— Ce matin, reprit-elle en s'asseyant, Chris m'a montré comment faire la lessive. A présent, je m'essaie au repassage...

Tout cela n'avait aucun sens, songea-t-elle, consternée, en baissant les yeux. A entendre leur conversation, on aurait pu croire qu'ils étaient deux étrangers discutant sur un banc de choses et d'autres, par pure politesse et pour passer le temps.

Durant quelques secondes, seul le tintement des petites cuillères se fit entendre. Dan, le premier, se risqua à briser le silence.

— A propos de cette nuit..., dit-il en contemplant fixement le fond de sa tasse.

Précipitamment, Bella se leva pour aller chercher sur le comptoir une boîte de cookies.

— Je pense que vous avez raison..., s'empressa-t-elle d'annoncer, le dos tourné, avant qu'il ait pu ajouter quoi que ce soit. Disons que tout ceci n'était qu'un bref instant d'égarement, et n'y pensons plus.

Manifestement surpris, Dan secoua la tête avec tristesse.

— Je n'arrête pas d'y penser, Bella. Nous avions conclu un marché, et j'en ai trahi les termes... En conséquence, nous allons devoir trouver quelques aménagements.

Mal à l'aise, Bella revint s'asseoir à table et ouvrit la boîte métallique devant lui.

— Quels aménagements ?

Sans répondre à sa question, Dan saisit un biscuit qu'il fit tourner quelques instants entre ses doigts, comme s'il hésitait à le croquer.

— Ceux-ci sont industriels..., précisa-t-elle aussitôt. Mais j'ai trouvé une recette qui a l'air assez simple, et j'ai promis à Josh que s'il ne se réveillait pas trop tard de sa sieste, nous pourrions en préparer tous les deux. Je crois que les filles...

— Bella..., l'interrompit Dan, sans paraître impressionné le moins du monde par ses projets culinaires. Si nous n'avions pas conclu ce marché, combien de temps seriez-vous restée ici ?

Surprise par la question, Bella releva vivement les yeux. Au moment où leurs regards se croisèrent, elle discerna dans celui de Dan une telle franchise et une telle gravité qu'elle ne se sentit pas le droit de travestir la réalité.

— Le strict nécessaire, répondit-elle, essayant vainement de soutenir son regard. Juste le temps d'obtenir un nouveau permis de conduire, de récupérer l'argent qui m'attend dans un coffre de banque à San Antonio et de me procurer une ou deux cartes de crédit.

— Et ensuite, demanda-t-il sur un ton neutre, vous seriez partie ?

Les yeux baissés sur le set de table dont elle était en train de suivre du doigt le motif fleuri, Bella hocha la tête.

— Je crois effectivement que cela serait plus prudent pour tout le monde. Sans quoi, j'ai trop peur qu'Eric finisse par me retrouver... Je ne cesse de penser à la façon dont il pourrait réagir en me trouvant installée ici, et à la menace qu'il pourrait représenter pour les enfants.

Ces quelques mots semblèrent avoir raison du calme olympien dont Dan ne s'était pas départi depuis le début de leur conversation.

— Ne m'aviez-vous pas affirmé que cet homme ne constituait pas une menace pour nous ?

— Eric est tellement imprévisible, avoua Bella piteusement, que je crains de m'être un peu avancée... Oh, Dan ! Si vous saviez comme je regrette à présent de n'avoir pas été plus vigilante... Jamais je n'aurais dû accepter de rester plus de quelques heures dans cette maison.

Les yeux perdus dans les voiles de mousseline qui occultaient la fenêtre de la cuisine, Dan garda le silence quelques instants. Finalement, après avoir sélectionné un autre cookie dans la boîte métallique, il le détailla de nouveau sous toutes les coutures, comme s'il avait pu y trouver réponse à une question insoluble.

— Cet argent..., reprit-il enfin. Celui qui vous attend dans un coffre à San Antonio... Pour combien y en a-t-il ?

— Difficile à dire... Le liquide ne représente qu'environ trois cent mille dollars. Le reste est en valeurs boursières et en diamants, dont la valeur varie constamment.

— Dans ce cas, insista Dan, faites une estimation...

Bella haussa les épaules.

— Je ne sais vraiment pas... Peut-être deux ou trois millions de dollars...

— Diriez-vous, demanda-t-il d'une voix neutre, que cette somme suffirait à vous faire vivre dans le confort pour le reste de votre vie ?

— Je pense que oui..., répondit Bella, perplexe. Encore que je n'aie pas une idée très claire du coût de la vie. Quand vous... Quand vous avez beaucoup d'argent, vous ne vous préoccupez pas de ce genre de choses.

— Vous vous contentez de tendre votre carte de crédit, et c'est votre banquier qui s'occupe du reste...

Où voulait-il en venir ? Déstabilisée par le tour qu'avait pris leur conversation autant que par le ton glacial qu'il employait pour lui parler, Bella se sentit rougir. Incapable de lui répondre de vive voix, elle hocha la tête, Désormais, ils semblaient bien loin de l'élan irrésistible qui les avait portés l'un vers l'autre la nuit précédente.

— Ces valeurs que vous avez mises à l'abri, poursuivit Dan sur sa lancée, où sont-elles exactement ?

— Dans un coffre, à ma banque.

— Pourriez-vous m'expliquer comment on fait pour y accéder ?

Renonçant à comprendre le but de cet interrogatoire, Bella décida de se prêter au jeu des questions-réponses.

— C'est tellement sécurisé, expliqua-t-elle, que ça en devient presque ridicule... D'abord, vous avez à signer un reçu mentionnant votre nom et votre numéro d'identification. Ensuite, vous posez l'index sur un scanner qui vérifie vos empreintes, afin d'être sûr que personne d'autre que vous ne puisse avoir accès à votre coffre.

— Devez-vous fournir, à un moment quelconque de ce processus, une pièce d'identité ?

Bella secoua la tête.

— Le nom, le code et l'empreinte suffisent.

— Y a-t-il un risque que des employés de la banque vous reconnaissent ?

— Avec ma nouvelle garde-robe et ma nouvelle coupe, dit-elle en se passant une main sur la tête, cela m'étonnerait beaucoup. Pourtant, par précaution, je préfère éviter d'aller retirer l'argent avant d'avoir les papiers nécessaires pour quitter le pays.

— Bien ! s'exclama Dan en se levant soudain. Dès demain, nous nous occuperons donc d'obtenir votre nouveau permis de conduire. Grâce à lui, vous pourrez vous procurer une ou deux cartes de crédit, une carte de bibliothèque — enfin bref, tout ce qui pourra vous permettre d'établir légalement l'existence de Bella Gibson. Ensuite, il ne vous restera plus qu'à déterminer où vous voulez aller et à récupérer votre argent à la banque.

Abasourdie, Bella le vit coiffer fermement sa casquette et se diriger d'un pas résolu vers la porte. Sur le seuil, il se retourna vers elle. Son visage était de marbre, et c'est d'une voix parfaitement égale qu'il lui annonça :

— Vous pourrez partir quand vous voudrez. Vous n'êtes plus liée par notre accord. En ce qui me concerne, je considère qu'il est caduc...

Alors seulement, tout s'éclaira pour elle, et Bella comprit que depuis le début de leur conversation il n'avait cherché qu'à en arriver là. En fait, ils n'avaient jamais cessé de parler de cet embarrassant baiser de minuit... Il était clair à présent que Dan Gibson en avait assez de sa présence encombrante, et qu'il souhaitait la voir partir aussi vite que possible de chez lui.

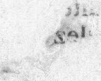

13.

Contrairement à bon nombre de ses collègues, Eric Matthias s'arrangeait toujours pour que son bureau demeure en permanence net et parfaitement rangé. Maniaque impénitent et travailleur infatigable, il était souvent l'un des premiers arrivés à l'hôtel de police d'Austin, et l'un des derniers partis. Ses chefs, il le savait, ne cessaient de vanter ses mérites de « policier modèle, dont beaucoup feraient bien de s'inspirer ».

En cette période trouble où les nécessités de sa vie privée allaient à l'encontre des impératifs de sa vie professionnelle, Eric faisait tout son possible pour continuer à mériter cette confiance et ne pas attirer l'attention sur lui. Aussi, en jetant un nouveau coup d'œil à l'individu qui se balançait négligemment sur le siège pivotant placé de l'autre côté de son bureau, il sentit une nouvelle bouffée de colère monter en lui.

Bedonnant et débraillé, son visiteur était habillé d'un pantalon kaki à la propreté douteuse et d'une chemise à carreaux trop petite, dont les boutonnières bâillaient sur son ventre nu. En dépit de l'air conditionné, l'homme transpirait abondamment. De larges auréoles maculaient sa chemise aux aisselles, et il ne cessait, d'un revers de main distrait, d'essuyer sur son front les filets de sueur qui s'y formaient.

Les doigts croisés sur le plateau de son bureau, droit

comme un i dans son fauteuil capitonné, Eric attendit d'avoir recouvré son calme pour lui adresser la parole.

— Manny? demanda-t-il d'une voix glaciale. Qu'avions-nous convenu, la dernière fois que nous nous sommes vus?

Mal à l'aise, l'homme fit de gros efforts pour se redresser. Lorsqu'il prit la parole, ce fut d'une voix haut perchée, surprenante pour quelqu'un de sa corpulence.

— Tu m'avais demandé, répondit-il, de ne jamais venir à ton bureau. Tu disais que si j'avais des nouvelles à te communiquer, je devais t'appeler chez toi.

— Dans ce cas, reprit Eric en hochant la tête d'un air satisfait, que fais-tu ici?

De plus en plus mal à l'aise, le visiteur se tortilla nerveusement sur son siège.

— Ce n'est pas ma faute! protesta-t-il sans conviction. Cela fait trois jours que j'essaie de te joindre, mais tu n'es jamais là... Et ce n'est pas à toi que je vais apprendre combien il peut être imprudent de confier des secrets à un répondeur. Imagine la tête que feraient tes supérieurs s'ils finissaient par apprendre que tu paies un détective privé pour retrouver la trace de ton ex-femme, morte la semaine dernière dans un accident de voiture...

Pour faire bonne mesure, il assortit ses paroles d'un clin d'œil appuyé, qui laissa Eric de marbre.

— Ce n'était pas une raison pour débarquer à l'improviste de San Antonio et pour te pointer en plein jour à mon bureau.

— Quand tu auras entendu ce que j'ai à te dire, reprit l'autre d'un air mystérieux, tu ne diras sans doute plus la même chose...

Poussant un soupir exaspéré, Eric se leva d'un bond pour aller verrouiller la porte.

— Je te préviens, menaça-t-il en venant se rasseoir, si tu veux continuer à travailler pour moi en sortant d'ici, tes tuyaux ont intérêt à être bons... Je t'écoute.

Gonflé d'importance, Manny fit durer le suspense quelques instants.

— J'ai réussi à me faire une amie à la banque où la famille Delgado conserve son argent, expliqua-t-il enfin.

— Une amie ? s'étonna Eric, sourcils froncés.

Une expression lascive passa fugitivement sur le visage bouffi du détective privé.

— La quarantaine, vieille fille, qui vit seule avec sa mère : tu vois le genre. Deux ou trois rendez-vous, une boîte de chocolats, un bouquet de fleurs à son bureau et le tour était joué.

— Heureux pour toi que tu te paies du bon temps. Mais vois-tu, j'ai du mal à me sentir concerné par tes histoires de cœur...

— Ma fiancée, reprit Manny, m'a appris qu'Isabel avait un coffre dans la banque où elle travaille. Et tu sais quoi ? Elle est certaine de l'avoir vue utiliser ce coffre à peine deux jours avant que ton ex-épouse ne fasse faire à sa Mercedes un petit plongeon...

Transporté de joie à cette nouvelle, Eric se garda bien de le manifester. Il continua de faire rouler machinalement un stylo entre ses doigts. Pourtant, son cerveau s'activait déjà pour examiner toutes les implications de cette nouvelle.

Interprétant le silence de son employeur comme un encouragement à poursuivre, le détective privé reprit son récit.

— Angie — c'est le nom de mon amie — travaille dans un bureau vitré près de la salle des coffres. De là, elle peut voir passer tous les clients qui se font escorter pour s'y rendre.

— Et si ton amie voit passer Isabel, compléta Eric avec un sourire carnassier, elle s'empressera de t'appeler pour te le faire savoir. Qu'as-tu dit à cette Angie pour expliquer l'intérêt que tu portes à ma femme ?

— J'ai prétendu qu'elle était mentalement dérangée,

qu'elle s'était enfuie de chez elle, et que sa famille voulait la récupérer avant qu'il ne lui arrive malheur.

Mécontent de ce qu'il venait d'entendre, Eric fusilla du regard son vis-à-vis.

— Ce n'est pas très malin, Manny... A combien de personnes ton Angie va-t-elle raconter cette histoire, à ton avis ?

— A personne ! protesta-t-il avec véhémence. Tu n'as pas l'air de saisir à quel point cette femme est dingue de moi... Je lui ai expliqué que je travaillais pour la famille Delgado, et que je perdrais aussitôt mon travail si la nouvelle venait à s'ébruiter. Crois-moi, je la tiens par les sentiments... Je sais qu'elle ne dira rien.

Eric, qui avait du mal à s'imaginer que Manny pût séduire quelque femme que ce soit, se laissa aller à un petit sourire méprisant. Pourtant, en dépit de la répugnance que lui inspirait le personnage, sa réputation professionnelle était sans faille et il décida de lui faire confiance.

— Tu vas avoir besoin d'embaucher quelqu'un pour t'aider, dit-il en ouvrant un tiroir, dont il sortit un carnet de chèques. Le mieux serait de louer un local voisin de la banque et d'y installer une planque. Je veux qu'il y ait quelqu'un en permanence pour surveiller les entrées et pour attendre le coup de fil de ton amie. Voilà pour tes premiers frais.

Avec avidité, Manny saisit le chèque qu'il lui tendait.

— T'inquiète pas, dit-il en vérifiant la somme à quatre chiffres qu'Eric venait d'y inscrire. Dès que ta belle se pointe au guichet, je lui mets le grappin dessus.

— Surtout pas, imbécile !

Le cri avait jailli de lui-même. Eric, presque aussi effrayé que son interlocuteur, attendit de s'être calmé avant de reprendre :

— Ce que je veux, c'est que tu la prennes en filature. Tu dois découvrir l'endroit où elle se cache.

— Mais..., protesta Manny, le souffle court. Cela risque de nous faire perdre sa trace ! Ne serait-il pas plus simple de...

— A la gare routière d'Abilene, poursuivit Eric sans lui prêter attention, c'est un homme, jeune et bien de sa personne, selon l'employé, qui est venu rendre la clé de la consigne. Je veux...

Constatant qu'une brume rougeâtre commençait à lui brouiller la vue, Eric s'empressa de fermer les yeux et de respirer calmement. Peu à peu, il sentit la morsure familière de la jalousie relâcher son emprise.

— Je veux savoir qui est cet homme, Manny, dit-il en rouvrant les paupières. Je veux savoir où il vit, si elle vit avec lui, et ce à quoi je dois m'attendre avant d'aller lui parler.

Le visage habituellement congestionné de son interlocuteur avait brusquement pâli. Sortant de sa poche un grand mouchoir froissé, il s'épongea longuement le front.

— Tu sais, Eric..., commença-t-il d'une voix geignarde, en évitant son regard. Je ne voudrais pas être impliqué dans quelque chose qui... Enfin tu me comprends.

— Tout ce que tu as à faire, c'est de la retrouver et de la prendre en filature. Le reste, je m'en charge.

Loin d'apaiser les craintes de Manny, ces mots semblèrent au contraire les raviver. Manifestement effrayé, il le fixait en hochant la tête d'un air dubitatif. Conscient qu'il devait faire quelque chose pour le rassurer, Eric se leva en souriant et vint poser une main sur son épaule, malgré la répugnance que ce contact lui inspirait.

— Tu as fait du bon boulot, mon vieux. Je t'en suis très reconnaissant.

Eric raccompagna son visiteur à la porte, qu'il referma à clé soigneusement derrière lui. Puis, regagnant son bureau, il repêcha dans sa poche de poitrine une petite clé plate, avec laquelle il déverrouilla un coffre métallique rangé au fond du dernier tiroir. Sur la photo du passeport d'Isabel qu'il y récupéra, il laissa longuement son regard s'attarder.

— Mon amour..., murmura-t-il. Je t'ai enfin retrouvée... Si tu savais comme j'ai hâte de te revoir !

Sans pouvoir rien faire pour s'en défendre, Eric se sentit glisser dans une sorte d'état second. Lorsqu'il en émergea, il contemplait toujours fixement le passeport, que ses doigts agrippaient désespérément. Il n'aurait su dire si deux minutes ou deux heures s'étaient écoulées, mais dehors, la nuit était presque tombée. Précipitamment, comme si le petit livret plastifié lui brûlait les doigts, il le rangea dans le coffre et le remit en place.

Un peu effrayé, il songea que la fréquence de ces absences commençait à devenir inquiétante. Jusqu'à quand saurait-il rester maître de ses émotions ? Et comment réagirait-il lorsqu'il se trouverait confronté à Isabel, surtout s'il devait souffrir de la présence auprès d'elle d'un autre homme ?

Ce couard de détective privé avait raison d'avoir peur... Pour avoir eu maintes fois à intervenir dans des conflits familiaux, Eric savait à quel point ceux-ci peuvent à tout moment dégénérer dans la violence ou même dans le sang...

Pour la première fois depuis des lustres, Eric se prit à douter du bien-fondé de son action et à envisager les répercussions désastreuses que celle-ci pourrait avoir sur sa carrière. Peut-être, au fond, ferait-il mieux de prendre rendez-vous avec un psychologue ? Mais la première chose que celui-ci lui demanderait, il le savait, ce serait de renoncer à poursuivre Isabel et de la laisser tranquille, ce qui était pour lui absolument hors de question.

Comme un prisonnier puise dans la perspective de retrouver un jour la liberté la force de supporter sa peine, il avait un besoin vital de la revoir. Alors, il ferait en sorte de lui faire comprendre à quel point ils étaient faits l'un pour l'autre. Comment pouvait-elle encore en douter, quand son père et son frère eux-mêmes en étaient convaincus ?

De toute façon, la chance de la retrouver que Manny venait de lui apporter sur un plateau était trop belle pour être négligée. S'il ne s'en saisissait pas tout de suite, Isabel lui échapperait pour toujours. Et cela, jamais Eric ne pourrait le supporter...

La journée touchait à sa fin lorsque Dan et Bella quittèrent Crystal Creek pour regagner la ferme. Josh était installé à l'arrière dans son siège baquet, et pour la première fois Bella avait pris le volant. Dan, assis à ses côtés sur le siège passager, goûtait au plaisir de se laisser conduire et de pouvoir tout à son aise admirer le paysage.

Se retournant pour vérifier par-dessus son épaule que la ceinture de son fils était convenablement bouclée, il lui adressa un clin d'œil complice.

— Burger, burger ! s'exclama aussitôt celui-ci, pointant du doigt un gros sac décoré aux armes d'une chaîne de fast-food, posé sur la banquette.

Souriant de le voir tellement réjoui, Dan tendit le bras pour remettre un peu d'ordre dans ses cheveux. Comme son père, Josh était doté d'une chevelure dont les mèches rebelles ne se laissaient pas facilement domestiquer.

— Bella est en vacances, lui expliqua-t-il. Pour elle, pas de dîner à préparer. Ce soir, menu de fête en son honneur...

— Fête ! répéta Josh, satisfait, en agitant les jambes avec frénésie. Fête pour Bella !

Du coin de l'œil, Dan observa la réaction de la conductrice. Loin de s'amuser de la joie innocente de Josh, comme elle l'aurait fait en temps ordinaire, celle-ci paraissait tendue et n'avait pas ouvert la bouche depuis leur départ. Ses cheveux courts dressés en mèches folles

185

tout autour de son crâne accentuaient encore cet air de gamine malheureuse, qui ne quittait plus son visage depuis la veille.

— Que vous arrive-t-il? demanda Dan, un peu agacé. Vous devriez être heureuse, vous avez obtenu votre permis du premier coup!

— Cette femme..., répondit-elle sans le regarder. Quel était son nom, déjà?

— Quelle femme?

— La femme aux longs cheveux, qui m'a fait passer l'examen.

— Stella Metz, répondit Dan, se demandant où elle voulait en venir.

— C'est cela, reprit Bella. Eh bien, votre Stella m'a fait comprendre qu'à son avis j'aurais bien besoin de quelques leçons de conduite... Elle a ajouté qu'elle ne me donnait le permis que pour rendre service à votre cousine, et n'a cessé de se plaindre que je ne puisse fournir aucun papier d'identité, même après avoir téléphoné à Betty.

— Voyons, Bella, protesta Dan. Stella peut se montrer tatillonne, comme tout fonctionnaire, mais l'essentiel est que vous ayez votre permis, non?

Les joues de Bella s'empourprèrent.

— Selon elle, s'insurgea-t-elle d'une voix indignée, je suis incapable de faire un créneau convenable! Pourtant, je suis une très bonne conductrice. Et je n'ai jamais raté le moindre créneau...

De plus en plus intrigué par son attitude, Dan continuait de s'amuser à la dérobée de sa fureur difficilement contenue.

— Vous savez ce que je pense? reprit-elle aussitôt. Je pense qu'en fait elle est jalouse. Elle n'a pas cessé de chercher à savoir depuis combien de temps je vous connais, comment nous nous sommes rencontrés, et autres choses du même genre... A l'évidence, cela la rendait verte de rage. Pour moi, il ne fait aucun doute que cette femme est folle de vous.

— Stella Metz ! s'écria Dan, partagé entre le rire et l'étonnement. Folle de moi ?

Manifestement agacée par son incrédulité, Bella le toisa de ce beau regard doré qui suscitait l'étonnement de Dan chaque fois qu'il le croisait.

— Depuis quand la connaissez-vous ?

Dan haussa les épaules.

— Je crois que je l'ai toujours connue... Nous allions à l'école ensemble. Mais jamais de la vie je n'aurais pensé que...

— Cette femme est folle de vous, répéta-t-elle, l'air sombre. Les hommes ne se rendent jamais compte de ce genre de choses... J'ai failli lui dire de ne pas s'inquiéter, que ce mariage ne signifiait rien pour nous et qu'elle aurait de nouveau toutes ses chances dès je serai partie.

— Bella..., reprit Dan calmement, sans la quitter des yeux. Si vous me disiez à présent ce qui ne va pas ?

— Tout va bien ! s'écria-t-elle sèchement. J'ai obtenu mon permis : faisons la fête et n'y pensons plus.

— Bella...

Agacée par son insistance, elle le fusilla du regard, le temps d'une seconde. Mais dès que ses yeux se posèrent sur lui, l'expression d'une grande inquiétude passa sur son visage.

— Vous avez l'air si fatigué..., dit-elle d'une voix misérable. Quand je pense que c'est ma faute, je me sens tellement coupable !

— Votre faute ? répéta-t-il sans paraître comprendre.

En hâte, Bella jeta un œil dans le rétroviseur pour voir ce que faisait Josh. Heureusement, celui-ci semblait bien trop occupé à jouer avec la boucle de sa sandale pour prêter attention à leur conversation.

— Oui, ma faute ! reprit-elle, un ton plus bas. Alors que vous travaillez toute la journée comme une brute, vous ne pouvez même pas compter sur une bonne nuit de sommeil pour récupérer... Hier, vous avez attendu la moitié de la nuit dans votre fauteuil que je sois endormie pour venir vous coucher. Osez me dire le contraire !

— Ce n'est pas une si mauvaise chose..., répondit-il, sans parvenir à dissimuler son embarras. Je me suis endormi devant la télé. Ainsi, j'ai dormi deux fois au lieu d'une !

Loin de la faire rire, cette pauvre plaisanterie sembla au contraire renforcer sa mauvaise humeur.

— De quoi avez-vous peur ? Que je vous saute dessus ?

— Que je sache, ce n'est pas vous qui avez commencé à...

Sans lui laisser le temps d'achever sa phrase, Bella frappa violemment le volant du plat de la main et marmonna quelques mots indistincts entre ses dents. Peu habitué à de telles manifestations de colère de sa part, Dan la dévisagea quelques instants, médusé.

— Quand pourrai-je utiliser votre véhicule pour faire un saut à San Antonio ? finit-elle par demander, rompant de manière abrupte le silence.

— Vous aviez l'intention de le faire bientôt ?

— Comme vous l'avez souligné vous-même, dit-elle d'une voix dans laquelle affleurait l'amertume, inutile de faire durer plus longtemps cette situation embarrassante...

Les yeux fixés sur la route qui défilait derrière le pare-brise, Dan réfléchit quelques secondes avant d'annoncer :

— Je vais avoir besoin de la camionnette pour rentrer les foins, au cours des jours à venir. Mais dès le début de la semaine prochaine, vous pourrez la prendre quand vous voudrez.

— Vous pourrez vous occuper de Josh, durant mon absence ?

Le cœur lourd, Dan lui lança un regard surpris.

— C'est ce que je faisais bien avant votre arrivée, vous ne croyez pas ?

Rouge de confusion, Bella lui adressa un pâle sourire d'excuse.

— Pardonnez-moi..., répondit-elle d'une voix radoucie. Ce n'est pas ce que je voulais dire.

Tandis qu'ils longeaient l'enclos aux autruches de Bubba et Marie, un silence gêné retomba dans l'habitacle. Bella, la première, se risqua à le rompre.

— Votre ex-femme..., commença-t-elle prudemment, de toute évidence embarrassée par la question qu'elle s'apprêtait à poser. Lui arrive-t-il de donner signe de vie aux enfants ?

— Annie est très prise par sa carrière, répondit Dan d'une voix égale. Souvent, il s'écoule plus d'un mois entre ses coups de fil. Les enfants y sont habitués, vous savez...

En un geste de profonde incompréhension, Bella secoua longuement la tête.

— Et quand elle vient leur rendre visite, reprit-elle au bout d'un moment, cela doit être très dur pour eux de la voir les quitter de nouveau...

Avant de répondre, Dan la considéra quelques instants d'un air songeur.

— Ne la jugez pas trop durement, dit-il enfin. Contrairement aux apparences, Annie est une femme généreuse, qui aime ses enfants à sa façon. D'une certaine manière, elle n'est jamais tout à fait devenue adulte, ce qui lui permet d'être très proche d'eux lorsqu'elle vient les voir. Mais au bout d'un moment, même eux semblent dépassés par tant d'insouciance et de légèreté... En fait, lorsqu'elle leur fait ses adieux au bout de deux ou trois jours, je pense qu'ils sont bien plus soulagés que peinés de la voir repartir pour Nashville.

Bella, qui avait manœuvré pour se garer près de l'arrêt du car de ramassage scolaire, manifesta de nouveau son incompréhension par une moue dubitative.

— J'envie votre largesse d'esprit, dit-elle. Pour ma part, il m'arrive de penser qu'il faut être un monstre d'insensibilité pour négliger ses enfants ainsi.

— Détrompez-vous, répondit Dan, sans s'offusquer de la violence d'un tel jugement. Annie n'est pas un monstre. Elle n'est pas faite pour être mère, voilà tout...

L'apparition au détour de la route du gros autocar jaune dans lequel embarquaient Chris et Ellie matin et soir vint mettre un terme à leur conversation. Lorsqu'elles en descendirent en courant pour les rejoindre, Dan les aida à grimper à l'arrière de la camionnette. Dans le rétroviseur, Bella adressa aux deux petites filles un sourire de bienvenue, puis remit le contact et embraya en douceur pour parcourir les quelques centaines de mètres qui les séparaient de la ferme. Au bout du chemin bordé d'arbres qui y menait, elle gara le véhicule près de la grange et sauta prestement sur le sol.

Chris, qui avait sauté d'un bond par-dessus la ridelle, la rejoignit aussitôt, aussi excitée que Gypsie, qui bondissait en frétillant de la queue autour d'elles.

— Tu l'as eu, dis, tu l'as eu ? lui demanda la petite fille, au comble de la curiosité.

Prenant un air mystérieux, Bella plongea la main dans son gilet. Avec un sourire triomphant, elle en retira le permis de conduire tout neuf, qu'elle brandit solennellement.

— Je le savais ! s'exclama la petite fille en sautillant de joie. J'étais sûre que tu l'aurais du premier coup... Ellie ! Regarde ça : Bella a eu son permis.

— Super..., marmonna celle-ci en passant près d'elles, plus morose et renfermée que jamais.

Sans les attendre, elle se dirigea vers la maison, lançant par-dessus son épaule :

— P'pa... Où as-tu rangé mon petit sac à dos rouge ?

— Dans le grenier, je crois, répondit Dan. Pourquoi, tu en as besoin ?

Sans prendre la peine de répondre, Ellie, vive comme l'éclair, disparut dans la maison. De l'habitacle de la camionnette, où Chris était allée chercher Josh, un cri de joie retentit.

— Chouette ! Des hamburgers...

— C'est une idée de Dan, expliqua Bella. Il a pensé que nous pourrions fêter ainsi mon nouveau permis.

Chris se précipita vers son père et enserra affectueusement sa taille de ses bras.

— Je t'aime, papa ! dit-elle en levant vers lui deux grands yeux brillants.

Puis, se retournant vers Bella, elle s'empressa d'ajouter timidement :

— Et je t'aime aussi, Bella. Je vous aime pareil, tous les deux...

— T'aime ! babilla Josh en écho, enserrant de ses bras les jambes de Bella, pour imiter sa sœur. 'Pa et Bella...

Caressant doucement les cheveux de sa fille, Dan leva les yeux et surprit le regard mouillé de larmes que Bella posait sur eux. Aussitôt, elle s'empressa de tourner la tête, pas assez vite cependant pour lui cacher la grande tristesse que trahissait son visage. Le désir de la serrer dans ses bras et de couvrir ses yeux, ses joues, sa bouche, son cou, d'une multitude de baisers s'empara de nouveau de lui. Cette nuit encore, songea-t-il amèrement en entraînant vers la maison sa petite famille, son fauteuil serait pour lui le seul refuge où se protéger du désir impérieux qui ne le quittait plus.

14.

Depuis quelques minutes, plus aucun bruit ne se faisait entendre dans la maison. Posant son livre ouvert sur sa table de chevet, Ellie repoussa ses draps et se rendit à la fenêtre, où elle écarta délicatement deux lames du store vénitien.

Le clair de lune éclairait les alentours de la ferme, dessinant au pied des arbres de grandes ombres noires, et repeignant de blanc leur feuillage raréfié, doucement agité par le vent. La joue pressée contre les lames du store, Ellie devina sur sa droite, quoique masquée en partie par le claustra où prospérait une vigne vierge, la silhouette indistincte de son père.

Tout à l'heure, quand Bella avait couché les deux petits avant de rejoindre elle-même son lit, elle l'avait entendu aller et venir un bon moment dans la cuisine. Finalement, il était sorti sans faire de bruit sur le porche, où il était installé à présent dans un des fauteuils en cèdre, la tête abandonnée contre le dossier et la main serrée autour d'un verre posé sur l'accoudoir. Alors qu'il avait donné l'impression durant tout le repas de tomber de fatigue, pourquoi ne rejoignait-il pas sa femme ?

Avec une grimace de colère, Ellie sentit pour la millième fois s'insinuer dans sa mémoire les images révoltantes que Cody Pollock avait osé évoquer. Frémissante de dégoût, elle s'empressa de regagner son lit. Mais après un bref instant d'hésitation, plutôt que de s'y recoucher, elle s'agenouilla pour récupérer le petit sac à dos rouge qu'elle avait glissé sous le sommier.

Puis, après l'avoir ouvert et posé sur le matelas, elle se dirigea d'un pas décidé vers sa commode et en ouvrit tous les tiroirs. Songeuse, elle plongea les mains au hasard dans les piles de linge, sans parvenir à se décider. Puisqu'elle partait pour ne plus revenir, comment allait-elle faire entrer toutes les affaires auxquelles elle tenait dans un si petit bagage ?

De manière ferme et définitive, sa décision était prise et son plan arrêté. Lundi, elle profiterait de ce que le planning habituel de sa classe était bousculé par une « journée de décloisonnement » pour prendre la poudre d'escampette. Pendant que ses camarades vaqueraient de salle en salle, elle s'arrangerait pour sortir discrètement de l'établissement et gagner la gare routière.

Par bonheur, celle-ci n'était située qu'à quelques pâtés de maisons du collège, et elle espérait être grimpée dans le bus 93 avant que quiconque eût signalé sa disparition. L'isolement dans lequel elle se maintenait habituellement faciliterait sans doute les choses. Depuis que Cody la harcelait, elle était tellement accoutumée à passer inaperçue qu'on ne s'aviserait de son absence qu'en toute fin de journée, lorsque Chris monterait dans le car sans la voir arriver. Et à cette heure-là, sans doute aurait-elle déjà franchi les frontières du Texas...

Soudain frappée par la gravité du geste qu'elle s'apprêtait à accomplir, Ellie se figea sur place, une pile de T-shirts dans la main. La perspective de sa fugue était d'autant plus angoissante qu'elle ne s'était plus sentie aussi bien chez elle depuis fort longtemps. Il fallait bien l'avouer, la vie était beaucoup plus plaisante à la ferme depuis que Bella y avait fait son apparition. Comme transformées par un coup de baguette magique, toutes les pièces demeuraient propres et bien rangées. Chaque soir, ils pouvaient compter sur de véritables repas, variés et souvent délicieux. Quant à Josh, toujours gai et débordant d'entrain, il était véritablement métamorphosé...

Bien sûr, officiellement, Ellie était toujours révoltée par le mariage surprise de son père avec cette inconnue. Mais en son for intérieur, elle ne pouvait manquer de comprendre comment il était d'un coup tombé sous son charme. En dépit de toutes les préventions qu'elle avait pu nourrir contre elle, Ellie avait fini par succomber à cette séduction innocente que Bella dégageait sans même s'en apercevoir.

Ce qu'elle appréciait le plus chez elle, c'était sa présence et son authenticité. Contrairement à bon nombre d'adultes, qui faisaient semblant de s'intéresser aux enfants, on sentait qu'elle était heureuse de s'occuper de Josh et de Chris, de rire, de chanter, de jouer et de discuter avec eux. La façon dont son visage s'illuminait de fierté quand leur père lui adressait un compliment était également quelque chose de beau à voir, comme un paysage brusquement illuminé par un rayon de soleil perçant les nuages...

Haussant les épaules, Ellie se renfrogna et se hâta d'aller fourrer dans son sac sa pile de T-shirts. Dans sa situation, il était ridicule de se laisser aller à de telles pensées. Elle ne devait pas oublier que son père leur avait imposé la présence de cette femme sans même leur demander leur avis ! Et par-dessus tout, il fallait absolument ne pas oublier Cody Pollock... De jour en jour, il se montrait avec elle plus odieux, plus pressant, plus menaçant. Le mariage de Dan Gibson semblait avoir galvanisé sa folie. Dans les couloirs, dans la cour, à la sortie du collège, il ne manquait plus une occasion de la poursuivre pour lui murmurer à l'oreille des insanités sur ce qui se passait, la nuit, dans le lit de son père et de sa nouvelle femme.

Ses menaces de moins en moins voilées de lui faire

subir le même sort étaient d'autant plus terrifiantes qu'Ellie ne comprenait pas la moitié de ce qu'il disait. Pourtant, il ne lui en fallait pas plus pour saisir que ce garçon était dangereux, et que si elle ne s'arrangeait pas pour mettre entre elle et lui le plus de distance possible, il finirait un jour par mettre ses menaces à exécution. Alors, elle n'aurait plus d'autre choix pour se défendre que de le tuer... Et pour ne pas avoir à en arriver à ce geste extrême, dont la seule idée la remplissait de nausée, il ne lui restait plus qu'à fuir. Entre deux maux, il lui fallait choisir le moindre.

Deux coups timides frappés contre sa porte vinrent interrompre brusquement ses pensées. Affolée, Ellie tenta précipitamment de refermer le sac à dos pour le glisser sous son lit. Mais avant qu'elle eût pu le faire, la porte s'ouvrit et Bella apparut sur le seuil.

— Ellie..., commença-t-elle prudemment. Désolée de te déranger, mais j'ai vu de la lumière sous ta porte et je me demandais si tu...

Durant quelques secondes, les yeux de Bella, écarquillés de surprise, ne cessèrent d'aller et venir entre le sac à dos posé sur le lit et la commode aux tiroirs grands ouverts. Finalement, elle pénétra dans la pièce, referma la porte derrière elle, et fit quelques pas dans sa direction.

— Qu'est-ce que tu fais ? demanda-t-elle calmement, sans quitter des yeux le visage fermé d'Ellie.

— Je fais du tri dans mes affaires..., improvisa-t-elle. Je veux savoir ce qui me va encore et ce que je peux donner à Chris. Elle grandit sans arrêt en ce moment...

Mise au supplice par le regard perçant de Bella posé sur elle, Ellie retourna à la commode, dans laquelle elle fit semblant de reprendre son tri. Les yeux de la jeune femme, emplis d'une sollicitude inquiète, l'intimidaient terriblement et semblaient lire en elle à livre ouvert.

— Quelque chose ne va pas ? reprit Bella. S'il y a quoi que ce soit que je puisse faire pour t'aider...

Comme soudain délivrée d'une malédiction par cette voix douce et persuasive qui lui proposait son aide, Ellie fut saisie par l'envie impérieuse de tout dire : les mots sales et dégradants dont Cody ne cessait de l'abreuver, la terreur dans laquelle ses menaces la plongeaient, la nécessité de fuir à Nashville pour lui échapper, l'angoisse d'avoir à entreprendre seule ce voyage et de ne trouver à son arrivée qu'une mère réticente...

— S'il y a le moindre problème, insista Bella, je serais heureuse d'en discuter avec toi...

Et dès que leur petite conversation serait terminée, songea Ellie, reprenant fermement le contrôle d'elle-même, elle s'empresserait d'aller tout répéter à son mari... La seule idée que son père pût entendre ne serait-ce qu'un dixième de ce que Cody Pollock menaçait de lui faire suffisait à la remplir de honte. Cela, jamais elle ne le supporterait.

— Il n'y a aucun problème, répondit-elle enfin, de manière aussi naturelle que possible. Et si c'était le cas, de toute façon, pourquoi je vous en parlerais, puisque vous iriez aussitôt tout répéter à mon père ?

— Je ne dirai jamais rien à ton père que tu ne veuilles lui dire toi-même, assura-t-elle aussitôt. Je te le jure.

Bella était tellement convaincante qu'il était tentant de la croire... De nouveau, Ellie se sentit hésiter. Mais en songeant aux murmures obscènes de Cody, à l'opiniâtreté avec laquelle il la poursuivait, la peur fut la plus forte. Une fois encore, il lui parut évident qu'elle était prise au piège, et que la seule façon pour elle d'y échapper était de fuir.

Refermant les tiroirs de la commode d'un geste sec, elle regagna son lit, glissa le sac à dos sous le sommier, et se faufila sous les couvertures.

— Finalement, dit-elle sur un ton dégagé, la plupart de ces affaires me vont encore. Chris devra attendre avant de les avoir...

Un bref coup d'œil à Bella lui suffit pour comprendre que celle-ci ne paraissait pas disposée à s'éclipser.

— Bonne nuit, dit-elle en relevant le drap jusqu'à son menton.

Et pour faire bonne mesure, elle ajouta :

— Je voulais aussi vous dire que je suis contente, pour votre permis...

Surprise, Bella lui adressa un de ces sourires timides qui lui étaient coutumiers.

— Merci, Ellie, répondit-elle en se dirigeant vers la porte. C'est très gentil à toi de me dire cela.

Debout sur le seuil, elle paraissait sur le point d'ajouter quelque chose, mais Ellie s'empressa d'éteindre sa lampe de chevet pour l'en dissuader.

— Bonne nuit, murmura Bella en refermant doucement derrière elle. A demain...

Pour mettre fin à la conversation, Ellie lui tourna le dos et fit face au mur.

— C'est cela, marmonna-t-elle entre ses dents. A demain...

Bella avait pensé découvrir Dan dans le salon dans son fauteuil, mais ne l'y trouvant pas, et constatant que la cuisine était vide, elle poussa la porte et la moustiquaire pour sortir sur le porche. Assaillie par la fraîcheur de la nuit, elle frissonna et serra les bras contre sa poitrine. Heureusement, les pierres plates du dallage irradiaient encore sous ses pieds nus la chaleur qu'elles avaient accumulée durant la journée.

Rapidement, ses yeux s'accoutumèrent à l'obscurité, et elle devina, sur sa gauche, la silhouette massive du fauteuil dans lequel Dan semblait assoupi.

— Dan ? murmura-t-elle en s'approchant de lui.

Réveillé précipitamment, il sursauta et se redressa sur son siège.

— Que se passe-t-il? bredouilla-t-il. Un problème avec les enfants?

— Josh et Chris dorment comme des souches, s'empressa-t-elle de préciser. Ellie était encore éveillée il y a une minute, mais elle a éteint sa lumière, à présent.

Bella hésita quelques instants. Devait-elle lui parler de ce sac posé sur le lit de sa fille, et de son attitude pour le moins étrange? Elle avait promis le secret à Ellie, et il n'était pas dans ses habitudes de trahir sa parole. Même si la conduite de l'adolescente ne manquait pas d'être inquiétante, il valait sans doute mieux tenter de la convaincre, dès le lendemain, de se confier à elle, plutôt que de mettre son père dans la confidence.

— Il me semble qu'Ellie commence à s'habituer à votre présence, reprit Dan, étendant longuement bras et jambes devant lui. Vous ne trouvez pas?

Bella se laissa glisser dans le fauteuil voisin du sien. Vaillamment, elle résista à l'envie de tendre le bras pour prendre dans la sienne cette main forte et chaude qui reposait sur l'accoudoir, si proche et tentatrice.

— Il me semble aussi, répondit-elle dans un soupir. Juste à l'instant, elle m'a félicitée pour mon permis...

— Pas possible! s'exclama Dan. Vous verrez que bientôt elle vous aura adoptée, comme Chris et Josh.

Dans la pénombre, il lui était impossible de distinguer son visage, mais il paraissait évident au ton de sa voix que cette nouvelle le remplissait de joie. Le cœur serré, Bella songea que dans la perspective de son départ prochain, il valait sans doute mieux pour Ellie qu'elle reste sur ses positions et ne s'attache pas trop à elle.

Accablée de tristesse, elle laissa quelques instants ses yeux s'attarder sur le paysage nocturne. En contrebas, derrière l'écran ajouré formé par le feuillage des arbres, on distinguait le flot tranquille et immuable de la rivière, argenté par la lumière de la lune. Un doux murmure liquide s'en élevait, troublé de temps à autre par le cri d'un oiseau de nuit.

— Pourquoi ne pas venir vous coucher ? proposa-t-elle enfin, la gorge serrée par l'émotion.

— Je m'offre un dernier verre en contemplant le panorama, répondit Dan, avec le plus grand sérieux. C'est une nuit magnifique pour rester assis à penser...

— Vous pensez en dormant, maintenant ?

Malgré l'amertume que trahissait sa remarque, Bella dut de nouveau lutter contre le désir impérieux de le toucher.

— Dan..., dit-elle d'une voix pressante. Je veux que vous veniez vous coucher dans votre lit. Tout ceci est ridicule.

Dan se cantonna quelques secondes dans un silence prudent. Mais lorsqu'il lui répondit, ce fut d'une voix calme et assurée.

— Pourquoi compliquer les choses ainsi, Bella ? Allez vous coucher, et laissez-moi tranquille.

— Je n'irai pas au lit, reprit-elle avec obstination, tant que vous ne m'y suivrez pas.

Avec une acuité presque douloureuse, elle était consciente de leur trop grande proximité physique. Dans le visage de Dan, masqué par la pénombre, les yeux luisaient d'un éclat fiévreux, provoqué sans doute par le clair de lune.

— Qu'êtes-vous exactement en train de me dire ?

— Vous savez parfaitement ce que je suis en train de vous dire, répondit-elle en baissant les yeux, incapable de soutenir son regard plus longtemps.

— Pour l'amour de Dieu ! s'emporta-t-il à voix basse. Cela vous amuse, de jouer avec moi ?

Fixant de nouveau son attention sur l'ondoiement argenté de la rivière derrière les arbres, Bella rassembla tout son courage, décidée à crever l'abcès.

— C'est vous qui compliquez les choses, dit-elle. Vous êtes un homme, je suis une femme, nous partageons le même lit et nous sommes attirés l'un vers l'autre... Pourquoi ne pas en tirer les conclusions qui s'imposent ?

— Parce que vous partez la semaine prochaine.

— C'est un fait, répondit-elle, imperturbable. Mais pour l'instant, je suis encore là, et je vais vous le prouver.

Résolument, elle tendit la main vers son épaule, la massa doucement, avant de descendre en musardant du bout des doigts le long de sa poitrine et de son ventre, jusqu'à la ceinture de son jean.

— Bella..., gémit-il, le souffle court. Arrêtez tout de suite !

Mais loin de l'empêcher de continuer, il se cabra sur son siège pour se prêter à la caresse. Abasourdie par sa propre audace, le cœur battant la chamade et les joues enflammées, elle laissa sa main s'égarer vers l'entre-jambe de Dan.

— Vous en avez envie autant que moi..., murmura-t-elle. Vous ne pouvez plus prétendre le contraire, à présent.

D'un bond il fut debout. La saisissant presque brutalement aux épaules, il l'incita à se lever et l'enveloppa entre ses bras. Bella n'eut d'autre choix que de s'immerger dans le baiser fougueux qu'il lui donna. Un peu effrayée par la furieuse impétuosité de son désir, elle sentit ses lèvres caresser follement les siennes, son corps affamé se presser tout contre elle.

Plongée dans l'intimité de cet homme qu'elle désirait depuis des jours sans oser se l'avouer, Bella s'abîma avec délices dans l'odeur fraîche et masculine de sa peau, dans l'arôme du whisky dont sa langue était imprégnée, dans les frissons que lui procurait le contact de sa joue rugueuse contre la sienne. Submergée de bonheur, elle décida de s'y noyer, et se laissa emporter par un torrent de sensations délicieuses.

Alors, elle s'abandonna à son tour sans réserve à la passion qu'elle sentait bouillonner dans ses veines, et lui rendit baiser pour baiser, caresse pour caresse. Tandis que leurs mains s'aventuraient sous les vêtements à la découverte mutuelle de leurs corps, ils chuchotaient des mots incohérents, entrecoupés de profonds soupirs. En toute hâte, le souffle court, ils s'empressèrent de rejoindre leur chambre, dont Dan ferma soigneusement la porte à clé. Puis, les yeux brillant d'un désir exacerbé d'avoir été trop longtemps contenu, il la souleva sans effort dans ses bras pour la déposer sur le lit.

Jamais Bella ne s'était sentie autant affamée du corps d'un homme, même durant la brève période d'harmonie sexuelle qu'elle avait connue avec Eric. Cette nuit, elle se découvrait une vocation de libertine et s'y livrait corps et âme. Lorsque Dan s'approcha du lit, elle le happa littéralement pour se jeter sur lui. Elle ne pouvait plus se passer du contact de sa peau contre la sienne, de la douceur de son souffle mêlé au sien. Avec frénésie, elle tâtonna en gémissant dans le noir pour le débarrasser de ses vêtements, lui laissant à peine le temps de la déshabiller elle-même.

Enfin, ils furent nus sous les draps, serrés l'un contre l'autre, et Bella puisa dans ce contact un sentiment de bien-être total, de profonde sérénité. Quoique totalement neuf pour elle, le corps de Dan lui semblait étrangement familier. En laissant ses doigts cheminer sans fin le long de ces reliefs inconnus, elle comprit qu'elle en avait imaginé tous les détails, anticipé toutes les découvertes, au cours des nuits interminables passées près de lui, sans pouvoir rien faire pour le toucher. Peut-être, aussi, étaient-ils tellement faits l'un pour l'autre qu'ils ne pouvaient que se reconnaître, et non se découvrir...

Incapable de résister plus longtemps à la tentation, Bella se hissa sur le corps étendu de Dan, sur lequel elle se lova avec un soupir.

— On dirait que nos corps ont été dessinés pour se fondre l'un dans l'autre..., murmura-t-elle en déposant de petits baisers contre son oreille et dans le creux de son cou. Qu'en pensez-vous, monsieur l'ingénieur ?

202

Dan se mit à rire et laissa ses mains affamées courir le long du dos et des fesses de Bella, contre lesquelles elles se plaquèrent fermement.

— J'en pense, répondit-il, que cette complémentarité mérite de faire l'objet de tests plus poussés...

Il n'en fallut pas plus pour rallumer la passion qui couvait comme un feu mal éteint dans les veines de Bella. Soudain, avec une urgence presque désespérée, elle ne fut plus habitée que du désir impérieux de le sentir en elle. Comme dans un rêve, elle se vit s'accroupir au-dessus de son corps offert. Enfin, ils furent unis au plus profond de leur chair, et Bella sentit un frisson de plaisir secouer tout son être tandis que Dan la pénétrait.

Il avait fermé les yeux et son visage était empreint d'une expression de ferveur et de grande concentration. Les mains agrippées au matelas, il allait et venait en elle à un rythme doux et régulier, puis de plus en plus marqué et exigeant, sur lequel Bella calqua tout naturellement l'ondulation de ses hanches. Un peu affolée de la rapidité avec laquelle se consommait leur union, elle sentit, sans pouvoir rien faire pour la contenir, une vague de plaisir déferler en elle et tout submerger sur son passage.

Les bras levés, les yeux brillant de désir posés sur elle, Dan lui caressait doucement les seins, titillant savamment de son pouce les pointes durcies de ses mamelons. Cambrée sur son corps aux muscles noués par l'effort, consciente de son regard et y puisant plus de plaisir encore, Bella se laissa emporter sans retenue par un orgasme d'une grande violence. Puis, pantelante et essoufflée, elle se laissa retomber tout contre lui.

Avec une infinie tendresse, Dan l'embrassa longuement, avant de reprendre l'initiative. Sans le moindre effort, il se redressa et la prit dans ses bras pour l'allonger sur le lit. Quand ce fut fait, Bella le sentit prendre place à son tour au-dessus d'elle, et la pénétrer de nouveau, tout doucement d'abord, puis de plus en plus fort, de plus en plus vite, à la recherche de son propre plaisir. Il ne lui fallut pas longtemps pour réaliser, stupéfaite, qu'elle était sur le point d'atteindre un second orgasme, ce qu'elle n'avait jamais connu auparavant. Elle eut à peine le temps de s'en émerveiller que déjà son corps, à l'unisson de celui de Dan, s'abîmait dans les soubresauts d'une jouissance extrême.

15.

Ils restèrent longtemps étendus dans les bras l'un de l'autre. Essoufflé mais souriant, Dan avait posé sa joue contre l'épaule de Bella. Sans espoir d'y parvenir, mais heureuse de pouvoir enfin s'y essayer, elle tâcha de remettre en place la mèche rebelle qui lui barrait le front.

— Monsieur l'ingénieur, dit-elle, encore un peu haletante, j'espère que vos tests sont terminés... Parce que je ne suis pas sûre qu'une femme puisse survivre à tant de plaisir en si peu de temps !

— Ah oui ? dit-il en lui couvrant l'épaule et le cou de petits baisers. Eh bien, laissez-moi vous dire qu'en ce qui me concerne, je pourrais en supporter bien plus... Il est vrai que sur ce plan, je suis resté plutôt sur ma faim, ces derniers temps.

— Bien plus ? fit mine de s'étonner Bella en riant. Vous pouvez préciser ?

— Une centaine d'années, au moins...

Dan se redressa sur un coude. Dans la pénombre atténuée par la lumière de la lune, son visage était grave.

— Bella..., dit-il d'une voix bouleversée par l'émotion. Je t'en prie, reste avec moi. A tout problème il y a une solution. Je suis sûr que nous découvrirons un moyen de te sortir des griffes de ton ex-mari.

Bella détourna le regard, gênée et surprise qu'il la replonge aussi vite dans le dilemme devant lequel elle se trouvait placée.

— Par pitié, murmura-t-elle, je n'ai pas envie de parler de tout ceci maintenant ! Ne pouvons-nous pas être heureux, simplement, tant que c'est possible ? Prends-moi dans tes bras...

Il fit ce qu'elle lui demandait, et Bella nicha avec reconnaissance son visage contre son cou, sans pouvoir cependant ignorer la tension qui l'habitait manifestement.

— Ainsi, reprit-il, cela restera entre nous une histoire de sexe. Juste quelques heures de plaisir, et puis adieu...

Dans l'abri sûr et confortable de ces bras, où elle goûtait à une paix et à une sécurité qu'elle n'avait jamais connues, Bella s'obligea à garder le silence. A cet instant, rien ne lui aurait été plus facile que de répondre à l'attente de Dan, en cédant à sa propre envie de rester près de lui.

Avec une netteté stupéfiante, elle entrevit le bonheur qui pourrait être le leur. Elle se vit apprendre la cuisine, la couture, et toutes ces choses indispensables à une maîtresse de maison. Elle vit les enfants grandir dans la chaleur et la sécurité d'un foyer équilibré, et leur père sortir de la spirale infernale de l'endettement chronique grâce à l'argent qu'elle apporterait. Peut-être parviendrait-elle à le convaincre de reprendre ses études ? Et toutes les nuits seraient à eux, dans ce lit, pour y partager les rires, la tendresse et la passion dont ils ne parviendraient jamais à se rassasier...

Mais en arrière-plan de ces visions idylliques, qui ne la quittaient plus ces jours derniers, demeurait l'implacable réalité. Bella le savait, tôt ou tard Eric finirait par la retrouver. Et l'idée que les habitants de cette maison pussent en pâtir d'une manière ou d'une autre était plus insupportable encore que la douleur d'avoir à les quitter.

Soudain, Bella comprit qu'échapper aux griffes de son ex-mari pour refaire sa vie à l'étranger n'avait plus pour elle aucun intérêt. Quelle saveur pourrait bien avoir son existence, lorsqu'elle aurait à la vivre si loin de ceux qu'elle avait appris à aimer, sans espoir de les revoir un jour ? Ce qu'il fallait, ce qu'elle se sentait à présent le courage de faire, c'était affronter son persécuteur, loin des murs de cette maison où il ne devait jamais pénétrer...

Elle n'avait pas encore une idée très nette de la façon dont elle allait s'y prendre, mais elle trouverait dans l'amour qu'elle portait à Dan et à ses enfants la force de le convaincre de la laisser en paix. Alors seulement, elle serait libre de revenir vers eux en toute sécurité. Mais tant qu'elle n'aurait pas remporté la victoire dans ce combat incertain, elle ne pourrait laisser à Dan aucun espoir, ni lui faire aucune promesse.

Se méprenant sur les raisons de son silence prolongé, Dan poussa un long soupir.

— Tu as sans doute raison..., murmura-t-il. Je n'essaierai plus de te retenir jusqu'à ce que tu t'en ailles, la semaine prochaine.

Soulagée de ne plus avoir à argumenter pour le convaincre, Bella sentit simultanément une pointe de déception se faire jour en elle.

— Mais pour l'instant, tu es là, reprit-il en se penchant pour l'embrasser. Et je suis bien décidé à en profiter.

Bella se laissa couler avec reconnaissance dans l'infinie douceur de leur étreinte, et bientôt il n'y eut plus que leurs soupirs pour troubler le silence nocturne.

Dans la paix du petit matin, Dan regardait Bella dormir, abandonnée en toute confiance entre ses bras. Sur la blancheur de l'oreiller, son beau visage était empreint d'une telle innocence... Comment croire que la même femme s'était quelques heures auparavant livrée à leurs ébats avec tant de liberté et de passion ?

Pourtant, son corps fourbu gardait encore le souvenir des caresses audacieuses, des tendres exigences dans lesquelles elle l'avait maintes fois entraîné au cours de cette nuit. Songeant à ses murmures, à ses soupirs, à la manière franche et généreuse avec laquelle elle avait comblé — et parfois anticipé — ses moindres désirs, Dan sentit son pouls s'accélérer. Si Bella pouvait parfois donner l'impression d'être restée une timide jeune fille, il était au moins un domaine où elle lui avait prouvé qu'elle était entièrement femme. Et quelle femme !

Sentant à cette évocation son désir renaître sous la couette, Dan dut lutter contre l'envie pressante de la réveiller. Il y avait des limites au-delà desquelles l'égoïsme et la suffisance d'un homme n'avaient plus cours, et il n'avait qu'à contempler le sourire de la femme endormie près de lui pour les rencontrer... Comment pouvait-on s'acharner contre tant de grâce et de beauté, susciter la terreur sur ce visage à l'évidence fait pour le plaisir et la joie ?

En songeant au minable que Bella avait commis l'erreur d'épouser, Dan sentit ses poings se serrer. Les rares fois où il avait été exposé à des menaces — la plupart du temps, sa carrure seule suffisait à le prémunir de ce genre d'ennui — il y avait fait face de manière frontale. Depuis le collège, il était persuadé que seule la force pouvait venir à bout des individus violents.

Aussi, dès qu'il songeait à Bella et à son ex-mari, son premier réflexe était de foncer à Austin pour avoir avec Eric Matthias une petite explication d'homme à homme, afin de lui faire entendre raison. Si la vie et l'avenir de Bella n'avaient pas été en jeu, voilà ce qu'il se serait volontiers laissé aller à faire. Mais puisque la jeune femme désirait partir refaire sa vie loin du Texas, à quoi bon prendre le risque de remettre son persécuteur sur sa piste ?

Il avait beau tenter d'y penser sereinement, il avait bien du mal à se faire à l'idée que, dans quelques jours à peine, Bella serait partie. Pourtant, comment ne pas la comprendre ? Même si elle avait motivé son départ par le souci de les protéger, lui et les enfants, il suffisait de réfléchir un peu pour en découvrir les véritables raisons. Même aveuglé par l'amour qu'elle lui inspirait, il n'était pas assez sot pour s'imaginer qu'une riche héritière pût partager la vie terne et laborieuse d'un père célibataire, ayant pour toute richesse une paire de bras et une ferme criblée de dettes...

Bien sûr, la sincérité des sentiments de Bella n'était pas à mettre en cause. Du moins Dan préférait-il l'espérer... S'il n'y avait pas d'avenir commun possible entre eux, il ne fallait y voir que le caprice du destin, qui les avait fait naître de part et d'autre de la frontière qui sépare, en ce bas monde, les riches des pauvres.

Cette réalité, plus que toutes les autres, était pour lui difficile à accepter. Malgré la gentillesse, la simplicité et l'enthousiasme qu'elle devait à sa nature généreuse, Bella avait été élevée, formée, éduquée, dans un luxe dont même ses rêves les plus fous ne pourraient jamais lui donner qu'un faible aperçu... Et lui, quel genre de vie pourrait-il lui offrir, quand bien même il parviendrait à la débarrasser d'Eric Matthias et à la convaincre de rester près de lui ? Même dans les contes de fées les plus audacieux, les princesses acceptant avec joie de se transformer en Cendrillon par amour d'un homme n'étaient pas légion... Quant à envisager qu'elle mît sa fortune à leur disposition pour améliorer leur niveau de vie, l'idée en était tout simplement insupportable.

Tout compte fait, songea Dan, ils n'avaient d'autre solution que celle que Bella avait choisie, et à laquelle il lui fallait se résoudre. Le cœur en berne, il se serra un peu plus contre ce corps si tendre et si chaud, aux lignes pures et émouvantes, qui dans quelques jours ne serait plus qu'un souvenir pour lui.

**

En ce samedi matin où tout semblait lui sourire après la nuit passée dans les bras de Dan, Bella avait résolu de se lancer dans la préparation de crêpes maison. Un livre de cuisine ouvert devant elle, Chris à ses côtés en guise d'assistante, elle mettait la dernière main à la pâte. Heureusement, assis à même le sol, Josh s'amusait seul avec un camion en plastique, sans qu'il fût nécessaire de s'occuper de lui.

Alors qu'elle consultait une dernière fois la recette pour vérifier qu'elle ne s'était pas trompée, Dan fit son apparition sur le seuil de la pièce, après en avoir terminé avec ses corvées du matin. Le cœur battant, Bella risqua un œil dans sa direction, priant pour que Chris n'eût pas remarqué l'émotion qui s'était emparée d'elle.

— Qu'est-ce que vous préparez de bon ? demanda-t-il avec un grand sourire en se dirigeant vers elles.

Affectueusement, en un geste qui lui était familier, il passa ses doigts dans les cheveux de sa fille pour les remettre en place sur son front.

— On fait des crêpes ! répondit la petite fille, battant la pâte au fouet avec enthousiasme.

Les nerfs à vif, Bella sentit Dan s'approcher pour déposer contre sa nuque un baiser léger.

— Je pense que la plaque doit être assez chaude à présent..., dit-elle à Chris, essayant d'ignorer la présence troublante de l'homme qui, dans son dos, la regardait faire.

D'une main un peu tremblante, elle saisit sur le plan de travail la petite louche qu'elle avait préparée et la plongea dans le saladier.

— A présent, reprit-elle avec un clin d'œil complice à son assistante, nous n'avons plus qu'à prier le dieu des gourmands pour qu'il nous soit favorable...

Précautionneusement, elle versa la pâte sur la plaque brûlante et la regarda avec fascination s'étaler en grésillant. Ellie, qui venait à son tour de faire son entrée dans la cuisine, les rejoignit pour surveiller elle aussi les opérations. Une minute plus tard, n'y tenant plus, Bella glissa sa spatule sous la crêpe et la retourna d'un geste sec.

— Waouh! s'exclama Chris, les yeux écarquillés.

Avec le sourire et sous les applaudissements de tous, Bella contempla la surface dorée et les bords délicatement dentelés de la pâte cuite. Comme chaque fois qu'elle réussissait une recette dans laquelle elle se lançait pour la première fois, elle s'étonna du sentiment de plénitude que cette réussite lui procurait. Apparemment, le destin s'était bien trompé en la faisant naître dans un palace plutôt que dans une cuisine...

Quelques minutes plus tard, toute la famille rassemblée autour de la table mangeait de bon appétit.

— Ce sont les meilleures crêpes que j'aie jamais dégustées! décréta Dan en se tamponnant les lèvres avec sa serviette. Pas vrai, les gosses?

— Yam-Yam! s'exclama Josh en écho, les joues barbouillées de sirop d'érable.

— Je les adore! renchérit Chris sur un ton solennel, après avoir mâché consciencieusement sa dernière bouchée. Pas vrai, Ellie?

— C'est vrai..., répondit sa sœur, à la surprise générale. Elles sont vraiment bonnes.

Aussi heureuse que troublée par le compliment, Bella rendit à Dan le sourire de contentement qu'il lui adressait. Pour masquer son trouble, elle se leva avec précipitation et alla chercher le reste des crêpes qu'elle avait conservé au chaud dans le four. A son retour, elle commit l'erreur de s'appuyer d'une main sur l'épaule de Dan pour poser le plat sur la table, ce qui eut pour effet immédiat de la faire rougir jusqu'à la racine des cheveux.

Pour ne rien arranger, Dan fit semblant de se pencher à cet instant pour ramasser sa serviette, et s'arrangea, en se redressant, pour déposer une caresse furtive contre ses fesses, à l'insu des enfants. Luttant contre la langueur qu'elle sentit se répandre aussitôt dans son corps, Bella s'empressa de regagner sa place en bout de table.

— Dan..., dit-elle en évitant soigneusement son regard moqueur. Après le petit déjeuner, Chris voudrait nourrir les poneys avec toi. Pendant ce temps-là, Ellie va m'aider à faire la vaisselle. Cela t'ennuierait d'emmener Josh également ?

Après avoir soutenu quelques instants le regard inquiet que sa fille lui lançait, Dan considéra Bella d'un œil perplexe.

— Pas de problème..., assura-t-il néanmoins. Josh adore les poneys. Pas vrai, fiston ?

Pour toute réponse, le bambin désigna l'assiette de crêpes d'un doigt impatient.

— Cocore ! s'écria-t-il en battant des pieds.

Un éclat de rire général emporta toute la tablée et Bella s'empressa de resservir le petit garçon hilare, non sans embrasser au passage ses joues poisseuses de sirop. En un rien de temps, le plat de crêpes fut vidé, pour la plus grande joie de la cuisinière. Se levant de table pour prendre Josh dans ses bras, Dan vint déposer un baiser sur les lèvres de Bella, sous les yeux attendris de Chris. Puis tous trois gagnèrent la resserre pour s'y habiller, la laissant seule avec Ellie.

— Allons-y ! s'écria Bella, avec une gaieté forcée.

Un peu nerveuse, elle se dirigea vers l'évier, qu'elle remplit d'eau savonneuse, pendant qu'Ellie finissait de débarrasser la table et le plan de travail.

— Tu préfères laver ou essuyer ?

— Essuyer, répondit Ellie, d'une voix morose. Où faut-il ranger la farine ?

— Placard de droite, étagère du haut, répondit Bella, sans même relever la tête.

Après avoir déplié l'égouttoir, elle plongea dans le bac de lavage les verres et les couverts, comme le lui avait appris à le faire un livre déniché la veille au fond d'une étagère.

— J'ai fini de lire le deuxième tome de la trilogie des

Flicka..., annonça Ellie, saisissant sur l'égouttoir le premier verre à essuyer.

N'en croyant pas ses oreilles, Bella releva la tête et lui sourit timidement. C'était la première fois que la fille aînée de Dan lui adressait la parole spontanément, sans avoir à répondre à l'une de ses questions.

— Cela t'a plu? s'enquit-elle lorsqu'elle fut revenue de sa surprise.

— Encore plus que le premier tome! J'étais censée rendre le troisième à la bibliothèque lundi prochain, mais je crois que je n'aurai pas le temps de le finir avant de...

La voix d'Ellie mourut dans un murmure embarrassé. Les yeux baissés sur le torchon avec lequel elle essuyait pour la troisième fois la même fourchette, elle se détourna pour tenter de dissimuler la rougeur soudaine qui lui embrasait le front.

— Avant de quoi? insista Bella.

Avec un luxe de précautions, elle plongea une pile d'assiettes sales dans l'eau de vaisselle. Enfin, en butte au silence têtu de l'adolescente, elle se décida à risquer le tout pour le tout.

— Ellie? demanda-t-elle d'une voix prudente. Tu n'es pas en train de préparer une fugue, n'est-ce pas?

Bien qu'Ellie eût gardé le dos tourné, Bella comprit en la voyant sursauter qu'elle avait visé juste.

— C'est complètement idiot..., protesta-t-elle, la voix déformée par un léger tremblement. Pourquoi je ferais une chose pareille?

— Je pense, reprit Bella, toujours aussi prudemment, que les gens peuvent avoir des tas de raisons pour vouloir disparaître de la circulation.

— Ah oui? répondit-elle en lui faisant face, une lueur de défi dans les yeux. Par exemple?

— Eh bien...

Les sourcils froncés, apparemment absorbée par la tâche qu'elle était en train d'accomplir, Bella frotta énergiquement du bout de son éponge une tache récalcitrante sur une assiette.

— Par exemple, il m'est arrivé de devoir disparaître pour échapper à quelqu'un, de peur qu'il ne finisse par s'en prendre à moi...

Sous l'effet de la surprise, le visage d'Ellie devint aussi blanc que le torchon qu'elle manipulait.

— Comment est-ce que tu l'as su? s'écria-t-elle en s'approchant, en proie à une panique soudaine. Est-ce que quelqu'un en a parlé à papa?

Abandonnant là sa vaisselle, Bella se retourna vers elle et se sécha rapidement les doigts à l'essuie-mains.

— Parlé de quoi? demanda-t-elle, les deux mains posées gentiment sur les épaules d'Ellie pour l'encourager.

— De Cody Pollock..., bredouilla-t-elle, tête basse. Et de toutes ces choses qu'il me dit et...

La suite se perdit dans un murmure indistinct.

— Je ne sais rien de ce Cody Pollock, ajouta Bella patiemment, si ce n'est ce que m'en a dit ton père lorsque tu as eu une altercation avec lui. Mais je sais ce que cela fait d'être poursuivie sans relâche par quelqu'un, et je me suis dit en t'observant que tu devais être en train de traverser le même genre d'épreuve. J'ai raison?

Sans un mot, le visage obstinément baissé, Ellie hocha la tête.

— Que fait ce garçon pour t'embêter? Est-il violent avec toi?

Nouveau hochement de tête, plus marqué.

— Parfois, quand il est sûr que personne n'est là pour le voir, il me donne des coups de coude dans les côtes, dans les bras, ou des coups de pied dans les genoux. Mais la plupart du temps, il se contente de... dire des choses.

— Quel genre de choses?

S'agitant nerveusement d'un pied sur l'autre, comme une gamine prise en faute, Ellie prit une profonde inspiration.

214

— Les choses qu'il me ferait s'il arrivait à me coincer quelque part sans témoins...

Bella secoua la tête.

— Excuse-moi, Ellie, mais tu dois te montrer plus précise. De quoi te menace-t-il exactement?

De nouveau cramoisi, le visage de l'adolescente se décomposa. Entre ses dents, les yeux baissés sur ses chaussures, elle murmura quelque chose que Bella ne parvint pas à comprendre.

Lui souriant d'un air engageant, Bella resserra l'emprise de ses mains sur ses épaules.

— Je sais que c'est dur pour toi, s'excusa-t-elle. Mais si tu ne parles pas plus fort, je ne pourrai pas te comprendre...

Brusquement, Ellie releva vers elle un visage ravagé par la honte et la douleur, où deux yeux implorants débordaient de larmes trop longtemps retenues.

— Il menace de me faire..., s'écria-t-elle dans un hoquet. Il dit qu'il me fera la même chose que ce que papa te fait tous les soirs dans le lit!

Outragée bien plus que choquée par ce qu'elle venait d'entendre, Bella dut se cramponner à l'évier. Mais prenant rapidement la mesure de la détresse dans laquelle se débattait la fille de Dan, elle se ressaisit bien vite et s'empressa de la prendre dans ses bras. Désespérément, comme à une bouée de sauvetage inespérée, celle-ci s'agrippa à son cou, pleurant convulsivement contre sa poitrine.

Bella fit de son mieux pour la réconforter, la berçant entre ses bras et lui murmurant tout bas des mots de réconfort. Vaillamment, elle s'efforça de juguler la colère que la confession d'Ellie avait suscitée en elle.

— Ellie..., reprit-elle lorsqu'elles se furent toutes deux un peu calmées. Pourquoi n'avoir rien dit à tes professeurs?

Toujours réfugiée tout contre elle, Ellie ressemblait

bien plus, en cet instant, à une toute petite fille inconsolable qu'à l'adolescente fière et inabordable qu'elle avait connue.

— Mon professeur ne peut rien faire contre lui..., murmura-t-elle en secouant tristement la tête. M. Kilmer est bien trop gentil, bien trop pacifique. En fait, je crois qu'il a encore plus peur de Cody Pollock que moi. Il a beau n'avoir que quatorze ans, il est vraiment grand et costaud pour son âge, tu sais... Et puis, il y a ce gang qui le suit pas à pas pour faire ses quatre volontés.

— Alors pourquoi ne pas en parler au principal ? s'étonna Bella. Si quelqu'un peut faire quelque chose contre lui, c'est bien elle...

— Jamais je n'oserai en parler à Mlle Osborne.

— Mais... pourquoi ?

— Elle est..., commença Ellie en se détournant pour saisir un mouchoir dans sa poche. Si chic, si impressionnante...

— Dans ce cas, conclut Bella sur un ton décidé, c'est moi qui le ferai. Dès lundi.

De nouveau en proie à une peur panique, Ellie se redressa et lui fit face, tassée sur elle-même et les poings serrés.

— Surtout pas ! supplia-t-elle. Je ne veux pas que papa soit mis au courant. Si jamais il apprend de quoi Cody me menace, j'en mourrai de honte, Bella, je te jure que j'en mourrai !

Touchée par tant de détresse, Bella se sentait partagée entre deux logiques contradictoires. S'il était évident que Dan, en tant que père, avait le droit d'apprendre ce qui arrivait à sa fille, elle se rappelait trop bien les tourments de sa propre enfance pour ne pas comprendre ceux dans lesquels se débattait Ellie. A son âge, elle aurait sans doute été tout aussi humiliée d'avoir à mêler son père à une telle affaire...

— C'est d'accord, dit-elle finalement. Je te promets

que je ne dirai rien à ton père. Je me contenterai d'aller voir le principal et de régler le problème avec elle.

— Promis ? s'inquiéta Ellie. Juste toi, elle, et personne d'autre ?

— Juré !

— O.K...

Avec un geste fataliste de la main, Ellie se détourna comme si elle se désintéressait du problème. Déjà, Bella retrouvait l'adolescente inaccessible qu'elle connaissait. Mais avant cela, elle avait eu le temps de distinguer au fond de ses yeux l'expression d'un grand soulagement et d'une profonde reconnaissance.

16.

Le lundi suivant, assise aux côtés de Dan qui conduisait la camionnette, Josh gazouillant paisiblement dans son siège derrière eux, Bella regardait les rues de Crystal Creek défiler derrière sa vitre. A cette heure matinale, le centre-ville paraissait désert. En souriant, Bella songea que bon nombre de ses habitants devaient pour l'heure emplir les salles du Longhorn, impatients de se retrouver pour échanger commérages et derniers potins, après la trêve familiale du week-end...

— Je dois passer à la coopérative, l'informa Dan. Je pourrais d'abord te déposer au collège et revenir te chercher dans une demi-heure, si tu veux ?

Les yeux dans le vague, Bella secoua rêveusement la tête.

— Je n'ai pas pris de rendez-vous, répondit-elle. Aussi, je n'ai aucune idée du temps dont j'ai besoin.

Après avoir descendu la large avenue qui menait à l'hôtel de ville et à son antique carrousel de chevaux de bois, ils étaient arrivés en vue des sévères cubes de brique rouge du collège.

— Le mieux, reprit Bella avec un clin d'œil en direction de Josh, serait peut-être que vous alliez m'attendre au Longhorn ? Le temps pour vous de déguster quelques cookies entre hommes...

— Excellente idée ! approuva Dan, tout en manœuvrant pour se garer en double file. Tu es sûre que tu ne veux pas me dire de quoi il retourne ?

— J'ai promis le secret à Ellie, dit-elle en évitant soigneusement son regard. Disons que c'est... un problème typiquement féminin.

Sans insister davantage, Dan pianota du bout des doigts sur son volant. En les voyant s'agiter ainsi, Bella sentit resurgir en elle le souvenir de ces mains puissantes et douces caressant son corps...

Leurs deux dernières nuits d'amour avaient été encore plus riches et passionnées que la première. La connaissance intime qu'ils avaient à présent de leurs corps portait leur plaisir commun à des sommets que Bella n'avait jamais connus. Le pire était que cette entente parfaite, loin d'apaiser son désir, ne faisait que l'exacerber. Elle semblait n'être jamais rassasiée de cet homme, de ses caresses, de ses baisers. Souvent, elle devait lutter dans la journée contre le désir impérieux de l'entraîner dans leur chambre...

Peu accoutumée à une passion aussi violente, Bella redoutait le jour où elle devrait y mettre un terme. Plus le temps passait, plus il lui serait difficile de lui faire ses adieux. Avoir à laisser derrière elle Dan et ses enfants serait sans doute l'épreuve la plus difficile qui lui eût jamais été imposée. Aussi y avait-il désormais urgence. Sous peine de ne plus pouvoir partir, elle devait se décider à le faire au plus vite.

Sa décision était prise : le surlendemain, mercredi, elle se rendrait à San Antonio pour y récupérer le contenu de son coffre. Ensuite, elle s'envolerait loin du Texas, avec la peur d'avoir à affronter Eric pour mettre un terme définitif à sa vie passée, mais avec l'espoir de revenir un jour dans la petite maison près de la Claro River, où l'attendait une vie nouvelle.

Bella ouvrit sa portière et descendit sur le trottoir.

— Josh, mon chéri, dit-elle en tendant le bras pour lui

caresser la joue, tu vas être bien sage avec ton papa. D'accord ?

— Sage ! promit aussitôt le bambin, avec un sourire radieux.

Après un ultime regard à la camionnette, dans laquelle Dan lui adressait par la vitre arrière un dernier baiser, Bella s'engagea dans l'allée au bord de laquelle une pancarte fléchée indiquait le bloc de l'administration. Alors qu'elle s'apprêtait à y pénétrer, une sonnerie stridente se fit entendre. Presque aussitôt, comme une volée de moineaux libérés par la porte ouverte d'une volière, des groupes d'élèves s'égaillèrent dans la cour de récréation.

Bella ne put s'empêcher de leur lancer un regard d'envie. Même adulte, elle gardait la nostalgie de n'avoir jamais connu la vie banale et passionnante qui était la leur. Confinée durant toute son enfance dans de sinistres écoles privées, elle n'avait jamais pu s'habiller comme eux de manière décontractée, rire et plaisanter dans l'attente insouciante du cours suivant. Ses propres souvenirs d'école avaient pour cadre de prétentieuses bâtisses ou de réfrigérants dortoirs, dans lesquels s'étiolaient des filles à papa bien trop snobs pour être bonnes camarades, ou bien trop malheureuses, comme elle, pour être de bonne compagnie...

Rejetant d'un haussement d'épaules ces tristes considérations, Bella poussa la porte et pénétra résolument dans le hall d'entrée du bloc administratif. Si elle ne pouvait plus rien faire pour la petite fille qu'elle avait été, il était au moins en son pouvoir de faire en sorte qu'Ellie cesse d'être harcelée.

Derrière le bureau de la réception, une jeune femme habillée d'un T-shirt moulant la reçut.

— Mlle Osborne est occupée au téléphone, dit-elle lorsqu'elle lui eut expliqué l'objet de sa visite. Si vous voulez bien patienter...

D'une main fine aux ongles soigneusement vernis, elle

lui désigna un petit salon aménagé derrière un rideau de plantes vertes. Priant intérieurement pour n'avoir pas trop à attendre, Bella s'y installa et jeta autour d'elle des regards curieux. Lorsque enfin la secrétaire se leva pour aller l'annoncer dans le bureau du principal, elle ne put s'empêcher, dissimulée par l'écran de verdure, de glisser un œil par la porte entrouverte.

Assise bien droite derrière un bureau d'acajou, une grande femme blonde aux cheveux courts leva la tête pour répondre à la secrétaire. Dès qu'elle eut aperçu son visage, Bella retint à grand-peine un petit cri de surprise et lutta pour contenir les larmes de joie qui brusquement lui montaient aux yeux. Quoique de dix ans plus âgée, la femme qui s'apprêtait à la recevoir n'avait pas beaucoup changé depuis la dernière fois que Bella l'avait vue.

Un peu chancelante, elle se leva à l'invitation de la secrétaire, pour pénétrer dans le bureau. Par un curieux pied de nez du destin, « Mlle Osborne » n'était autre que Luciana Delgado, sa sœur tant aimée, disparue brutalement de son existence une décennie plus tôt...

— Isa... Isabel ?

Les yeux ronds, aussi immobile qu'une effigie de cire, Luciana était apparemment tout autant stupéfaite qu'elle-même. Serrant très fort entre ses doigts aux jointures blanchies le plateau de son bureau, elle la contemplait sans mot dire. Pour se donner une contenance autant que par nécessité, Bella s'approcha et se laissa glisser dans l'un des sièges qui lui faisaient face. Comprenant qu'il fallait attendre qu'elles fussent toutes deux remises de leur émotion pour entamer une conversation, elle lui sourit timidement et rendit à sa sœur son regard curieux.

Quoiqu'un peu plus mince que par le passé, Lucia était demeurée aussi belle que dans son souvenir. Luttant de nouveau contre les larmes qu'elle sentait s'accumuler au coin de ses yeux, Bella sentit resurgir d'un bloc, au fond de son cœur, tout l'amour qu'elle avait pour elle. Depuis qu'elle était toute petite, elle avait toujours puisé dans l'affection indéfectible que lui portait Lucia la force de supporter sa famille. Sous des dehors réservés que d'aucuns prenaient pour de la froideur, Bella savait que se cachait l'un des cœurs les plus généreux et les plus sincères qu'elle eût jamais rencontrés.

— Eh bien..., murmura Bella, sachant la futilité de ses paroles avant même de les avoir prononcées. Quelle joie de te revoir...

— Le... le journal... bredouilla Lucia. Le journal disait que tu avais disparu, après la chute de ta voiture dans la rivière. J'en ai pleuré pendant trois jours ! Tu as donc survécu à l'accident ?

— Après toutes ces années, tu ne m'avais pas oubliée...

Vaincue par l'émotion, Bella s'empressa de saisir dans un distributeur posé sur le bureau une poignée de mouchoirs en papier.

— Je n'ai jamais cessé de penser à toi, Bella..., reprit Lucia avec un sourire désolé. Avoir dû te laisser seule derrière moi, dans cette maison sinistre, est l'un de mes plus grands regrets.

Comme saisie par une impulsion soudaine, elle se leva, contourna son bureau, et vint la prendre dans ses bras. Durant un long moment, elles goûtèrent en silence, serrées l'une contre l'autre, toute la douceur de ces retrouvailles.

— Tu dois me pardonner..., murmura finalement sa sœur aînée. Jamais je n'aurais supporté de rester un jour de plus sous le même toit que cet homme.

— Tu parles de papa ?

— Bien sûr..., répondit Lucia d'une voix amère, en retournant s'asseoir. Je parle de cet homme au cœur de pierre, que le destin a eu la cruauté de nous donner pour père... Tu ne le sais sans doute pas, mais j'ai essayé à de multiples reprises d'appeler à la maison pour te parler. Les domestiques avaient des ordres formels pour me raccrocher au nez. A ton pensionnat, la direction avait reçu la consigne de ne pas me laisser approcher de toi. Ensuite, je n'ai même pas su dans quelle université tu étais allée poursuivre tes études. Quant à ton mariage, c'est par cet article annonçant ta disparition que je l'ai appris.

— Lucia...

— Ecoute-moi, Bella. Je n'ai aucune envie d'entendre parler de lui ni d'avoir de ses nouvelles. Si c'est pour cela que tu es ici, je...

— Je n'ai moi non plus aucune envie de parler de papa, l'interrompit Bella. En fait, à l'heure qu'il est, il ne sait même pas si je suis toujours en vie ni où je suis.

— Dans ce cas, demanda Lucia, comment as-tu fait pour me retrouver, ici à Crystal Creek ?

— Mais je ne t'ai pas retrouvée ! C'est tout à fait par hasard que je suis ici. Comme ta secrétaire te l'a annoncé, je suis dorénavant Bella Gibson, épouse de Dan Gibson... C'est à ce titre que je suis venue voir Mlle Osborne, principal du collège. Sans me douter un instant que j'allais rencontrer ma sœur disparue depuis dix ans !

De nouveau, l'expression d'une intense surprise se peignit sur les trait fins et réguliers de Lucia.

— Permets-moi d'être aussi étonnée que toi, reprit Bella avec un sourire amusé. Mon mariage te surprend peut-être, mais il t'a bien fallu toi aussi épouser un M. Osborne, à un moment ou à un autre, pour porter aujourd'hui ce nom...

— Ce mariage n'a duré que quelques mois, répondit-elle en grimaçant. M. Osborne n'était pas fait pour moi, mais il m'a au moins permis de me débarrasser du nom encombrant des Delgado...

Elles rirent toutes deux de bon cœur, et Bella s'étonna

224

de la facilité avec laquelle le contact s'était rétabli entre elles, en dépit du passage des années.

— Raconte-moi..., reprit Lucia, les mains croisées sur le sous-main de cuir. Par quel miracle te retrouves-tu aujourd'hui mariée à Dan Gibson?

— C'est une longue histoire..., soupira Bella.

Luciana consulta rapidement sa montre.

— Nous avons tout notre temps, dit-elle en lui souriant. J'ai rendez-vous dans deux heures avec Gloria Wall, la présidente du conseil d'administration du collège, pour un déjeuner de travail. Mais d'ici là, je suis toute à toi...

Bella lui rendit son sourire, se demandant par où commencer, puis prit une profonde inspiration et se lança. Lucia l'écouta raconter son histoire incroyable avec la plus grande attention. Ce n'est qu'en l'entendant relater son intrusion nocturne dans la ferme des Gibson qu'elle se permit de l'interrompre.

— Tu as vraiment fait cela? s'étonna-t-elle. Comme un voleur, en pleine nuit...

— J'étais tellement affamée! plaida Bella. Ma situation était si désespérée que je ne voyais pas d'autre moyen pour trouver un peu d'argent, quelques vêtements...

— Mais hélas! intervint Lucia, ou plutôt heureusement pour toi, Dan Gibson t'a surprise en pleine action.

Souriant rétrospectivement de ce qui avait été une nuit d'épouvante, Bella poursuivit son récit. En quelques mots, elle expliqua comment Dan l'avait recueillie, soignée, nourrie, réconfortée, de manière généreuse et désintéressée. Lorsqu'elle en vint à évoquer le marché surprenant qui lui avait permis d'acquérir une nouvelle identité, Lucia secoua la tête d'un air pensif.

— Je comprends mieux à présent quel intérêt tu trouves dans ce mariage de convenance... Mais ton mari, qu'y gagne-t-il? Les hommes assez chevaleresques se font rares, de nos jours...

— D'après nos accords, précisa Bella, j'étais supposée rester trois mois chez lui pour tenir sa maison et m'occuper de ses enfants.

Sortant de sa réserve, Lucia se laissa aller à un petit rire sarcastique.

— Toi ! s'exclama-t-elle. Gouvernante et baby-sitter...

— Je sais que cela peut paraître incroyable, répliqua Bella, un peu vexée, mais en fait je m'en sors assez bien... Je me suis même découvert une passion pour la cuisine, le ménage... Et puis, les enfants de Dan sont tellement adorables !

— Pardonne-moi ma réaction, dit Lucia avec un pâle sourire d'excuse. En fait, ce que tu m'apprends ne m'étonne guère. En dépit de notre éducation et du milieu dont nous sommes issues, tu as toujours été quelqu'un de très spontané, de très généreux...

Bella lui sourit en retour avec affection.

— Ce n'est rien, dit-elle. Si l'on m'avait dit, il y a quelques semaines, que je prendrais du plaisir à laver la vaisselle et à préparer des crêpes, j'aurais bien ri, moi aussi... Quoi qu'il en soit, je ne vais pas pouvoir rester plus longtemps chez Dan pour honorer ma part de ce marché.

— Ah bon ? s'étonna Lucia. Pourquoi cela ?

— J'ai trop peur qu'Eric ne finisse par me retrouver, et je ne voudrais pas qu'il puisse nuire, d'une manière ou d'une autre, à Dan et à sa famille.

Elle lança un regard inquiet en direction de la porte du bureau, avant d'ajouter :

— D'ailleurs, je dois te demander de ne dire à personne que tu m'as rencontrée... A personne, tu m'entends ? Eric est tellement rusé, et il dispose de tellement de moyens, qu'il pourrait tout aussi bien avoir retrouvé ta trace et t'avoir placée sous surveillance...

— Ma chérie..., protesta Lucia en secouant la tête avec lassitude. Tu sais que je t'aime mais tu dois savoir aussi que je ne souhaite en aucune manière renouer le contact avec cette famille que j'ai fuie... Tu peux être tranquille, ton secret sera bien gardé.

— Et tu ne m'en voudras pas non plus si je ne...

— Si tu dois garder tes distances avec moi, l'interrompit-elle. Je suis mieux placée que quiconque pour le comprendre. A présent, si tu me disais pourquoi tu es venue me voir ?

Un peu désarçonnée par le changement brutal de conversation, Bella hésita quelques secondes, ne sachant comment passer de ses propres problèmes à ceux de la fille de Dan.

— Je suppose que cela concerne Ellie, suggéra Lucia.

— Comment le sais-tu ?

— Parce qu'elle est la seule enfant de Dan Gibson scolarisée chez nous, expliqua-t-elle. Et puisque ce n'est pas en qualité de sœur que tu es venue me voir, je suppose donc que c'est en qualité de parent ?

Surprise autant que ravie de se voir ainsi investie du rôle de parent d'élève, Bella hocha gravement la tête.

— Tu as supposé juste, dit-elle. Ellie a un problème. Un gros problème d'un mètre quatre-vingts, qui a pour nom Cody Pollock...

— Je vois..., répondit Lucia, sans paraître surprise le moins du monde. Je t'écoute : que se passe-t-il, avec lui ?

Accoudée à son bureau, Lucia se pencha pour mieux écouter le récit que Bella lui faisait du calvaire subi par Ellie depuis plusieurs mois.

— En fait, dit-elle en se radossant à son siège quand Bella se tut, ce que tu m'apprends n'est pas pour m'étonner. Après l'incident de la bibliothèque, je me suis douté qu'il devait y avoir anguille sous roche. Cela ressemblait si peu à Ellie, de frapper ainsi Cody sans raison... Est-ce toi qui m'as répondu quand j'ai appelé Dan à ce propos ?

Bella hocha la tête longuement, saisie par un frisson à l'évocation de ce souvenir.

— N'est-ce pas curieux? dit-elle sur un ton rêveur. Nous aurions pu nous reconnaître à cette occasion, mais je ne suis pas parvenue à mettre un nom sur cette voix qui me semblait pourtant familière. Ensuite, cela m'est complètement sorti de l'esprit.

— Moi, renchérit Lucia, je ne t'ai pas reconnue du tout. Mais il est vrai que quand je t'ai quittée tu étais encore presque une enfant, alors que te voilà une femme à présent...

— Oui, je veux bien croire que cela fait une grande différence. Mais dis-moi : comment as-tu fait pour te retrouver à la tête de cette école?

Visiblement réticente à s'engager dans cette voie, Lucia détourna le regard et parut hésiter quelques instants avant de répondre.

— J'ai toujours voulu subvenir à mes besoins sans avoir à dépendre de l'argent de notre famille, répondit-elle enfin. Après mon départ de la maison, j'ai travaillé dur pour obtenir les diplômes nécessaires. Et lorsque ce poste s'est libéré à Crystal Creek, voici huit ans, j'ai tenté ma chance avec succès.

— Cela ne m'étonne pas de toi, conclut Bella, admirative. Tu réussis toujours ce que tu entreprends. Es-tu heureuse dans ta nouvelle vie?

En voyant le visage de sa sœur se durcir et son regard se perdre dans le lointain, Bella regretta aussitôt sa question maladroite.

— Ma vie est calme et plaisante, répondit Lucia d'une voix tendue, il n'y a pas grand-chose à en dire.

Puis, semblant s'accorder quelques secondes pour se reprendre, elle saisit un stylo posé devant elle et le manipula nerveusement. Quand son regard croisa de nouveau celui de Bella, il avait retrouvé toute sa réserve professionnelle.

— Si nous en revenions plutôt au cas qui nous occupe? suggéra-t-elle sur un ton dégagé. Quel genre de menaces Cody profère-t-il à l'encontre d'Ellie?

— Des menaces d'ordre sexuel, annonça Bella sans ménagement.

Dans le regard habituellement glacé de Lucia, une lueur de colère flamboya.

— C'est intolérable ! s'exclama-t-elle. Justement, je parlais ce matin de Cody avec sa grand-tante, June Pollock, qui se trouve être la propriétaire du petit appartement que je loue en ville. Même s'il est assez habile pour faire ses coups en douce, elle a remarqué chez lui des comportements qui la mettent hors d'elle. Mais cette fois, c'est la goutte qui fait déborder le vase...

Durant quelques instants, Lucia laissa son regard s'égarer par la fenêtre située face à elle. Tout en réfléchissant, elle ne cessait de faire rouler entre ses doigts le stylo, en un geste machinal qui devait lui être familier. Lorsqu'elle se retourna vers Bella, son visage avait retrouvé son impassibilité habituelle.

— Je vais devoir interroger Ellie, annonça-t-elle d'une voix résolue. Avant que je ne prononce envers Cody l'exclusion que mérite son comportement, elle doit me confirmer elle-même ce que tu viens de me dire.

— Ellie risque d'être trop intimidée pour parler, la prévint Bella. Tu sembles l'impressionner terriblement...

— Je saurai la mettre en confiance, répondit Lucia en se levant pour se diriger vers la porte. Ellie est une de nos meilleures élèves et une enfant très sensible. Tu ne peux pas savoir comme je m'en veux de n'avoir pas deviné plus tôt ce que ce voyou lui faisait subir !

Puis, passant la tête par la porte entrouverte, elle appela :

— Leslie... Voudriez-vous faire appeler Ellie Gibson, je vous prie ?

Elle revint s'asseoir derrière son bureau et, pour tromper l'attente, Bella entreprit de lui narrer, dans les rires et les exclamations, son apprentissage de parfaite maîtresse de maison. D'abord franchement amusée par ses gros déboires et ses petits succès, Lucia se mura ensuite dans un silence songeur, ne cessant de faire rouler le stylo entre ses doigts. Le cœur serré en dépit de sa gaieté de façade, Bella songea que le temps et l'éloignement, sans parvenir à les séparer, avaient néanmoins dressé entre elles une frontière qu'il leur serait difficile de traverser.

Enfin, deux coups discrets furent frappés contre la porte et Ellie fit timidement son entrée, pâle et visiblement effrayée. A l'invitation de Lucia, elle vint s'asseoir à côté de Bella, qui lui prit la main et lui adressa un sourire confiant pour la réconforter. Puis Lucia posa ses premières questions, avec tant de doigté et de délicatesse que l'adolescente ne tarda pas à se détendre et à répondre sans se faire prier.

Quand l'interrogatoire fut terminé, Lucia vint s'accroupir près de la chaise de l'adolescente et lui passa affectueusement un bras autour des épaules.

— Je suis désolée de ce qui s'est passé, dit-elle avec un sourire contrit. Si j'avais pu me douter, ou si tu avais trouvé le courage de m'en parler, nous aurions pu mettre fin à ce cauchemar bien plus tôt... Quoi qu'il en soit, tu peux être sûre que Cody ne t'embêtera plus, désormais.

Pour la première fois depuis son arrivée, Ellie adressa à Lucia un regard chargé d'espoir.

— Vraiment? demanda-t-elle dans un souffle.

— Vraiment. En fait — je te demande de n'en parler à personne pour le moment — je crois pouvoir t'annoncer que M. Cody Pollock sera dès demain à la première heure dans le bus pour Lampasas... Tu peux retourner dans ta classe, à présent.

D'un bond, Ellie fut sur ses pieds, le visage illuminé par l'expression d'un grand bonheur et d'un soulagement intense. Avant de quitter la pièce, elle sembla hésiter une demi-seconde, puis vint serrer Bella dans ses bras, déposant sur sa joue un timide baiser.

Le regard brillant, les deux femmes la regardèrent sortir du bureau.

— Tu vois, Bella..., dit Lucia au terme de quelques secondes d'un silence songeur. La fuite est loin d'être le seul recours pour échapper aux griffes d'un persécuteur.

Bella eut un petit sourire triste, puis se leva pour venir embrasser sa sœur et lui faire ses adieux.

— Maintenant, je le sais, répondit-elle. Mais tous les persécuteurs n'ont pas un badge de police accroché à la ceinture...

Trop émue pour en dire plus, Bella déposa un dernier baiser sur la joue de Lucia. Combien de temps s'écoulerait-il avant qu'elle pût de nouveau la serrer dans ses bras ? Préférant ne pas s'attarder sur cette question, elle s'empressa de quitter le bureau et se précipita vers la sortie, sous l'œil intrigué de la secrétaire.

Dans la rue, l'air frais lui fit du bien. Après un instant d'hésitation, elle dirigea ses pas vers le Longhorn. Au moins pourrait-elle mettre à profit ces quelques minutes de marche pour récupérer ses esprits avant de retrouver Josh et Dan au restaurant...

17.

Le mercredi, Dan s'éveilla comme à son habitude aux premiers chants d'oiseaux. Dans la paix de l'aube, les yeux fixés sur la tache plus claire de la fenêtre entrouverte, il s'étira longuement et prêta l'oreille aux mille petits bruits du matin.

Comme chaque fois que les enfants étaient absents, la maison paraissait particulièrement calme et silencieuse. La veille, il les avait conduits chez Marie et Bubba, en prévision du voyage que Bella et lui devaient effectuer le jour même à San Antonio. Après avoir récupéré la fortune cachée dans son coffre à la banque, elle achèterait un billet d'avion sans retour pour une destination lointaine, et lui n'aurait plus qu'à rentrer seul à la ferme, sans espoir de la revoir jamais.

Le cœur serré, Dan tourna la tête sur l'oreiller pour contempler Bella dans son sommeil. Pressée tout contre lui, les lèvres retroussées en un sourire mutin, elle paraissait plus belle et innocente que jamais. Sans pouvoir s'empêcher de s'amuser de cet air d'enfant sage, Dan tendit doucement les lèvres et déposa un baiser sur ses cheveux, dont les mèches courtes, déjà, commençaient à repousser.

Aussitôt, le souvenir vivace de leur ultime nuit d'amour vint perturber dans son esprit la douceur de l'instant. Aussi angélique qu'elle pût paraître, cette

233

femme était au lit une diablesse dès que ses appétits sexuels s'éveillaient. Ensemble, ils s'étaient risqués à des caresses inédites pour Dan, dont la seule évocation suffisait à le faire durcir de nouveau sous la couette.

Troublé, il s'aventura à un autre baiser, sur la bouche cette fois, et plus marqué que le premier. Après avoir battu quelques instants des paupières, Bella ouvrit les yeux et soupira longuement. Durant quelques secondes, ils demeurèrent ainsi sans rien dire, les jambes emmêlées et les yeux dans les yeux.

— Dan..., murmura-t-elle finalement. Nous sommes mercredi, n'est-ce pas?

Dan se contenta de hocher la tête.

— As-tu changé d'avis?

Le regard triste, elle secoua le menton et se retourna sur le côté.

— Je ne peux pas changer d'avis. Pour ta sécurité comme pour la mienne, il m'est impossible de rester dans cette maison.

Pour mettre un terme au silence gêné qui les séparait, Dan se redressa sur un coude et suivit d'un doigt vagabond la ligne de crête évocatrice menant de l'épaule de Bella à sa hanche.

— Dis-moi...

— Quoi? demanda-t-elle sans se retourner.

— Ce garçon que Lucia Osborne a renvoyé hier, ce Cody Pollock qui embêtait Ellie...

— Oui?

Cette fois, Bella se retourna pour lui faire face. Voyant que deux grosses larmes avaient coulé le long de ses joues, Dan tendit le doigt pour les lui essuyer délicatement.

— Tu ne m'empêcheras pas de penser, reprit-il, qu'il y a dans cette histoire beaucoup plus que ce que tu as bien voulu m'en dire... Mais peu importe, puisque Ellie semble revivre depuis que vous avez résolu le problème ensemble. Je voulais juste te demander...

Le voyant hésiter, Bella lui lança un regard intrigué, avant de se tourner de nouveau sur le côté.

— Tu te rappelles, poursuivit-il enfin, ce que le principal t'a dit ? Qu'il n'y a pas que la fuite pour échapper à un persécuteur ?

— Où veux-tu en venir, Dan ? demanda Bella avec agacement.

— Ne penses-tu pas que nous pourrions trouver une autre solution, pour régler le problème posé par ton ex-mari ?

Bella eut un petit rire amer.

— Ah oui ? Que proposes-tu ? Appeler la police ?

— Ce salaud ne me fait pas peur. Tu n'as qu'un mot à dire et je fonce à Austin pour m'expliquer avec lui. Après, je te garantis qu'il te fichera la paix...

Bella fit une volte-face immédiate, pointant sur lui un regard implorant.

— Ne fais pas l'idiot ! protesta-t-elle. Il est inutile d'y revenir sans cesse : je m'en vais aujourd'hui, parce que c'est la meilleure façon de faire sortir Eric de ma vie et d'empêcher qu'il n'entre dans la tienne !

Sans se laisser impressionner, Dan lui saisit le menton entre le pouce et l'index, de manière à l'obliger à le regarder dans les yeux.

— Dis-moi la vérité, dit-il sur un ton impératif.

— Quelle vérité ?

Visiblement, elle faisait de gros efforts pour soutenir son regard, mais Dan avait perçu dans sa voix une nuance de détresse.

— N'y a-t-il que la crainte de ton ex-mari pour expliquer ta fuite, reprit-il, ou l'argent entre-t-il également en ligne de compte ?

— L'argent ? s'étonna Bella. Quel argent ?

— L'argent dont tu ne manques pas, et celui qui me fait cruellement défaut...

Dan vit Bella rougir violemment, et ses yeux

s'emplirent de larmes, comme s'il venait de l'insulter. S'arrangeant pour échapper à son emprise, elle se redressa sur le lit et demeura assise au bord du matelas. Le bras tendu pour lui caresser l'épaule en un geste d'apaisement, il rassembla tout son courage, pour finir de lui avouer les doutes qui depuis des jours lui empoisonnaient l'existence.

— Inutile de te fâcher..., plaida-t-il à voix basse. Tu dois bien comprendre que ton insistance à t'enfuir d'ici ne peut que me laisser perplexe... être au lit les meilleurs amants du monde ne peut suffire à t'assurer la vie à laquelle tu es habituée, et à laquelle tu as droit, n'est-ce pas ?

Des lèvres de Bella s'éleva un murmure indistinct.

— Qu'as-tu dit ? insista Dan en se penchant pour se rapprocher d'elle. Tu n'as pas parlé assez fort pour que je t'entende.

— Je disais, s'énerva Bella par-dessus son épaule, que tu as raison. J'ai essayé, mais je dois reconnaître aujourd'hui que cette vie n'est pas faite pour moi.

Surpris, même s'il s'était attendu à une telle vérité, Dan laissa sa main glisser de l'épaule de Bella et s'abattre lourdement sur le matelas.

— Je croyais que tu te plaisais à t'occuper de la maison et des enfants, dit-il, accablé. Tu n'as pas arrêté de m'expliquer à quel point cela t'intéressait...

Haussant les épaules, Bella se leva et se dirigea vers la fenêtre.

— Dois-je comprendre, insista Dan, que tu mentais pour me rassurer ?

Debout devant la fenêtre, elle avait écarté un pan du rideau pour regarder dehors, et Dan regrettait de ne pouvoir observer son visage à cet instant.

— Je ne mentais pas, répondit-elle d'une voix curieusement déformée. Pendant quelque temps, c'est vrai, j'y ai trouvé de l'intérêt. Mais tu dois comprendre, Dan... Je n'ai vraiment pas été élevée ainsi, et je mentirais si je te disais que...

Dan sentit sa gorge se serrer, et se leva pour enfiler rapidement le jean et le T-shirt propres qu'elle avait disposés la veille sur la commode.

— Inutile de te justifier, bougonna-t-il. En fait, je me suis déjà fait une raison. Je tenais simplement à ce que les choses soient claires entre nous.

Sans plus attendre, il se dirigea vers la porte d'un pas pressé. Sous peine de céder à cette envie qui ne le quittait plus d'aller la prendre dans ses bras pour la supplier de rester, il devait absolument sortir au plus vite de cette pièce, où ils avaient vécu leurs meilleurs moments.

— Si tu veux bien t'occuper de préparer le petit déjeuner, suggéra-t-il calmement depuis le seuil, je vais soigner les bêtes et régler deux ou trois problèmes. Dès que nous aurons mangé, nous pourrons partir.

En milieu de matinée, ils abordaient déjà les premiers faubourgs de San Antonio. Un peu désorientée de se retrouver soudainement plongée dans ce décor trop connu, Bella lançait par la vitre de la camionnette de longs regards étonnés aux façades carrées des maisons, couvertes de vigne vierge et écrasées de soleil.

Il lui semblait qu'il s'était écoulé des années depuis qu'elle avait quitté cet endroit pour se lancer dans sa dangereuse aventure. Et même si elle y revenait aujourd'hui probablement pour la dernière fois, elle savait qu'elle ne garderait dans son exil aucune nostalgie de sa ville natale. Désormais, son cœur ne battait plus qu'au souvenir de la petite maison près de la rivière, où elle n'aurait de cesse que d'avoir rejoint Dan et ses enfants.

De temps à autre, elle ne pouvait s'empêcher de laisser son regard s'égarer dans sa direction. Concentré sur la conduite, il n'avait pas prononcé un mot depuis leur départ de Crystal Creek. La scène qui les avait opposés au petit matin ne cessait de revenir hanter l'esprit de Bella. Comment pouvait-il si facilement se convaincre que la vie qu'il avait à lui proposer n'était pas digne d'elle ? Même s'il lui avait maintes fois démontré à quel point il était fin psychologue, elle ne pouvait s'empêcher d'être déçue : il la croyait donc assez vaine et superficielle pour le rejeter à cause de l'argent !

Pour qu'il cesse de chercher à la retenir, elle n'avait eu d'autre choix que d'abonder dans son sens, même si ce mensonge lui était intolérable. Sous peine de voir Dan s'opposer aussitôt à son projet, elle ne pouvait lui avouer son intention de rencontrer Eric loin de lui et des siens, afin de le convaincre de la laisser en paix.

— Nous y voici..., annonça-t-il enfin en se garant en double file devant le building aux façades de verre fumé de la banque. Je te laisse descendre seule. Dès que j'aurai trouvé une place de parking, je reviendrai t'attendre ici...

Du doigt, il indiqua un grand réverbère ornemental en fonte, doté d'une imposante horloge et de consoles abondamment fleuries.

— Je ne peux pas le rater, en effet..., plaisanta Bella avec un sourire.

Coiffant sa casquette de base-ball, elle ouvrit la portière et descendit du véhicule.

— Glisse suffisamment d'argent dans le parcmètre, conseilla-t-elle en se penchant par la vitre ouverte de la portière. Je crois me souvenir qu'il y a deux ou trois agences de voyage, un peu plus bas dans cette avenue. Nous pourrons y acheter mon billet d'avion dès que j'aurai récupéré mon argent.

— D'accord, dit-il d'une voix neutre.

S'il avait de la peine à la voir partir, songea Bella avec un petit pincement au cœur, il le dissimulait bien.

— Dan...

— Tu ferais mieux d'y aller. Nous bloquons la circulation.

Un peu désarçonnée, Bella gagna le trottoir et le regarda s'éloigner. Même si le visage de cet homme savait demeurer impassible en toute circonstance, la façon dont son pied maltraitait la pédale d'accélérateur valait tous les discours.

Le cœur un peu plus léger, Bella enfonça la visière sur son front et pénétra d'un pas résolu dans la banque. Bien qu'elle l'eût déjà visité à de nombreuses reprises, le lieu lui parut bien plus inquiétant que familier. Avec la prétention architecturale propre à ce type de bâtiments, le plafond du grand hall d'entrée culminait à des hauteurs vertigineuses. Ceinturés de mezzanines sur lesquelles débouchaient des séries de portes closes, les murs en étaient ornés de grandes fresques de céramique relatant les hauts faits de l'histoire du Texas.

Oppressée par tant de faste, Bella s'empressa de gagner le guichet de la salle des coffres, derrière lequel un employé semblait fort occupé à des travaux d'écriture. En constatant que l'homme lui était totalement inconnu, elle étouffa un soupir de soulagement.

— J'aimerais accéder au contenu de mon coffre, lui dit-elle dès qu'il eut enregistré sa présence.

— Veuillez remplir ce formulaire, je vous prie...

Il lui avait accordé à peine plus qu'un regard, mais c'est pourtant d'une main tremblante que Bella renseigna les rubriques *nom* et *prénom*, après avoir noté de mémoire les huit chiffres de son numéro de compte. Ensuite, quand l'employé récupéra le document et l'examina, Bella sentit son pouls s'accélérer. Elle avait beau se raisonner, elle ne pouvait s'empêcher de craindre que quelque alarme ne se déclenche pour la trahir, ou qu'Eric Matthias ne surgisse derrière elle pour lui passer les menottes...

Mais à son grand soulagement, l'homme se contenta de tapoter quelques données sur un terminal d'ordinateur, avant de lui tendre une petite tablette blanche reliée par un fil torsadé à la machine.

— Puis-je vous demander d'apposer votre index ici pour achever l'identification, je vous prie ?

S'efforçant cette fois de ne pas trembler, Bella s'exécuta et vit avec plaisir l'employé hocher la tête, satisfait, lorsque le scanner eut achevé de lire son empreinte.

— Tout est en ordre, mademoiselle Delgado, dit-il avec un sourire poli.

Pendant que l'homme relevait un abattant dissimulé dans la masse du comptoir de bois pour la rejoindre, Bella jeta autour d'elle quelques regards inquiets. Heureusement, aucun des clients ou des employés qui se trouvaient à proximité ne semblait avoir entendu son nom.

Chargé d'un impressionnant trousseau de clés qu'il s'amusait à faire tintinnabuler en marchant, l'homme la précéda dans une vaste pièce, au fond de laquelle se dressait la porte blindée de la salle des coffres. Pour y accéder, il fallait cheminer au milieu de boxes et de cubes de verre dans lesquels travaillaient quelques employés de banque.

Mal à l'aise, Bella hâta le pas et baissa le menton, mais aucun de ceux qui se trouvaient là ne parut noter sa présence. Pourtant, elle ne respira librement que lorsque l'employé, après avoir manœuvré serrures et volants avec dextérité, eut ouvert et refermé la porte derrière eux.

La suite se déroula avec une rapidité et une facilité confondantes. Pendant que l'employé s'isolait discrètement dans un coin de la pièce, aux murs recouverts de coffres métalliques de toutes tailles, Bella se dirigea sans hésitation vers celui qu'elle avait loué. D'un doigt sûr, elle pianota les six chiffres de la date de naissance de sa mère sur le clavier numérique de la porte, qui céda avec un petit clic et s'ouvrit sans difficulté.

Saisissant la mallette qui se trouvait à l'intérieur, Bella alla la déposer sur la table haute disposée au centre de la salle pour en examiner rapidement le contenu. Manifestement, tout était en ordre et personne ne semblait avoir touché aux trois grandes enveloppes de kraft renforcé qu'elle y avait elle-même rangées. Soulagée, elle décida cependant de les entrouvrir pour s'en assurer. La plus grande des trois contenait bien trois cent mille dollars en liquide, principalement en coupures de mille dollars, la deuxième les bijoux hérités de sa mère, et la dernière une liasse de titres boursiers.

D'un geste sec, Bella referma la mallette et se dirigea sans attendre vers la sortie, laissant le coffre ouvert.

— Je vous remercie, dit-elle à l'employé qui la raccompagnait. Je n'aurai plus besoin de ce coffre dorénavant, j'en ai vidé le contenu.

Ils étaient de retour à son guichet, derrière lequel l'homme s'empressa de se glisser.

— La location était payée pour une année..., dit-il, un peu ennuyé. Je vais devoir vous rembourser au prorata de la période restant à courir.

— Inutile, assura Bella après un ultime sourire à son intention. Je déménage et je suis pressée...

— Mais, insista-t-il, si vous me laissiez une adresse, je pourrais peut-être...

Déjà, Bella avait atteint la porte à tambour du grand hall d'entrée. Avant de sortir, elle se retourna une dernière fois pour s'assurer que nul ne la suivait.

En ne découvrant pas Dan à l'endroit convenu, Bella connut un bref moment de panique. La camionnette n'était nulle part en vue, et il lui fallut scruter une ou deux minutes les environs pour finalement le voir émerger d'une boutique de hot-dogs, une dizaine de mètres plus loin, les bras chargés de boîtes et de paquets.

— Je me suis dit que ceci pourrait nous permettre de déjeuner sans perdre de temps, lui expliqua-t-il lorsqu'elle l'eut rejoint. J'ai demandé beaucoup de moutarde dans le tien, comme tu l'aimes...

Soulagée de l'avoir retrouvé autant que touchée par l'attention, Bella lui sourit.

— Tu es un ange..., dit-elle. Où allons-nous nous installer pour manger ?

— J'ai remarqué un petit parc, juste au bout de la rue...

— Je me rappelle ce parc, fit-elle remarquer d'une voix rêveuse. Ma nounou avait l'habitude de m'y emmener, quand j'étais petite...

Le long de l'avenue bordée d'arbres, ils cheminèrent de concert en silence. Soulagée d'avoir pu récupérer le contenu de son coffre, Bella marchait le cœur léger, balançant nonchalamment l'attaché-case à bout de bras. Nettement plus nerveux, Dan ne cessait de balayer les environs d'un œil inquiet, allant même jusqu'à dévisager sans vergogne chaque passant qu'ils croisaient.

— Quelque chose ne va pas ? s'inquiéta-t-elle.

— Tout va bien, répondit-il en haussant les épaules. Simplement, je n'ai pas l'habitude de servir de garde du corps à une riche héritière transportant en pleine ville plus de deux millions de dollars dans une mallette en plastique... Ça ne te fait pas peur ?

Bella eut un rire joyeux.

— Pour l'instant, dit-elle, je n'ai pas trop le choix. Mais j'avoue que quand je serai à l'abri à l'étranger, je ne serai pas fâchée de confier mon trésor au coffre d'une banque.

Après avoir déambulé longuement dans les allées, ils finirent par découvrir un coin tranquille à l'ombre d'un arbre et s'y installèrent. Assis dans l'herbe, serrés l'un contre l'autre, ils se servirent de la mallette comme d'une table sur laquelle ils installèrent victuailles et boissons. Comme chaque fois qu'ils étaient seuls ensemble, Bella se laissa aller au plaisir simple et joyeux de bavarder avec Dan. Cet homme avait sur toute chose un point de vue drôle et singulier, qui avait le don de la faire rire imman-

242

quablement. Polémiste par goût autant que par principe, il aimait discuter de politique, de religion, de science, ou même simplement du temps et des saisons.

— Sais-tu qu'il t'arrive d'argumenter pour le simple plaisir d'argumenter ? dit-elle soudain, l'air faussement réprobateur. Il suffit que je dise quelque chose pour que tu adoptes aussitôt le point de vue opposé, uniquement pour me faire réagir...

Un rayon de soleil jouant dans la profondeur troublante de ses yeux verts, Dan la gratifia d'un sourire coquin.

— Ce n'est pas le meilleur moyen dont je dispose pour te faire réagir, mon cœur...

— Arrête ! protesta Bella, les joues en feu. Tu sais bien ce que je veux dire. Pour l'amour de la polémique, tu serais capable d'affirmer que le blanc est noir, et réciproquement.

— Cela, dit-il, ce n'est pas de la polémique. C'est de la rhétorique...

Très satisfait, Dan s'allongea de tout son long, mains derrière la tête, étendant voluptueusement les jambes devant lui.

Amusée de sa mauvaise foi, Bella éclata de rire.

— C'est bien ce que je disais..., conclut-elle en lui enfournant dans la bouche le reste de son hot-dog. Tu ne peux pas t'en empêcher...

Les yeux clos, les jambes croisées, Dan mâcha longuement sa dernière bouchée. Une feuille morte s'était prise dans ses cheveux, et Bella se pencha pour la lui ôter. Puis, incapable de résister à l'envie de le toucher, elle laissa sa main s'attarder le long de sa joue.

— Comme c'est bon..., dit-il, saisissant sa main pour l'embrasser tendrement. Je devrais prendre des vacances plus souvent.

Douchée par ces quelques mots anodins, Bella se rappela soudain la raison de leur présence en ville et tout ce qui les séparait. Pour qu'il en vînt à considérer comme des vacances une journée à ne pas travailler, fallait-il que Dan fût esclave de son gagne-pain ! Songeant à la fortune posée devant eux, elle se prit à rêver à tout ce qu'elle leur aurait permis de réaliser, si seulement Eric n'avait pas été là pour les en empêcher. Avec moins du centième de ce que contenait la mallette, ils auraient pu, par exemple, louer une maison sur une île paradisiaque pendant un mois, ou entreprendre une croisière tout autour du monde avec les enfants. Mais au lieu de cela...

— J'aimerais tellement..., commença-t-elle.

Puis elle se ravisa et se tut. Il semblait vraiment trop cruel, au point où ils en étaient, de remuer sans raison des rêves utopiques.

— Tu disais ?

La tête tournée vers elle, une paupière soulevée, Dan lui lançait un regard interrogateur.

— Rien, dit-elle en se levant avec un soupir.

Rapidement, elle épousseta son jean du plat de la main, puis rassembla dans un sachet leurs déchets pour aller le jeter dans une poubelle proche.

— Allons, paresseux ! dit-elle en souriant, main tendue vers lui pour l'aider à se relever. Allons voir s'il est encore possible de trouver dans cette ville un billet d'avion.

Ils se rendirent successivement dans trois agences situées dans les rues adjacentes, mais aucune d'elles ne disposait de place disponible le jour même sur un vol à destination de l'étranger.

— En voici un ! s'exclama finalement, l'œil rivé à son moniteur, l'hôtesse en uniforme vert émeraude qu'ils consultèrent en dernier. J'ai une place disponible sur un vol à destination du Canada, comme vous le désirez. Mais il ne part que demain matin, à 10 h 20, et l'embarquement s'effectue à l'aéroport d'Austin.

— Quelle ville canadienne dessert-il ? demanda Bella, penchée anxieusement au-dessus du comptoir.

— Calgary, province d'Alberta.

— C'est parfait ! répondit-elle sans même y réfléchir. Je le prends.

— Je dois vous signaler qu'il est en première classe..., prévint prudemment l'employée de l'agence. Le billet coûte...

— Aucune importance ! assura Bella, ouvrant l'attaché-case posé devant elle pour en extraire quelques billets de mille dollars. Quel que soit son prix, donnez-le-moi...

En descendant l'avenue en direction du parking où Dan avait garé la camionnette, Bella fut surprise de ne ressentir aucun soulagement. Bien au contraire, elle se sentait plus triste qu'elle ne l'avait été depuis longtemps, et il ne lui fallut pas longtemps pour en comprendre la cause.

— Demain à cette heure-ci, dit-elle sans oser le regarder dans les yeux, je m'apprêterai à passer ma première soirée au Canada. Saine et sauve. Grâce à toi...

Les mains croisées derrière le dos, la tête basse, Dan sembla hésiter à répondre, avant de se lancer enfin.

— Demain est un autre jour, Bella. Ne pensons qu'à aujourd'hui et à la dernière nuit que nous pouvons passer ensemble...

Les doigts de Bella se crispèrent sur la poignée de la mallette. Ne sachant que dire, elle lui adressa un regard troublé. Dan lui rendit son regard en souriant, même si elle put lire au fond de ses yeux la tristesse qui l'habitait elle-même.

— Allons, Bella, argumenta-t-il d'une voix pleine d'assurance. L'aéroport d'Austin est à une heure à peine de Crystal Creek, et les enfants passent la nuit chez Marie et Bubba. Rien ne nous empêche de passer la nuit ensemble et de nous dire adieu demain...

Bien que tentée par la proposition de Dan, Bella hésitait encore à l'accepter. Etait-il bien prudent de retourner à la ferme ? Et si quelqu'un les avait reconnus et avait noté la plaque minéralogique de Dan... Et si Eric...

Comme s'il avait pu suivre à livre ouvert le cours de ses pensées, Dan s'arrêta sur le trottoir et la saisit par les épaules, pour l'obliger à le regarder.

— Arrête de t'en faire inutilement ! Tu as récupéré ton argent comme prévu, personne ne t'a reconnue, et demain tu seras partie... Donne-moi une dernière nuit, Bella.

De l'inquiétude qu'elle lut dans ses beaux yeux verts ou de la nuance de supplication qu'elle devina dans sa voix, Bella ne sut ce qui la décida.

— Tu as raison, répondit-elle en l'entraînant par le bras. Demain est un autre jour. Il serait trop bête que je me morfonde cette nuit dans une chambre d'hôtel, pendant que tu ferais les cent pas dans ta chambre...

18.

Eric Matthias considéra d'un œil morose le dossier ouvert sur son bureau. Depuis une heure, il s'acharnait sans résultat à démêler l'écheveau d'un délicat problème disciplinaire. Toute cette affaire ne lui disait rien qui vaille. Accusés de brutalité excessive par le voleur qu'ils avaient réussi à appréhender, deux policiers étaient placés sur la sellette.

Selon lui, le voyou surpris l'arme au poing en train de dévaliser une épicerie n'avait eu que ce qu'il méritait. Mais pour flatter dans le sens du poil une opinion qui ne comprenait rien aux dangers du métier, sa hiérarchie lui avait demandé de faire un exemple en les sanctionnant sans pitié.

La simple idée d'avoir à prononcer la mise à pied de deux de ses hommes pour un motif aussi futile le rendait nerveux et irritable. D'ailleurs, une migraine lancinante commençait à lui vriller le crâne. La tête posée contre le dossier de son fauteuil, les yeux fermés, Eric se massait douloureusement les paupières lorsque retentit la sonnerie du téléphone.

Mollement, il tendit le bras pour saisir le combiné. Accueilli par une salve nourrie de parasites, il s'empressa d'éloigner l'écouteur de son oreille.

— Allô ! dit-il sèchement. La ligne est mauvaise... Qui est à l'appareil ?

247

— C'est moi..., annonça une voix étouffée et comme à bout de souffle. Manny Solvito. Ça y est, Eric. Je l'ai...

— Tu as quoi ?

— Isabel, bien sûr ! Je l'ai prise en filature à la banque, comme prévu...

D'un bond, Eric se redressa sur son siège. Dans l'excitation du moment, toute trace de migraine avait subitement disparu.

— Où es-tu ? demanda-t-il, un ton plus bas.

— Sur l'autoroute, au nord-ouest de San Antonio. Nous roulons vers Fredericksburg. Elle se trouve avec son fermier, dans une camionnette, à une cinquantaine de mètres devant moi. C'est lui qui conduit.

— Ils ne t'ont pas repéré ?

— Aucun danger... A part eux-mêmes, plus rien n'existe au monde pour deux tourtereaux !

Vaillamment, Eric tenta d'ignorer la douleur qui lui tenaillait le ventre.

— Raconte-moi tout depuis le début, demanda-t-il. Comment les as-tu retrouvés ?

— Comme nous l'espérions. Ce matin, elle s'est présentée à la banque pour demander l'accès à son coffre. Ma petite amie l'a reconnue tout de suite, même si Isabel a changé de look en se coupant les cheveux très court et en s'habillant comme un garçon de ferme.

— Comment peux-tu être sûr qu'il s'agit bien d'elle ?

— Angie l'a vérifié en interrogeant l'ordinateur central de la banque, pendant qu'Isabel était dans la salle des coffres avec le responsable. Elle y est restée à peine plus de deux ou trois minutes, avant d'en ressortir avec une mallette noire. Mais il n'en fallait pas plus à ma copine pour me prévenir. Quand elle s'est pointée dans la rue, j'étais déjà là à la guetter. Depuis, je ne l'ai pas lâchée d'une semelle.

— Brave Manny..., marmonna Eric, les doigts crispés sur le combiné. Qu'a-t-elle fait ensuite ?

— Son fermier l'attendait avec quelques hot-dogs, et ils sont allés faire un petit pique-nique en amoureux dans un parc.

— Un pique-nique?

— Oui, un pique-nique. C'était vraiment touchant à voir!

— A quoi ressemble ce type?

En dépit de ses efforts, Eric n'était pas parvenu à poser la question sans entendre sa voix s'étrangler de rage.

— Beau mec, grand, costaud, répondit Manny sans s'émouvoir. Genre brave gars, la main sur le cœur. Un peu le style Harrison Ford, si tu vois ce que je veux dire. En tout cas, ton Isabel semble dingue de lui. C'est à peine si elle peut rester plus de cinq minutes sans le tripatouiller ou lui faire des mamours...

Dans sa poitrine, Eric sentit son cœur s'emballer. Pour fuir la familière brume rouge qui lui brouillait le regard, il s'empressa de fermer les yeux et s'efforça de respirer calmement.

— Eric? Tu es toujours là?

— Je suis là, Manny. Continue ton rapport: que s'est-il passé ensuite?

— Nos tourtereaux ont flâné en ville et visité quelques agences de voyage, avant de reprendre la route. On dirait bien qu'ils envisagent de s'envoler vers d'autres cieux. Avec le petit pécule d'Isabel, sans doute...

Eric s'appliqua à réfléchir. Si Isabel avait déjà en poche son billet d'avion, l'essentiel était d'agir sans tarder. Refermant d'un geste sec le dossier ouvert sur son bureau, il s'y accouda confortablement pour donner à Manny Solvito ses instructions.

— Voilà ce que nous allons faire, expliqua-t-il d'une voix fébrile. Je saute dans une voiture banalisée et je te rejoins dès que possible. Naturellement, nous restons en contact. Je veux que tu m'appelles toutes les dix minutes pour me dire où tu en es.

Manny se contenta d'un grognement indistinct pour marquer son assentiment. Sans attendre, Eric coupa et se leva. A peine trois minutes plus tard, il était déjà installé au volant d'une voiture banalisée. Après avoir quitté le parking de l'hôtel de police, il se faufila dans la circulation pour se sortir des habituels encombrements qui paralysaient le centre-ville à cette heure de l'après-midi. Alors qu'il s'engageait enfin sur la bretelle d'accès à l'autoroute, le téléphone portable le fit presque sursauter.

— Je leur file toujours le train, annonça Manny sans préambule. Le trafic s'est un peu éclairci et j'ai dû les laisser prendre de l'avance, pour ne pas risquer de me faire repérer.

— Ne t'avise surtout pas de les perdre ! Sinon...

— T'inquiète pas..., protesta le détective d'une voix lasse. Je n'en suis pas à ma première filature. Je te rappellerai dès qu'ils s'aviseront de changer de direction.

Sans autre commentaire, Eric coupa la communication et tendit le bras pour éteindre également la radio de bord. Pour tenter d'apaiser la colère qui bouillonnait dans ses veines, il souhaitait être absolument seul.

Insupportable et d'une netteté stupéfiante, l'image du pique-nique en amoureux s'imposa à lui. Pour être aussi intime avec cet homme, sans doute Isabel devait-elle coucher avec lui depuis des mois, voire des années... Peut-être même le connaissait-elle déjà du temps où ils étaient encore mariés ? C'était plus que probable. Ils avaient combiné ensemble le petit plan habile grâce auquel Isabel avait pensé lui échapper. Et l'homme que l'employé de la gare routière d'Abilene lui avait décrit n'était autre que celui en compagnie de qui elle s'apprêtait à quitter le pays... Comme ils devaient rire de lui et du bon tour qu'ils lui avaient joué !

Il ruminait les mêmes idées noires lorsque Manny le rappela. Après avoir quitté l'autoroute, la camionnette dans laquelle se trouvaient Isabel et son amant venait de

250

s'engager en direction de Crystal Creek. Eric coupa la communication et eut un sourire carnassier. En obliquant en direction de Johnson City, il gagnerait du temps et parviendrait à destination en quelques minutes. Songeant qu'il n'avait jamais été aussi près de la revoir, il sentit son cœur s'emballer et s'obligea à respirer calmement. Dans moins d'une heure, sans doute, elle se tiendrait devant lui et ne pourrait plus lui refuser les explications qu'elle lui devait...

Une demi-heure plus tard, la voiture banalisée d'Eric déboucha au sommet d'une colline. Un peu en contrebas, il aperçut tout de suite le véhicule de Manny Solvito, immobilisé sur le bas-côté, et ralentit pour se garer derrière lui. Penché sur son moteur, le détective donnait l'impression de connaître de gros ennuis mécaniques.

Sortant de son véhicule, les mains dans les poches, Eric le rejoignit d'un pas nonchalant. Le détective privé avait habilement manœuvré. Si jamais quelqu'un venait à passer, il ne verrait dans ces deux hommes arrêtés au bord de la route que deux automobilistes tentant de s'entraider autour d'un moteur récalcitrant.

Par téléphone, Manny lui avait déjà expliqué comment sa filature s'était achevée au bord de la Claro River, non loin de Crystal Creek, à l'entrée de ce chemin de ferme bordé d'arbres près duquel il stationnait à présent.

— Penses-tu qu'il soit possible de quitter la ferme par une autre sortie? s'inquiéta Eric, penché sur le moteur.

— C'est un cul-de-sac. En t'attendant, j'ai grimpé sur cette colline pour observer les lieux. Seul ce chemin conduit à la ferme. La rivière forme un coude derrière les bâtiments. Le seul moyen de sortir de là, c'est par la route, à la nage, ou à pied le long de la rivière.

Une voiture déboucha au sommet de la colline. Tant qu'elle ne les eut pas dépassés, ils se courbèrent tous deux sous le capot relevé, apparemment très occupés à scruter le moteur.

— Avant de rentrer chez eux, ajouta Manny en se redressant lorsque le véhicule eut disparu, ils se sont arrêtés à l'entrée du chemin pour relever le courrier.

Eric hocha pensivement la tête.

— Même s'ils ont acheté leurs billets ce matin, dit-il en détaillant le paysage qui les environnait, ils ne s'en iront sans doute pas avant demain.

— C'est également ce que je me suis dit, approuva Manny.

Puis, les yeux brillants et la mine gourmande, il reprit :

— Au fait, je suis allé jeter un œil à la boîte aux lettres, moi aussi.

— Et alors ?

— Si cela t'intéresse, le bel amant de ta dulcinée s'appelle Dan Gibson. C'est joli, Dan, comme prénom...

Les mains profondément enfoncées dans ses poches, Eric s'éloigna de quelques pas pour résister à l'envie pressante de lui écraser le nez à coups de poing. Debout au bord du fossé, il étudia les possibilités d'accéder à la ferme sans être vu, satisfait de constater que rien ne semblait plus facile. En contrebas de la route, un champ de maïs bordé par un bois déclinait en pente douce vers la rivière. Au bord de celle-ci prospérait une zone de broussailles hautes et de buissons touffus. En se dissimulant parmi les fourrés, il devait être aisé de se glisser jusqu'aux bâtiments de ferme.

Impatient de passer à l'action, il s'empressa de rejoindre le détective privé.

— Je vais cacher ma voiture dans un sentier forestier, indiqua-t-il en désignant du pouce, par-dessus son épaule, la forêt toute proche. En descendant le long de ce champ et en longeant la berge dans ces buissons, je devrais avoir une vue imprenable sur la maison. Toi, tu restes ici et tu fais le guet. Surtout, ne m'appelle pas, sauf en cas d'extrême urgence.

— Et s'ils s'avisent de prendre la poudre d'escampette ?

— Tu les en empêches, répondit sèchement Eric. Tu te débrouilles, mais tu trouves un moyen pour les retenir jusqu'à ce que j'arrive.

Quelque chose dans l'expression de son visage ou dans le ton de sa voix dut inquiéter le détective, car il se pencha vers lui, après avoir jeté autour d'eux quelques coups d'œil inquiets.

— Ecoute..., commença-t-il d'une voix basse et embarrassée. Je ne sais pas ce que tu as en tête, mais je ne voudrais pas être mêlé à...

— Tu n'as pas à t'inquiéter ! Tout ce que je veux, c'est pouvoir m'expliquer avec ma femme.

Puis, sans laisser au détective le loisir de répliquer, il tourna les talons et regagna son véhicule, auquel il fit nerveusement faire demi-tour, pour s'engager dans le petit chemin sinuant dans le bois qu'il avait repéré en arrivant. Quand il chercha à descendre de voiture, il avait si bien réussi à la dissimuler au milieu d'un fouillis de ronces et de branches coupées qu'il dut s'y reprendre à deux fois pour y parvenir, pestant contre les épines traîtresses qui s'accrochaient à son pantalon.

Il lui fut en revanche beaucoup plus facile de gagner la rivière et de se glisser sans être vu jusqu'aux abords de la ferme, dissimulé par le maquis. De son poste d'observation, un peu en surplomb, il avait une vue imprenable sur tout l'arrière de la maison. Soudain, une fenêtre s'éclaira et Eric ne put retenir un petit cri, le souffle coupé, en voyant s'y encadrer la silhouette familière d'Isabel.

Oubliant toute prudence, il écarta quelques branches du feuillage qui le protégeait afin de pouvoir se repaître avidement de ce spectacle. Les larmes aux yeux, il la regarda aller et venir dans ce qui semblait être une cuisine, aussi gracieuse et innocente que dans son souvenir.

Elle n'avait pas beaucoup changé. Même sous le jean

informe et la large chemise de coton qu'elle portait, les courbes adorables de son corps n'étaient que trop visibles. Comme Manny le lui avait indiqué, ses cheveux d'or étaient à présent coiffés à la garçonne, ce qui conférait à son visage plus d'attrait encore que par le passé.

Puis ce fut au tour du fermier de faire son apparition dans son champ de vision, et le cœur d'Eric marqua une pause. Le portrait flatteur que le détective privé avait dressé de lui par téléphone n'avait rien d'exagéré... En riant, l'homme se dirigeait vers la porte de la maison. Au mouvement de ses lèvres, Eric devina qu'il devait être en train de dire quelque chose à Isabel, ce qui se confirma lorsqu'il la vit rire à son tour et lui répondre. Debout devant la fenêtre, elle était occupée à remuer du bout d'une spatule de bois quelque chose dans une grande poêle.

Alors seulement, Eric s'avisa de ce qu'elle était en train de faire et scruta un peu plus attentivement la scène, tellement il avait du mal à en croire ses yeux. Isabel cuisinait ? Alors que durant leur mariage elle aurait été parfaitement incapable de faire cuire un œuf ! Pour Eric, cet ultime camouflet était la goutte qui faisait déborder le vase. Sans pouvoir rien faire pour se raisonner, il sentait son esprit glisser lentement mais de manière inexorable le long d'une pente qu'il ne lui serait plus possible de remonter.

Pour ne rien arranger, il vit l'homme revenir sur ses pas et se placer juste derrière Isabel. Après l'avoir enlacée d'un bras pour venir caresser du plat de la main un de ses seins, il déposa dans son cou un tendre baiser. Avec un sourire enamouré, elle se tourna vers lui et se pendit à son cou pour l'embrasser passionnément. Les paumes et le front moites, le souffle précipité, Eric serra les poings pour ne pas se mettre à hurler.

Pendant ce qui lui parut durer une éternité, ils restèrent ainsi devant la fenêtre, dans les bras l'un de l'autre, à échanger des paroles et des sourires dont le sens lui échappait. La scène dénotait une telle intimité, une telle complicité, qu'Eric sentit sa jalousie monter d'un cran. Depuis des années, ils se jouaient de lui... Mais à présent, ils n'allaient plus pouvoir faire autrement que lui rendre des comptes.

Enfin, Eric vit l'homme relâcher son étreinte et se diriger à grands pas vers la porte. Tous les sens aux aguets, il entendit le grincement caractéristique d'une porte qui s'ouvre, et une voix forte et grave retentit dans la nuit.

— Bella..., lança Dan Gibson. Je vais à l'enclos des chevaux voir si la jument est prête à mettre bas. J'en ai pour un quart d'heure à peine.

Moins forte mais parfaitement audible, la voix enjouée de Bella lui répondit :

— Je finis de préparer le dîner. Ne sois pas trop long, surtout.

Un quart d'heure, songea Eric avec un rictus amer. Il ne lui en fallait pas plus pour se venger d'années de mensonge et de trahison...

19.

— C'est toi, mon chéri ? demanda Bella, debout devant l'évier.

Inquiète de ne pas entendre la voix familière de Dan lui répondre, elle se retourna et se figea sur place, tétanisée par la peur. Debout sur le seuil de la cuisine, Eric Matthias la dévorait des yeux, avec un regard de dément.

— Voilà qui fait plaisir à entendre..., susurra-t-il d'une voix doucereuse.

Frissonnante de dégoût, Bella se sentit plus en danger que s'il avait proféré une bordée de menaces.

— Cela faisait tellement longtemps, reprit-il sur le même ton, que tu ne m'avais pas appelé « mon chéri »...

Le premier instant de stupeur passé, Bella chercha désespérément quelque chose pour se défendre, à défaut de pouvoir s'enfuir. Faute de mieux, ses mains tremblantes se refermèrent sur le manche de la poêle où rissolaient les champignons.

Jetant un coup d'œil amusé à l'arme improvisée, Eric s'approcha prudemment, les lèvres déformées par un rictus sinistre.

— Je te fais peur, Isabel ?

— Oui, reconnut-elle, tassée tout contre le plan de travail. Voilà des années que tu me fais peur.

— Ah oui ? s'étonna-t-il. Mais... pourquoi avoir peur de moi, puisque je t'aime ? Tout ce que je veux, c'est que nous soyons heureux.

— Eric..., répondit Bella d'une voix pressante. Tu ne m'aimes pas. Tu ne sais même pas qui je suis. Tu es obsédé par moi, ou plutôt par une certaine image de moi, et cela n'a rien à voir avec l'amour.

A trois mètres d'elle à peine, Eric s'était immobilisé, le souffle soudain précipité, le visage enlaidi par l'expression d'une jalousie intense.

— Voyez-vous ça! s'exclama-t-il. Et ce fermier avec qui tu vis maintenant? Je suppose qu'il t'aime, lui... Je suppose qu'il te connaît — très intimement, même — et qu'il sait te comprendre bien mieux que moi...

— Laisse-le en dehors de tout cela! protesta-t-elle, avec bien moins d'assurance qu'elle ne l'aurait voulu. Il m'a accueillie quelque temps chez lui, et j'étais sur le point de partir. S'il te plaît, Eric: laisse-moi partir en paix. C'est le seul moyen pour nous d'en finir...

Les yeux fixes, le visage pâle et figé, Eric secoua longuement la tête.

— Tu te trompes, Isabel, murmura-t-il. Je connais un autre moyen pour nous d'en finir...

Avec une lenteur hypnotique, il plongea la main sous son veston, puis la ressortit armée d'un revolver. Voyant le canon menaçant de l'arme se tourner vers elle, Bella sursauta. Elle aurait voulu trouver les mots pour le calmer, mais elle découvrait dans son regard une telle folie qu'elle craignit de le provoquer par quelque parole inconsidérée. Quand il était dans cet état, la moindre étincelle suffisait à déclencher une explosion de colère.

— Ma petite, ma toute petite Bella..., reprit-il sur un ton mielleux. Je ne peux pas te laisser partir avec lui. Ce ne serait pas juste. Ce ne serait pas... légal. Tu es ma femme, et tu n'es pas supposée partir avec lui. C'est mon devoir que de m'y opposer.

Dans l'esprit de Bella, les pensées défilaient à toute allure. Dieu merci, les enfants n'étaient pas là... Il ne lui restait qu'à trouver le moyen de prévenir Dan pour

258

l'empêcher d'entrer. Mais aussitôt elle dut renoncer, découragée, à ce maigre espoir. Même prévenu du danger qu'il courait, jamais Dan n'accepterait de la laisser affronter seule son ex-mari... Le mieux était encore de tenter de raisonner celui-ci au plus vite.

— Je te le jure..., dit-elle avec conviction, s'efforçant de soutenir son regard halluciné. Il n'était aucunement question que je m'enfuie avec lui. Je dois partir seule, dès demain. Si tu me laisses aller dans la pièce voisine, je peux te montrer mon billet d'avion...

Les paupières d'Eric battirent quelques secondes. Il parut méditer sa proposition.

— Je ne peux plus te faire confiance, Isabel, répondit-il enfin. Même si tu pars seule, cela ne veut pas dire qu'il ne te rejoindra pas dès qu'il le pourra. Je le comprends, d'ailleurs. Qui pourrait résister au besoin de dormir près de toi ? De nouveau, il pourrait te serrer dans ses bras, et tu pourrais le caresser comme tu me...

La voix brisée par l'émotion, Eric se figea et grimaça de douleur.

— Par pitié..., supplia Bella. Ne te torture pas ainsi. Même si notre mariage s'est révélé être un échec, je suis sûre qu'il ne doit pas manquer de femmes autour de toi pour...

— Je ne veux pas d'une autre femme ! hurla-t-il, les yeux exorbités, agitant frénétiquement l'arme devant lui. Je veux *ma* femme, et je tuerai le salaud qui essaiera de me la voler !

Affolée, Bella tenta de détourner de Dan la folie meurtrière de son ex-mari.

— Ecoute-moi, dit-elle avec conviction. Puisque c'est moi que tu veux, je suis prête à te suivre. Peut-être serons-nous capables de repartir à zéro, tous les deux ? Si nous partons tout de suite, Dan ne saura jamais que tu étais ici.

Visiblement surpris par cette offre inattendue, Eric la

considéra quelques instants, interdit. Ses mains s'étaient mises à trembler violemment, ce qui n'était pas fait pour la rassurer.

— N'imagine pas que tu puisses m'avoir ainsi, répondit-il en ricanant. A la moindre anicroche entre nous, je suppose que tu n'auras rien de plus pressé que de rejoindre ton beau fermier !

— Non, Eric. Jamais plus je ne reviendrai ici.

— De toute façon, reprit-il sans paraître l'avoir entendue, il a toujours été un obstacle entre nous et le sera toujours. C'est lui qui a ruiné notre ménage, n'est-ce pas ? Tout ce temps, tu as essayé de me faire croire que tout était de ma faute, que tu me quittais à cause de mon comportement... Alors qu'en fait, tu n'as jamais eu en tête que lui, dès le premier jour ! Aussitôt que tu en avais l'occasion, tu te précipitais ici et tu te vautrais dans...

Un bruit de moteur se fit entendre à l'extérieur, qui les fit tous deux détourner la tête. En un clin d'œil, Eric fut à la fenêtre, contre laquelle il se tapit pour observer le nouvel arrivant. Lorsqu'il vit Dan descendre de la camionnette, un sourire de joie malsaine illumina son visage. Il ne tremblait plus, à présent. L'entraînement qui faisait de lui un policier émérite l'avait métamorphosé.

Comprenant que le moment n'avait jamais été aussi favorable pour intervenir, Bella sentit des flots d'adrénaline se déverser dans ses veines. Pendant qu'Eric était occupé à guetter l'approche de Dan, elle pouvait parfaitement lui jeter la poêlée de champignons brûlants au visage. Hélas ! elle hésita une seconde de trop. Comme s'il avait pu lire dans ses pensées, Eric se précipita vers elle avec la souplesse d'un chat. Alors qu'elle s'apprêtait à saisir le manche de la poêle, il lui empoigna l'avant-bras et le lui tordit violemment dans le dos. Les larmes aux yeux, elle dut se mordre les lèvres pour ne pas crier. Avec un frisson de dégoût, elle sentit son souffle chaud caresser le lobe de son oreille.

— Un seul mot, un seul geste pour le prévenir, et ton beau fermier est un homme mort. Compris ?

Les yeux agrandis par la terreur, Bella hocha la tête. Satisfait, Eric lui lâcha le bras et alla se tapir dans l'ombre de la resserre.

Avec le sentiment d'une catastrophe imminente, épouvantée par les menaces qu'Eric venait de proférer, Bella écouta le bruit des bottes de Dan sur le gravier de l'allée. Déjà, il avait atteint le porche dont il montait les marches. Après une ultime halte près de la porte pour s'y déchausser, elle vit celle-ci pivoter sur ses gonds avec un grincement familier.

Debout sur le seuil, inconscient du danger qu'il courait, Dan lui souriait.

— Pas encore de poulain en vue, annonça-t-il d'un ton badin. Ce sera sans doute pour demain. Tu n'as pas mis les steaks en route ?

Bella secoua la tête, mais tous ses efforts pour paraître naturelle ne parvinrent pas à tromper la vigilance de Dan.

— Bella ? s'inquiéta-t-il en s'élançant vers elle. Quelque chose ne va pas ?

Aussitôt, l'arme au poing, Eric jaillit de l'ombre qui le dissimulait.

— Tu ne crois pas si bien dire, cow-boy... Un pas de plus et elle est morte !

Dan se figea au milieu de la pièce. Son visage se durcit et Bella comprit qu'il évaluait rapidement la situation.

— Tu vas bien, Bella ? demanda-t-il sans quitter des yeux l'homme qui braquait toujours sur elle son revolver.

— Ça va..., assura-t-elle d'une voix défaite. Dan, je suis tellement désolée... Je ne l'ai pas entendu arriver, et j'ai cru que...

— La ferme ! cria Eric. Epargnez-moi vos roucoulades...

Puis il se tourna vers Dan, qu'il examina longuement, de la tête aux pieds.

— Pouvez-vous me dire à quel jeu vous jouez avec ma femme ? lâcha-t-il, les traits tirés.

— Vous vous trompez, répondit Dan, le plus tranquillement du monde. Bella est *ma* femme. Si vous ne me croyez pas, je peux vous en fournir la preuve...

Le visage déjà exsangue du policier pâlit un peu plus encore. D'un geste las, il essuya son front de sa main libre et se tourna vers Bella, les yeux hagards.

— Ne me dis pas que c'est vrai ! gémit-il lamentablement. Tu n'es pas mariée à cet homme ?

Bella hésita un instant, puis capta du coin de l'œil le signe de tête que Dan lui adressait.

— C'est vrai, reconnut-elle. Nous sommes mariés depuis la semaine dernière.

D'un pas résolu, Eric s'approcha de Dan. Après avoir ôté le cran de sécurité de son arme, il la lui agita nerveusement sous le nez, au bout de ses deux bras tendus.

— Espèce de salaud ! cria-t-il, hors de lui. Tout est de ta faute... Il ne te suffisait pas de me la voler, il a aussi fallu que tu lui donnes ton nom ! C'est toi qui as ruiné ma vie... A présent, il va falloir payer.

En proie à la nausée, Bella n'avait même plus la force de crier sa terreur ou d'essayer de le raisonner. Heureusement, depuis son entrée dans la pièce, Dan avait pris les choses en main, avec son calme et sa résolution habituels.

— Jamais vous n'appuierez sur cette détente, dit-il sans s'émouvoir. Si vous le faisiez, c'est votre vie autant que la mienne qui serait fichue...

— C'est déjà fait ! s'emporta-t-il. Ma vie est fichue depuis que j'ai rencontré cette femme... Elle n'a pas cessé de me mentir, de me tromper, de faire de ma vie un enfer !

— C'est faux, intervint Dan sur le ton du constat.

Bella observait la confrontation des deux hommes avec un mélange de crainte et de fascination. Aussi calme et maître de lui que son vis-à-vis semblait prêt à craquer, Dan prenait peu à peu l'ascendant sur le policier.

— Bella ne vous a jamais trompé, reprit-il avec conviction. Nous ne nous sommes rencontrés, contrairement à ce que vous imaginez, qu'après son accident. Aussi longtemps qu'a duré votre mariage, il n'y a jamais eu dans sa vie d'autre homme que vous.

— Mensonges ! protesta Eric.

Mais il n'y avait plus dans sa voix la même véhémence, et ses mains s'étaient remises à trembler.

— Je suis certain que Bella a tout fait pour être une femme loyale envers vous, poursuivit Dan sur le même ton. C'est vous qui l'avez découragée à force de menaces et de jalousie. C'est vous qui avez ruiné votre propre vie...

Les yeux remplis d'épouvante, Eric ne cessait de secouer la tête en signe de protestation muette. Soudain, comme attiré par un aimant, son bras pivota et revint braquer le revolver en direction de Bella.

— Je vais la tuer ! menaça-t-il, le souffle court. Si vous ne vous taisez pas tout de suite, je la tue ! De toute façon, elle mérite de mourir.

— Bella ne mérite pas de mourir.

Très calmement, Dan traversa la pièce pour la rejoindre et lui entourer les épaules d'un bras protecteur. Rassurée par ce contact, elle frissonna de la tête aux pieds et résista à l'envie de se réfugier contre lui.

— Elle ne mérite pas de mourir, répéta Dan en martelant ses mots. C'est une femme merveilleuse. Je l'aime, et je l'aimerai toujours.

Dans sa bouche, ces mots paraissaient simples et irréfutables. Aussi surprise que son ex-mari, Bella écouta Dan poursuivre son émouvant plaidoyer, sans oser diriger le regard vers lui.

— Si vous lui en aviez laissé l'occasion, elle aurait été pour vous la meilleure des épouses. Mais vous ne lui avez pas laissé une chance. Bella est la personne la plus honnête, la plus juste, la plus généreuse que j'aie jamais rencontrée. Tout ce qu'elle mérite, c'est d'être traitée avec gentillesse et respect, d'être choyée, aimée, adorée. Vous n'avez su que la menacer, la harceler, faire de sa vie un enfer... Vous n'avez pas su aimer votre femme, Eric, et c'est pour cela qu'elle vous a échappé.

— Tandis que vous, ricana Eric, vous êtes un as en la matière... Je suppose que vous savez vous y prendre pour rendre une femme heureuse !

Otant son bras des épaules de Bella, Dan commença à s'éloigner d'elle lentement, poursuivi par le canon de l'arme de nouveau braquée sur lui.

— Hélas ! répondit-il avec une grimace désolée, je ne suis pas un as en quoi que ce soit... Sinon, je suppose que ma première femme ne m'aurait pas quitté comme elle l'a fait. Je ne suis qu'un pauvre fermier, Eric. Je n'ai rien à offrir à une femme comme Bella, et elle l'a bien compris. Dès demain, elle m'aura quitté pour ne plus revenir. Elle ne vous l'a pas dit ?

— Pourquoi vous quitterait-elle, puisque vous êtes si amoureux d'elle ?

— Eh bien... D'abord à cause de notre différence de statut social, ensuite parce qu'elle a peur du mal que vous pourriez nous faire si jamais elle restait.

Le temps d'une seconde à peine, les yeux de Dan abandonnèrent ceux d'Eric pour croiser ceux de Bella. La douleur qu'elle y devina était si poignante qu'elle en eut le souffle coupé.

— Lorsqu'elle sera partie, reprit-il un ton plus bas, je ne sais pas comment je ferai pour le supporter. Bien sûr, je continuerai à vivre, à travailler, à faire des projets, parce que j'ai trois enfants à élever et que je ne peux me permettre de me laisser aller. Mais au fond de mon cœur, je sais que je l'attendrai toujours, jusqu'à mon dernier souffle, et que je souffrirai en silence, jour après jour, de ne plus sentir sa présence près de moi. Sans doute est-ce cela qu'on appelle l'amour?

— Si elle m'avait aimé ainsi, murmura Eric, nous n'en serions pas là...

Sa voix était exempte de toute colère et il semblait bien plus désireux de se justifier que de menacer ou d'accuser. Ebahie par ce qui était en train de se passer, Bella comprit qu'en quelques minutes le rapport de forces s'était inversé. Même si Eric continuait à le menacer de son arme, c'était Dan qui contrôlait la situation.

— A présent, conclut Dan, vous allez tranquillement rentrer chez vous.

Dans le ton qu'il avait employé, Bella reconnut celui qu'il utilisait pour parler aux enfants lorsqu'il souhaitait faire respecter son autorité paternelle.

— Je veux que vous quittiez ma propriété sur-le-champ. Je veux aussi ne plus jamais vous revoir dans le coin.

— Et dès que j'aurai disparu, bredouilla Eric en détournant le regard, vous vous empresserez d'appeler la police, pas vrai? Puisque ma carrière est foutue, je n'ai rien à perdre. Autant vous flinguer tous les deux, et moi par la même occasion, aussitôt après.

Mollement, l'arme pendait au bout de son bras. De pure forme, la menace paraissait bien plus pitoyable qu'effrayante. A pas lents mais réguliers, Dan s'approcha de lui.

— Vous avez raison sur un point, dit-il. Si jamais vous vous avisez encore de nous menacer, moi ou ma famille, je peux vous garantir que vous ne ferez pas long feu dans la police. Mais si vous vous en allez gentiment comme je vous le demande, je suis prêt à oublier jusqu'à votre présence ici.

Effondré, Eric s'était laissé glisser sur une chaise.

— Comment pourrais-je vous croire? gémit-il, les yeux absents. Tout le monde ment... Je ne peux faire confiance à personne.

— Vous pouvez me croire, répondit Dan, parce que le sort de Bella importe bien plus à mes yeux que le vôtre. Je déteste vous promettre l'impunité, alors que vous ne méritez que la prison. Mais si je vous envoyais en taule, vous en sortiriez fatalement un jour, et Bella serait tout aussi en danger qu'auparavant. Mais si vous partez d'ici ce soir aussi libre que vous y êtes arrivé, alors tout sera fini.

Sourcils froncés, Eric leva vers lui un regard défait.

— Pourquoi ? demanda-t-il.

— Parce que votre vie et votre carrière seront entre mes mains. Maintenant, vous n'aurez plus aucun pouvoir sur Bella, mais moi, je garde un pouvoir sur vous. Et je peux vous garantir que je n'hésiterai pas à en faire usage en cas de besoin...

L'air songeur, Eric soutint quelques instants le regard implacable que Dan posait sur lui. Puis, comme si cela lui devenait insupportable, il baissa les paupières et rengaina son arme sous son veston. Ensuite, les épaules et la tête basses, il se leva pesamment et se dirigea d'un pas de somnambule vers la porte. Le cœur battant la chamade, Bella, sans parvenir à y croire, regarda cet homme sortir à jamais de sa vie. Cet homme qui l'avait terrorisée durant des années, mais qui n'était plus pour elle qu'un pauvre type déboussolé, au complet gris froissé et couvert de poussière...

20.

Sur le porche, Bella et Dan regardèrent longuement la silhouette d'Eric Matthias se fondre dans la nuit.

— Il s'en va..., murmura Bella, incrédule.

— Et cette fois-ci, ajouta Dan, il ne reviendra plus... C'est fini, Bella. Cet homme fait partie de ton passé.

— Tu as raison, convint-elle. Mais c'est tellement incroyable que j'ai encore du mal à m'en convaincre... Je vis avec cette menace depuis si longtemps que c'est difficile à concevoir.

Debout au bord de la terrasse, elle écarta les bras, comme pour mieux embrasser l'avenir dont les portes venaient de s'ouvrir devant elle.

— C'est une si belle nuit, Dan ! s'exclama-t-elle. Tout me semble si merveilleux que j'ai presque envie de pleurer...

Sans un mot, il se dirigea vers l'un des fauteuils en cèdre, dans lequel il s'assit, les jambes étendues devant lui et les yeux clos. Aussitôt, Bella alla prendre place dans le siège voisin. Avec reconnaissance, elle prit dans les siennes la grande main chaude qui reposait sur l'accoudoir.

— Je sais que c'est fini, dit-elle tout bas, mais je sais également *pourquoi* c'est fini... Tu le sais aussi, n'est-ce pas ?

Voyant qu'il ne répondait pas et se cantonnait dans une attitude distante, Bella lui lança un regard inquiet.

— C'est fini, reprit-elle sur un ton résolu, parce que tu as convaincu Eric que tu m'aimais. Il a tout de suite compris à quel point cet amour était vrai. Comme je t'aime aussi, il a su qu'il avait perdu la partie, et que même en nous tuant il n'y pourrait rien changer.

Dan libéra sa main et se redressa sur son siège, agacé.

— Arrête, dit-il dans un souffle. Il ne sert à rien de parler de tout cela.

— Pourquoi ?

Après un profond soupir, Dan laissa sa tête reposer de nouveau sur le dossier de bois et referma les yeux.

— Parce que tu pars demain, répondit-il d'une voix lasse, et qu'il est cruel de parler d'amour dans ces conditions.

Abasourdie, Bella secoua la tête et le contempla durant quelques secondes, sans rien dire.

— Mais... Pourquoi devrais-je partir demain ? protesta-t-elle enfin. Eric ne constitue plus une menace pour nous, je n'ai donc plus aucune raison de m'en aller !

— Il n'est pas question que tu restes.

D'un bond, Dan fut debout. Sans un regard dans sa direction, il pénétra dans la maison.

Avec un sentiment croissant de colère et d'incompréhension, Bella lui emboîta le pas et le rejoignit dans la cuisine. Debout devant le réfrigérateur, il y saisit le plat de viande qu'il alla déposer d'un air morose sur la table.

— Dan..., dit-elle doucement. Tu dois t'expliquer... Puisque nous nous aimons et qu'Eric a renoncé à me poursuivre, je ne vois pas pourquoi nous...

— Mis à part cela, s'emporta-t-il en se retournant, peux-tu me dire ce qui a changé ?

Dans ses yeux habituellement si sereins, Bella découvrit une peine intense qui lui serra le cœur.

— Je ne comprends pas où tu veux en venir..., murmura-t-elle en se détournant.

— Je vais te le dire tout de suite ! répondit-il d'une

voix grondante de colère. Je veux en venir au fait que je suis toujours un pauvre fermier criblé de dettes, et toi une riche héritière trimballant plus de deux millions de dollars dans un attaché-case...

— Mais..., protesta Bella, ébahie. Cela ne signifie absolument rien pour moi !

— Ce n'est pas ce que tu disais ce matin...

Dan avait croisé les bras, l'air buté. A l'autre bout de la pièce, il avait sur le visage une expression tellement misérable que Bella ne put s'empêcher de se précipiter vers lui et de lui poser sur le bras une main hésitante.

— Dan..., murmura-t-elle, à mi-chemin entre le rire et les larmes. Comment as-tu pu croire une chose pareille ? J'ai menti, uniquement pour que tu cesses d'essayer de me retenir...

Glacée par le regard d'une dureté impitoyable qui accueillit cette déclaration, Bella se détourna, les larmes aux yeux.

— Je suis affamé et fourbu..., décréta Dan, comme si le sujet était clos.

Récupérant sur la table l'assiette de viande rouge couverte de Cellophane, il se dirigea vers la porte.

— Mangeons ces steaks, et allons nous coucher. La journée a été longue, et tu as un avion à prendre demain matin.

— Je ne prendrai aucun avion !

— En ce qui me concerne, répondit-il, impassible, je ferai ce qui me reste à faire en te conduisant à l'aéroport. Ensuite, libre à toi d'aller où tu voudras.

Sans lui laisser le loisir de répondre, il disparut sur le porche et Bella le vit par la fenêtre s'activer près du barbecue. Aussi furieuse que dépitée, elle se résigna à dresser la table, à faire réchauffer au micro-ondes le plat de champignons et à préparer une salade. Lorsque Dan revint, quelques minutes plus tard, avec les steaks un peu trop cuits, ils s'installèrent à table dans un silence tendu et commencèrent leur repas.

Comprenant à son visage fermé qu'il ne servait à rien d'essayer de le tirer de son mutisme, Bella s'empressa de manger, sans même prendre garde à la nourriture qu'elle avalait. Ils eurent tous deux vite terminé, pressés l'un et l'autre de mettre un terme à ce pénible face à face. Puis, pendant qu'il se rendait à la douche, elle s'activa à faire la vaisselle et à ranger la cuisine, avec une efficacité décuplée par la colère impuissante qui l'animait.

Un quart d'heure plus tard, elle vit sa silhouette imposante et familière s'encadrer dans la porte de la cuisine, et dut lutter contre le besoin impérieux de se précipiter dans ses bras. De toute façon, ceux-ci étaient chargés d'un oreiller et d'une couverture, qui auraient amorti son élan si elle s'était résolue à y céder...

— Je dormirai sur le sofa..., dit-il d'une voix neutre. Tu peux avoir le lit. Bonne nuit.

Après un rapide demi-tour, il s'éclipsa en direction du salon, abandonnant dans la cuisine, sans autre forme de procès, la femme qu'il avait passionnément serrée dans ses bras la nuit précédente...

Avec l'impression de se débattre dans les méandres d'un incompréhensible et absurde cauchemar, Bella se laissa tomber pesamment sur une chaise. Durant quelques minutes, elle demeura assise, l'esprit vide et les yeux dans le vague. Et lorsque enfin elle se décida à se rendre dans la salle de bains pour y faire sa toilette, l'eau tiède de la douche sur son visage se mêla au flot de larmes qui y coulait.

Sans même y penser, elle acheva de se préparer pour une nuit qui n'avait pour elle, en dehors des bras de Dan, plus aucun sens à présent. La grande chemise qu'elle passa sur sa peau nue en guise de pyjama ne fit qu'accentuer encore l'insupportable morsure du désir de le sentir contre elle. Quelques minutes, elle demeura dans l'obscurité de la chambre, assise sur le lit, à contempler la lune par la fenêtre entrouverte. Enfin, quand la fraîcheur nocturne finit par la faire frissonner, sa décision fut prise, et elle se hâta de rejoindre le salon pour y retrouver l'homme qui s'obstinait à la rejeter pour de mauvaises raisons.

— Tu dors ? demanda-t-elle en s'asseyant près de lui.

— Non.

— Tant mieux ! Comme cela, tu ne pourras pas prétendre avoir été pris en traître...

Les deux mains serrées fermement de part et d'autre de son visage, Bella se pencha pour plaquer sur les lèvres de Dan un baiser fougueux, qui lui arracha un gémissement de protestation. Revenu de sa surprise, il se redressa et parvint tant bien que mal à se soustraire à l'emprise de ses lèvres.

— Pour l'amour de Dieu ! s'écria-t-il, après avoir tâtonné pour allumer sur la table basse la lampe qui s'y trouvait. Qu'est-ce que ça veut dire ?

— Cela veut dire, répondit Bella avec un sourire, que tu n'es qu'un imbécile et que je t'aime !

Impitoyable, elle lui immobilisa de nouveau la tête et reprit, avec la même impétuosité, le baiser trop tôt interrompu. La résistance de Dan ne fut que de courte durée. Bientôt, Bella le sentit faiblir et répondre à ses avances avec passion.

— Pourquoi me torturer ainsi..., gémit-il, le souffle court.

— Parce que tu penses que l'argent peut être plus fort que notre amour, répondit Bella, en lui dévorant le visage de baisers enfiévrés. C'est tellement bête que j'en arrive même à me demander pourquoi je t'aime autant !

— Il est trop facile de prétendre que cela n'a aucune importance...

Assis, les bras croisés, sur le divan, Dan semblait avoir repris ses esprits.

— Je n'ai rien prétendu de tel ! lança Bella en se redressant elle aussi.

271

Lui saisissant le menton entre le pouce et l'index, elle l'obligea à le regarder dans les yeux.

— Dan Gibson, dit-elle d'une voix impérieuse, vous allez à présent m'écouter.

— Je t'écoute, assura Dan, sans pouvoir s'empêcher de sourire.

— Que dirais-tu, poursuivit Bella, si la situation était inversée ?

— Inversée ?

— Oui, inversée : c'est toi qui possèdes deux millions de dollars, et moi qui me lance, sans aucun moyen mais avec beaucoup de courage, dans une entreprise dont je sais qu'elle peut être rentable. Est-ce que cela t'empêche-rait de m'aimer ?

— Bien sûr que non ! répondit Dan sans prendre la peine de réfléchir. Pour qui me prends-tu ?

— Pour ce que tu es ! soupira Bella en reprenant ses baisers. Un fermier adorable et sexy qui me rend folle de désir, mais assez susceptible et pas très futé...

Apparemment déstabilisé, Dan baissa les yeux.

— Excuse-moi, bougonna-t-il, mais je ne te suis pas très bien.

— Alors tais-toi, et écoute !

Brièvement, Bella croisa son regard et faillit en perdre tous ses moyens. Il y avait dans ses beaux yeux verts tant de tendresse et de complicité qu'elle dut lutter, une fois encore, contre l'envie de se précipiter séance tenante entre ses bras.

— Si cela peut te rassurer, proposa-t-elle enfin, nous allons faire un marché.

— Un marché ? s'étonna Dan. Quel genre de marché ?

— A combien estimes-tu la valeur de cette ferme ?

Sans paraître comprendre où elle voulait en venir, il réfléchit quelques secondes avant de répondre.

— Si je voulais vendre, ce pourrait être aux alentours de deux millions de dollars. Mais je ne désire pas vendre, et il y a toutes ces hypothèques qui...

— Alors je te rachète la moitié des parts de l'affaire, l'interrompit-elle abruptement. Un million. Cash.

Dan sursauta et la dévisagea longuement. Satisfaite de son petit effet, Bella soutint son regard en souriant.

— Tu es sérieuse ? demanda-t-il enfin.

— Ai-je l'air de plaisanter ?

— Mais, Bella...

Pour le faire taire, elle tendit la main et lui posa l'index sur les lèvres.

— Grâce à toi, reprit-elle, je n'ai plus rien à craindre d'Eric. Dès que possible, je pourrai aller revendre à mon père le paquet d'actions de sa compagnie que je possède. Crois-moi, il ne sera que trop heureux, même au prix fort, de les récupérer... Dès que cela sera fait, je créditerai sur ton compte la somme d'un million de dollars, en paiement de ma prise de participation à hauteur de cinquante pour cent dans cette ferme.

— C'est ridicule ! s'emporta Dan, de plus en plus agité. Tu ne peux raisonnablement pas dilapider ainsi...

Cette fois-ci, c'est par un baiser que Bella le fit taire.

— Avec cet argent, reprit-elle dès que leurs lèvres se furent séparées, tu pourras lever tes hypothèques et acheter tout le matériel dont tu as besoin. Une fois les dettes apurées et l'équipement renouvelé, je suis sûre que cette affaire me permettra de récupérer de confortables retours sur investissement... Je compte également utiliser une partie de mon propre argent pour entreprendre dans cette maison les travaux qui s'imposent.

— Bella...

Sans lui prêter attention, elle se leva et se mit à faire les cent pas dans la pièce, en proie à une grande agitation.

— J'ai déjà pensé que nous pourrions ajouter une aile au bâtiment principal, suffisamment grande pour que chaque enfant ait sa chambre, et pour que tu puisses y aménager un bureau...

Les yeux levés au plafond, elle réfléchit quelques instants, sous l'œil ébahi de Dan, avant d'ajouter :

273

— Naturellement, il faudra songer à ajouter une ou deux salles de bains. Peut-être aussi un jardin d'hiver... Et revoir tout l'ameublement.

— Tu es folle... murmura Dan en secouant la tête. Je crois que tu as complètement perdu l'esprit.

Comme piquée au vif par sa remarque, Bella traversa la pièce et lui agrippa les cheveux à pleines mains, après s'être assise tout contre lui.

— Tu veux que la folle use de la manière forte? menaça-t-elle, en roulant comiquement des yeux. Parce que si c'est la seule façon de te faire entendre raison, je t'assure que j'y suis prête...

Un grand rire libérateur les emporta tous deux. Ils se jetèrent dans les bras l'un de l'autre et Bella sentit une langueur traîtresse s'emparer de son corps tandis que Dan, glissant deux mains affamées sous sa chemise, reprenait son exploration poussée des mille et un détours de son corps.

— N'essaie pas de me distraire! protesta-t-elle en le repoussant, dans un sursaut de lucidité. Nous sommes encore en plein milieu de nos négociations.

— J'aurais pourtant juré, gémit Dan après un soupir de frustration, que nous étions au beau milieu de tout autre chose...

Mais Bella avait repris tout son sérieux et le considérait gravement.

— Je veux te l'entendre dire, Dan... Je veux que tu me promettes de me vendre la moitié des parts de cette affaire, et de me laisser vivre auprès de toi et de tes enfants.

Un sourire énigmatique au coin des lèvres, Dan la regarda quelques instants avec amusement avant de répondre.

— Tu oublies juste une toute petite chose, mon amour... C'est que nous sommes légalement mariés, et que tu ne peux acheter ce que tu possèdes déjà!

— C'est vrai ! s'écria-t-elle, le visage éclairé par une joie soudaine. Je n'y avais pas pensé, mais c'est une raison supplémentaire pour ne pas refuser mon offre...

— Bella..., protesta Dan avec obstination. Puisque nous sommes mariés, tout ce qui est à moi est à toi, et tu n'as pas à payer pour en bénéficier.

— Je ne te le fais pas dire..., renchérit-elle avec un regard triomphant. Tout ce qui est à moi est à toi, c'est pourquoi tu ne peux refuser ce million.

— Si j'avais su que tu étais tellement dépensière, grogna Dan en enfouissant son visage entre ses seins, jamais je ne t'aurais épousée...

— Trop tard !

Les mains plongées dans la masse de ses cheveux, Bella rejeta la tête en arrière et soupira de plaisir. Tendrement, elle reprit son visage entre ses mains et l'éleva à hauteur du sien, pour l'embrasser avec fougue.

— Bella..., gémit Dan en se libérant.

Il y avait dans cette voix rauque l'expression d'un désir brut que Bella avait appris à connaître et qui la fit frissonner.

— Mon amour, répondit-elle en nouant ses bras autour de son cou. Si tu savais comme je t'aime...

Sans effort, il la souleva dans ses bras et franchit rapidement les quelques mètres qui les séparaient de leur chambre, pour la déposer sur le lit.

— Un jardin d'hiver ? murmura-t-il à l'oreille de Bella, en commençant à déboutonner sa chemise. Tu en es sûre ?

— Et un grand salon, renchérit-elle d'une voix rêveuse. Avec une cheminée de pierre. Peut-être également une salle de jeu au grenier pour les enfants. Et une nursery pour le bébé, cela va sans dire.

— Le bébé ? s'étonna Dan, relevant brusquement la tête.

— Ou peut-être *les* bébés..., précisa-t-elle négligemment. Je n'ai pas encore décidé combien il y en aurait.

A présent nue sous la caresse de ses mains, elle engagea avec lui une partie de lutte amoureuse, dans les rires et les cris. Quand elle eut fini par prendre le dessus, elle s'empressa de le dénuder à son tour. Enfin, confortablement installée sur lui, elle plongea dans le sien un regard grave et serein.

— Grâce à toi, mon amour, je ne suis plus une victime. Et dorénavant, je suis bien décidée à ne plus jamais en être une...

— C'est bien comme cela que je t'aime..., répondit-il, le souffle court, le cou tendu pour couvrir sa poitrine de baisers. Nous ne serons jamais l'un pour l'autre ni victime ni bourreau. Juste deux partenaires... Dans l'amour... Pour la vie... Et jusqu'à ce que...

La suite se perdit entre les lèvres de Bella. Soudain, il n'y eut plus dans la pièce que le murmure sans fin de la rivière et le frissonnement du vent dans les arbres, troublés de temps à autre par leurs soupirs de passion.

Chère lectrice,

Vous nous êtes fidèle depuis longtemps?
Vous venez de faire notre connaissance?

C'est pour votre plaisir que nous avons
imaginé un rendez-vous chaque mois
avec vos auteurs préférés, vos
AUTEURS VEDETTE dans les
collections Azur et Horizon.

Les **AUTEURS VEDETTE** vous
donneront rendez-vous pour de
nouveaux livres vedette.

Pour les reconnaître, cherchez
l'étoile... Elle vous guidera!

Éditions Harlequin

HARLEQUIN

LE FORUM DES LECTEURS ET LECTRICES

CHERS(ES) LECTEURS ET LECTRICES,

VOUS NOUS ETES FIDÈLES DEPUIS LONGTEMPS?

VOUS VENEZ DE FAIRE NOTRE CONNAISSANCE?

SI VOUS AVEZ DES COMMENTAIRES, DES CRITIQUES À
FORMULER, DES SUGGESTIONS À OFFRIR, N'HÉSITEZ
PAS... ÉCRIVEZ-NOUS À:

> LES ENTERPRISES HARLEQUIN LTÉE.
> 498 RUE ODILE
> FABREVILLE, LAVAL, QUÉBEC.
> H7R 5X1

C'EST AVEC VOS PRÉCIEUX COMMENTAIRES QUE NOUS
ALLONS POUVOIR MIEUX VOUS SERVIR.

DE PLUS, SI VOUS DÉSIREZ RECEVOIR UNE OU
PLUSIEURS DE VOS SÉRIES HARLEQUIN PRÉFÉRÉE(S)
À VOTRE DOMICILE, NE TARDEZ PAS À CONTACTER LE
SERVICE D'ABONNEMENT; EN APPELANT AU
(514) 875-4444 (RÉGION DE MONTRÉAL) OU 1-800-667-4444
(EXTÉRIEUR DE MONTRÉAL) OU TÉLÉCOPIEUR
(514) 523-4444 OU COURRIER ELECTRONIQUE:
AQCOURRIER@ABONNEMENT.QC.CA OU EN ÉCRIVANT À:

> ABONNEMENT QUÉBEC
> 525 RUE LOUIS-PASTEUR
> BOUCHERVILLE, QUÉBEC
> J4B 8E7

MERCI, À L'AVANCE, DE VOTRE COOPÉRATION.

BONNE LECTURE.

HARLEQUIN.

VOTRE PASSEPORT POUR LE MONDE DE L'AMOUR.

ROUGE PASSION

De fiévreuses histoires d'amour sensuelles!

De provocantes histoires d'amour passionnées et romantiques qu'on lit d'une seule traite. Aventureuses, parfois humoristiques, et sensuelles, elles mettent en vedette des hommes et des femmes d'aujourd'hui.

ROUGE PASSION...quatre nouveaux titres chaque mois.

COLLECTION
HORIZON

Des histoires d'amour romantiques qui
vous mènent au bout du monde!

Découvrez la passion et les vives
émotions qu'apportent à la Collection
Horizon des auteurs de renommée
internationale!

Captivantes, voire irrésistibles, ces
histoires d'amour vous iront
assurément droit au coeur.

Surveillez nos quatre nouveaux titres
chaque mois!

La COLLECTION AZUR

Offre une lecture rapide et

- stimulante
- poignante
- exotique
- contemporaine
- romantique
- passionnée
- sensationnelle!

COLLECTION AZUR ... des histoires d'amour traditionnelles qui vous mènent au bout du monde! Six nouveaux titres chaque mois.

GEN-AZ

HARLEQUIN

En août, on vous tente avec un livre SUPER PASSION de la série Rouge Passion.

Les livres SUPER PASSION sont un peu plus sensuels et excitants, mais toujours l'amour triomphe des contraintes, de dilemmes et vient réchauffer votre coeur comme une caresse.

Une histoire SUPER PASSION chaque mois, disponible là où les romans Harlequin sont en vente !

Composé sur le serveur d'EURONUMÉRIQUE, À MONTROUGE
PAR LES ÉDITIONS HARLEQUIN
Achevé d'imprimer en mai 2001

BUSSIÈRE

GROUPE CPI

à Saint-Amand-Montrond (Cher)
Dépôt légal : juin 2001
N° d'imprimeur : 12355 — N° d'éditeur : 8799

Imprimé en France